LOCUS

LOCUS

LOCUS

LOCUS

RECREATION

R94
血色嘉年華3：追獵叛徒
The Carnivia Trilogy 3 : The Traitor

作者：強納生・霍特（Jonathan Holt）
譯者：柯清心
責任編輯：翁淑靜 封面設計：江宜蔚
內頁排版：洪素貞 校對：陳錦輝
出版者：大塊文化出版股份有限公司
台北市10550南京東路四段25號11樓
www.locuspublishing.com

讀者服務專線：0800-006689
TEL：(02)87123898 FAX：(02)87123897
郵撥帳號：18955675 戶名：大塊文化出版股份有限公司
法律顧問：董安丹律師、顧慕堯律師

總經銷：大和書報圖書股份有限公司
地址：新北市新莊區五工五路2號
TEL：(02) 89902588 FAX：(02) 22901658
製版：瑞豐實業股份有限公司
初版一刷：2018年12月

定價：新台幣400元
Printed in Taiwan

血色嘉年華. 3 : 追獵叛徒 / 強納生.霍特(Jonathan Holt)作 ; 柯清心譯. -- 初版. -- 臺北市 : 大塊文化, 2018.12
面； 公分. -- (R ; 94)
譯自 : The carnivia trilogy. 3 : the traitor
ISBN 978-986-213-929-5(平裝)

873.57　　107016788

血色嘉年華

3 追獵叛徒

強納生・霍特——著
Jonathan Holt

柯清心——譯

THE CARNIVIA TRILOGY 3
THE TRAITOR

【導讀】將黑資料攤在陽光下

◎余佳璋（國際記者聯盟ＩＦＪ執委會委員）

曾在二〇〇〇年奪得奧斯卡多項獎座的電影《神鬼戰士》（Gladiator），是由名導演雷利．史考特（Ridley Scott）與金獎影帝羅素．克洛（Russell Crowe）合作的劇作之一，或許有不少讀者和我一樣，不知不覺看過多回。電影主角麥西穆斯不僅忍辱格鬥取得勝利，更貫徹信念要完成老皇遺志，捍衛自身榮譽，化身羅馬正直靈魂，讓劇情格外賁張。

巧合的，《血色嘉年華3》中的重要組織「劍黨」（Gladio）與美國及北約組織策動的代號計畫（Operation Gladio），原意就是羅馬軍團百夫長所持用的那一把粗厚短劍，也是電影主角手上武器。研究義大利近代有關劍黨的公開文章論述，描述這群神祕成員，也常用 Gladiator 稱之，該組織座右銘為 Silendo Libertatem Servo，「保持靜肅，我捍衛自由」的主張，似穿越在虛構情節與真實歷史之中。

作者用相當篇幅將美國中情局ＣＩＡ與英國密情局ＭＩ6，以及後來北約組織共同組建的後盾策略（stay-behind），奧援祕密組織，暗中左右義大利政局不致遭共產主義與第五縱隊破壞，以虛構故事架構，透過美軍女軍官荷莉．博蘭追查，逐層掀開從父執輩開始的祕密，以及自己與軍官父親接連受生命威脅的原因歷程，協助讀者探索情報工作的灰色地帶。

劍黨成立首要任務，在影響義大利一九五八年國會大選，之後也達成目的，讓右派天主教民主黨掌權，然而一九六一年電視時代首次當選美國總統的約翰．甘迺迪，以其民主黨色彩有意讓義大利政局往左轉，與ＣＩＡ主管有過爭論，不支持劍黨擅自行動，使一九六三年四月義大利選舉變色，社會黨與共黨席次大幅增長。信奉羅馬天主教的甘迺迪總統欣喜之餘，立刻在七月一親赴羅馬訪問，所到之處群眾夾道歡迎，盛況空前，更會見甫就任的教宗保祿六世，這段歷史影片在youtube上仍可追溯，但甘迺迪的立場也引起若干右派人士不滿。豈料，甘迺迪總統回美國不久，十一月二十二日在達拉斯市遭暗殺，至今仍是世紀懸案。

美國與北約組織培植這樣的側翼部隊，涵蓋西歐與北歐，作為美蘇對峙時代的「冷戰戰士」（Cold War Warriors），意在避免歐洲被蘇聯滲透，成員並非只有身手矯健的戰鬥人員，其實以不同身分綿密遍及各國政壇、金融界，擴及軍警與司法體系要員，甚至媒體記者也在其中。共黨勢力雖未能真正入侵歐洲，但作者似藉著小說，意指美國干預歐洲政局的手段。書中提及的地下組織Ｐ２與劍黨計畫，直到一九九〇年才陸續終止、解散，相關檔案逐漸攤在陽光下接受檢視調查。研究這段歷史的專家發現，包括前義大利總理貝魯斯柯尼，也曾經出現在Ｐ２會員名冊上，許多城市都設有分支單位隱藏在巷弄，而筆者曾赴義大利採訪的幾個地點，包括港市巴里（Bari），亦存有建築舊址，當時似已與之擦身而過。

然而，這類時代產物下的組織，作者似乎認為並未消散，而透過筆下如共濟會等祕密社團轉為在各國繼續潛伏，究竟是情治單位不再採此策略？還是另有其他方法存續這些戰鬥力量？留下相當大的想像空間。這類組織掌控嚴密，不容許背叛，必須保持靜默的特性，作者特別在書中安排金融界人士在威尼斯遭私刑處決，引為詮釋；而在真實世界中，有研究者發現，一位曾任劍黨某單位指揮官Renzo Rocca，在一九六八年因涉案願意出面接受司法調查，但就在出庭應訊前一天被發現死於自宅，死因可疑。

作者虛構的嘉年華網站原欲以面具概念，遮掩大眾遂行各種私密行為，甚至是見不得光的事，似乎無所不能。但創建者發現，數位時代的今日，陰謀分子可以從網路、手機與各類系統管線滲透進行破壞，因而省思網路的工具性是否逾越原先的目的。這部作品也提醒讀者，自古至今，破壞、暗殺、打擊政敵，或撼動政權的技法不會消失，只有進化，現在不一定需人身執行，可用機器與網路代勞。當然，這並非只有陰謀者會運用，國家政府也會，究竟誰是道？誰是魔？誰高一尺、誰高一丈？未來陽光下與隱藏中的，誰能看清？

因我們並不是與屬血氣的爭戰，乃是與那些執政的、掌權的、管轄這幽暗世界的，以及天空屬靈氣的惡魔爭戰。

——〈以弗所書〉6：12

序曲

候選者置身漆黑之中。

他聽到左右兩側的男子敲擊木門，發出三記巨大響聲，接著有人應道：「來者何人？」他聽到兩位伴行者篤定地遵行儀式，齊聲回答。

他們搭住他的肩膀，引導他跨過門檻，進入房內。雖然他什麼都看不見，卻能感覺是寬敞陰涼的房間。他聞到燃燭的氣味，以及光裸的雙腳下，石板散發亮光劑的香氣。

「兄弟，請挪動左腳走下來，換右腳跟踩上去。」一道深沉而果決的聲音在他面前說。

他依令而行。同樣的指示又重複兩遍。接下來那聲音說：「現在把腳跟併攏。」

候選者表情不變，因為他知道身邊的人會仔細監視，但心中實則狂喜不已。完成踩踏三步，表示他已晉升他們所謂的最高位階「技工」了，並將為他揭示一切所謂的祕密。

但更重要的是，他將獲得這群默默環聚，觀望他的人士全然的信任。他可以提出任何要求，只要他們的權勢所及，他都能夠如願。

他終於安全過關了。

此事真是千鈞一髮。他最近有時候會慌亂到不知如何是好，可現在，他終於能跟追獵他的人談條件了。

他順從地站著，任人將粗糙的繩索纏到他的臂膀與肩上。「候選者已準備好了，導師，等待您進一步指示。」繩索纏妥後，其中一名伴行者表示。

「讓他光裸著雙膝跪下。」導師回道。

候選者露膝而跪，因為他身上唯一的衣物，寬鬆的棉褲被捲至大腿上了。地板上擺了墊子，等在墊子上跪定後，候選者往前靠過去抓住沉厚的橡木桌，他知道那邊有桌子。

「候選者，你是怎麼來的？」導師問。

「我既未裸身亦未著衣，沒有光腳也未穿鞋，我身無分文、工具及珠寶，我的眼睛被蒙上了，由朋友牽至門口。」他答道。

「你願意擔任神聖的職責，並且發誓嗎？」

「我願意且渴望發誓。」

「鬆開你的雙手，親吻經書，然後在偉大的造物主及全體兄弟的注視下，對天發誓。」

候選者一板一眼地朗誦誓言，幻想自己從覆在眼上的古老面具「遮子」——他們酷愛用這種神祕的術語稱呼它——的細縫裡看到一旁的燭火。他知道，片刻後，他們就會問他最想要什麼了，他將回答「更多的光」，然後導師便會伸手按下眼罩上的控制桿，讓襯著絨布內裡的遮子彈開，露出前方一張擺著人骨的椅子。老舊褪色的枯骨，在十二座銀製的枝狀大燭台照耀下，形成戲劇性的儀式效果，也象徵了背叛兄弟的後果。

背叛……對候選者而言，這個概念了無意義。人不為己，天誅地滅，不是嗎？不過此刻他口吐的言語，詳細描述對背叛行為會有的懲罰，感覺卻非戲言。他不由自主地結巴起來。

候選者發過誓後，四周一片死寂，久久無聲，他不安地在墊子上挪動身體。他得格外謹慎，不能再犯這種錯了，不過即使有人看出他的不安，也無人表露聲色，事實上，他們連半點動靜都沒有。候選者忍不住猜想現場究竟有多少人，不過既然是晉升第三級的儀式，他們應該會邀請全員到場觀禮吧？他強迫自己放鬆。

有個尖利的東西抵住他的右胸。

導師說：「兄弟，你第一次走進此地時，我們便以圓規的尖角抵住你的右胸，並對你解釋其中的含意。當你第二度走進這裡時，我們以丁字尺的角度抵住你，同樣為你解釋，現在我以圓規的兩個尖角接受你。」

導師將那利物從他胸口移開，然後往左邊相隔約十五公分之處壓下，感覺比先前來得更沉重銳利。稍後等儀式結束，大夥一起喝酒慶祝時，他一定得問一問。他發現這幫人最愛的，就是討論儀式的細節及意涵。

「由於人類最重要的臟器就在胸腔裡，因此本會最重要的守則，也包含在這兩個尖點之間——也就是守密與榮譽。」導師沉聲說。

導師再度將圓規的尖角抬離。候選者有些緊繃，他知道接下來，導師會將圓規的尖角用力刺進他的皮膚裡，讓他出一點血，然後儀式就差不多結束了。

他萬萬沒有料到，有把長長的利刃竟突然重重戳入他的肋骨間。他倒抽一大口氣往後一仰，等在一旁的人一把將他抓住，豎直他的身子。他伸手往胸口一探，摸到刀柄，刀身早已沒入他體內；他感覺身上流滿了血，鮮血正一股一股地從他的心臟湧出來。他掙扎抬手想扯掉眼罩，可是雙手再也不聽使喚了。

更駭人的是，他感覺血液不再噴湧，知道自己的心臟已救不回來了。

1

又是明麗晴朗的一天，雖然還不到上午九點，陽光已相當強烈了，天空明淨，僅有幾抹薄雲飄在北邊多洛米蒂山脈的上方。當憲警隊的快艇彈掠過浪頭時，凱蒂．塔波感覺清涼的水花濺在臉上，十分悅人。她將油門又開大了些。

芭娜絲柯少尉待在船尾，寒涼的海水撲到她臉上時，少尉忍不住發出驚喘，然後七手八腳地爬到前方相對安全的駕駛座艙。凱蒂發現，她們還未接近麗都水閘之前，她就已經渾身淋溼，而且臉色發青了。麗都水閘是一連串沙洲和島嶼之間的活動水閘門，用來隔開平靜的潟湖與浪濤起伏的亞得里亞海。

「你在威尼斯多久了，少尉？」凱蒂隔著喧鬧的引擎聲喊問。

「一個月。」芭娜絲柯乖乖答道，不過她看起來連說話都很困難。

「但你還是會暈船嗎？即使像現在這樣風平浪靜？」凱蒂訝異地問。

芭娜絲柯沒回答。其實令她發暈的不是海浪，而是這位上司在駛往聖馬可的水道上，躲避來往船隻時的各種劇烈動作。她知道老實地跟上尉說了，並無法改變什麼。塔波上尉顯然很享受打開汽艇上閃動的藍色警燈，飆破速限的快感。自從她們離開憲警總部所在的聖匝加利亞教堂旁邊小運河的浮橋後，船就一直這樣開了；芭娜絲柯還在小心翼翼地爬下階梯時，凱蒂早已跳上汽艇，像貢多拉船夫似地立穩馬步，扭開引擎。

汽艇朝右邊急轉，繞過閘門中間的人造島。這座島嶼新近才打造完成，是浩大的水底閘門系統中的一部分，工程簡稱為MOSE[1]，旨在保護威尼斯免於受到全球海平面上升的影響——如果那些政客能信得過的話，但凱蒂跟許多威尼斯人一樣抱持疑慮。迄今為止，已有十四名與工程集團相關的人士，因貪污罪名被逮捕了，其中包括威尼斯市長。MOSE的進度不但落後數年，還超支數十億元。

汽艇越過閘門口後持續轉向，最後與麗都島上漫長的沿海道路平行。凱蒂邊駕船邊掃視海灘。雖然她們離威尼斯僅剩幾公里，但八月底的麗都島，仍然有彷彿處於不同世紀的海濱度假勝地的慵懶氣息。這裡有小小的尼契里機場，墨索里尼曾在此迎接蒞臨義大利的希特勒，現在這座機場僅供直升機及富豪的輕型飛機使用。麗都島有法西斯時代建造的大型電影院，這是為了榮耀義大利獨裁者辦的電影節蓋的，凱蒂看到電影院前有一小群人；她實在無法理解，怎會有人在如此美好的早晨跑去看電影。海灘上有一排排綿延不斷的日光浴者，他們像墓園裡的墳塚般，櫛比鱗次地排列著，躺在墳上的軀體從蛆白到蛹棕也不一而足。這裡也有優雅的新藝術運動時期自由風格外觀的狄思班旅館（Hôtel des Bains），狄思班曾經是威尼斯最富盛名的旅館，邱吉爾下榻此處時，每早都會穿著浴袍，抽著雪茄，先在海邊畫上一幅水彩。目前狄思班旅館已經關閉，改建成公寓了，這又是全球不景氣的受害者之一。而旅館專屬的海灘，現在則擠來更多做日光浴的人。旅館的capanne della spiaggia——條紋狀愛德華式洗澡篷——仍擺在海灘後方，導演維斯康提（Luchino Visconti）的《魂斷威尼斯》（Death in Venice）片尾即在此拍攝。不過現在你必須擁有億萬身家，旺季時才租得起篷子。

1 摩西計畫（Modulo Sperimentale Elettromeccanico，簡稱MOSE）：威尼斯的防洪工程，潟湖外圍的三個出海口，建造七十八道水閘門，在漲潮時阻擋亞得里亞海的大浪進入威尼斯。

魂斷威尼斯……說時遲，那時快，凱蒂瞥見一頂僅比洗澡篷大一點的白色帳篷突兀地架在海岸線上。帳篷周圍以藍色封鎖線圈起一大片區塊，從防波堤延至下一處防波堤。凱蒂看到一名穿白色防護衣、戴面罩的人站起來舒展身體，然後再次蹲下去。

「是檢驗組的人。」凱蒂說著，將汽艇掉頭開往附近的碼頭，同時放緩船速，她知道法醫哈帕迪不喜歡自己精密的檢驗工作遭她掀起的水浪破壞。

✣ ✣ ✣

還不到三十分鐘前，瑟托將軍打電話給凱蒂。「你忙嗎？上尉？」當時將軍劈頭就問。

「皮歐拉上校和我正在整理穆拉諾調查的公文，估計再兩、三天就能完成了。」她小心翼翼地回答。這是一項十分繁瑣，意義甚微的工作。數個月來，廉價的中國製彩色玻璃出現在穆拉諾這個傳統玻璃工藝小島的觀光客商店裡，還貼上標價高出四倍的「威尼斯製造」假標籤。憲警突襲梅斯特雷的一間倉庫，查獲五萬五千多件製品，以及五十萬張等著將來貼到貨品上的貼紙。想當然爾，販售這些進口贗品的玻璃製造家族推說是「管理失誤」。

「沒關係，我跟皮歐拉上校談過了，他很樂意自己收尾。事實上，是檢察官舉薦你的，不過上校和我都同意，你已經可以獨立辦大案了。」

「能問一下是有關什麼的案子嗎，長官？」凱蒂極力壓抑內心的興奮。

「是謀殺案。」瑟托扼要地說，令凱蒂頗為訝異。因為在調查初期，通常會加個「可能」或「據稱」之類的用詞。「我們稍後再討論預算和人力的問題，不過案子應該是個複雜的大案，我會派芭娜絲柯少尉擔任你的助手，有人極力推薦她。不過她剛到組上，還是讓我知道一下她的狀況，好嗎？」

「沒問題，長官。」凱蒂不確定到底該不該道謝。「還有，謝謝您給我這次機會。」

瑟托停頓片刻，說：「我懷疑你會感激辦這個案子，上尉。」他語氣悲觀，在凱蒂尚不及追問時，便已掛斷電話。

✣ ✣ ✣

凱蒂把船慢慢開到碼頭邊，然後熄掉引擎。大部分低階警官都會跳下船幫忙固定船身，但芭娜絲柯仍是一副快要暈厥的樣子，雖然上岸後，她似乎好了些。

海灘上每個曬日光浴的人，似乎都用手肘撐起自己，看著這兩名女警走向藍色封鎖線。凱蒂已經很習慣受人矚目了，因為直到現在，也很難得看到女憲警。可是，穿著制服走在一群幾近裸體的人群裡，感覺也太怪了。太陽加上謀殺案，難怪今天早晨都沒人在看書。

她們在封鎖線前止步，穿上防護衣、手套及面罩，避免自己的毛髮或DNA污染現場。封鎖線旁邊由三名憲警看守，控制群眾。凱蒂認出其中一人，是麗都島靠潟湖這面，聖尼可河站的憲警。凱蒂對他點頭招呼，然後矮身鑽過封鎖線，越過沙灘，來到檢驗組的帳篷。

帳篷裡熱極了。灼熱的豔陽曬在帳篷的塑膠頂上，溼氣與所有氣味逼得人巴不得立即出去吹點海風。凱蒂感覺汗水在背脊上流淌，她強迫自己專注。

檢驗組的法醫哈帕迪看到她來，從蹲踞的地方站起，讓凱蒂也能看到。屍體仰躺著，半擱在陸地半泡在水裡，剛好橫陳在海浪與沙灘的交接處。死者是中年男子，遍染鮮血的棉褲捲至膝上，彷彿原本正在涉水。他胸膛袒裸著，一邊肩上纏了繩子。喉頭被割開，從旁邊鎖骨一路割開到另一端鎖骨，使得他的腦袋偏一邊倒成誇張的角度，抵在一隻耳朵上。那割口大得嚇人，凱蒂看到被切斷的白色食道，如吸塵器的吸管般，半填著退潮帶來的沙子。這景象固然驚悚，但吸引凱蒂目光的，卻是覆在男子臉上的東西。男人灰色的溼髮下，是副奇怪的皮面具和布塊，長得頗像戰前摩托車騎士的護目鏡，但鏡片部位卻是硬實的金屬罩杯。

旁邊的塑膠布上，有個網球大小，沾著沙子的東西。剛才哈帕迪戴著手套，拿著牙科探針，就是在檢查這個玩意兒。

「那是什麼面具？」凱蒂在自己的面罩下悶聲問道。

「那叫『遮子』。」哈帕迪說。這位平時對死者的慘狀與惡臭不以為意的法醫，今天似乎有些發昏，至於是令人窒息的熱氣，還是屍體的慘狀所致，則不得而知了。「是一種眼罩。你看。」

哈帕迪伸手按下鏡罩上端的小桿子，眼罩便一下打開了。看到死者清澈的灰眼瞪著她們時，凱蒂背後的芭娜絲柯驚跳起來。

「是誰發現的？」

「好像是那兩人當中，年紀較輕的那一位。」哈帕迪朝封鎖線後，一名英俊的二十多歲男子點點頭說。男子正朝著一位當地憲警走過去，臉色看起來也相當蒼白。另一位年紀較大的男子站在他身邊，一手保護性地搭在帥哥肩上，另一手抱著一隻像小獵犬的狗狗。凱蒂覺得兩人看起來像是一對。這並不奇怪，麗都島向來是威尼斯對同志最友善的地區。「他當時正在遛狗，結果狗兒找到這個，叼回給牠主人。」哈帕迪指著一個沾沙的東西說。

凱蒂看不出那是什麼。「什麼東西啊？」

哈帕迪蹲下去，用牙科探針尖端把物體攤開。「受害者的舌頭被拔下來了，也許是用鉗子。」他平靜地表示。

凱蒂聽到背後傳來乾嘔，扭頭看見芭娜絲柯的面罩旁滲出液體。少尉扯下臉上的面罩，彎身狂嘔，希里嘩啦地吐進了海裡。

凱蒂等芭娜絲柯吐完後說：「你得讓哈帕迪採你的DNA，以便他排除一些可能。」

「不用麻煩了。」哈帕迪無奈地指著濺在溼沙上，芭娜絲柯今天的早餐，「我趁新鮮，拿棉花棒從這裡採樣就行了。」

芭娜絲柯喃喃表示：「對不起，我只是……」

「這裡很熱，你去吸點新鮮空氣。」凱蒂命令道。

芭娜絲柯離開後，凱蒂回頭對哈帕迪說：「剛才的事很抱歉，我想這是她第一次的命案現場經驗。」她指指屍體，並問：「所以你的意思是，他在別處遇害，然後被用船載到這裡？而那根舌頭是故意擺在屍體旁邊的？」難怪褲子沾了血，而沙子沒有血跡。「不過若是用船運載，何不直接從船上扔進深海裡，湮滅證據？何苦老遠運到這處海灘，而且又可能被人輕易瞧見？」

「因為誓約的關係。」哈帕迪輕聲說。

「什麼誓約？」

法醫用袖子擦去額上的汗珠後，沉聲朗誦：「我以最鄭重的承諾之心發誓，絕不洩露兄弟之間的祕密，否則甘願毫無保留地接受懲罰，讓我的喉頭割開、舌頭從根拔除、身體半埋在海邊粗沙與海浪交接之處，受二十四小時兩次潮汐的沖刷。」哈帕迪看著凱蒂，凱蒂發現他的眼神相當煩亂。「上尉，我不知道此人是誰，但我敢打賭，他一定是共濟會員。」

2

丹尼爾．巴柏站到總督宮的陽台上。底下的聖馬可廣場，有上千名戴面具的群眾引頸期盼地望著他。丹尼爾知道，全球還會有更多人在電腦及平板等3C用品上看著他。嘉年華網站自創立以來，創建人從未公開露過面，更別說是演說了。自從丹尼爾宣布要直接對網站用戶發表演說後，過去兩天，部落格圈裡便流傳著各種各樣的揣測。

許多人相信丹尼爾將宣布出售嘉年華。谷歌與臉書都毫不掩藏想購買嘉年華的意圖。分析師則紛紛討論價格可能會落在五億美元，因為嘉年華目前雖無廣告，但網站缺乏收入的主因，是因為創建人個性使然，而非網站不具商業潛力。另一方面，嘉年華使用的加密運算法則，對國防工業亦極具價值。

也有人認為丹尼爾打算宣布終結嘉年華最大的特色——匿名性。聖馬可廣場上，每位戴面具的人士，都是網路個人用戶的化身，他們對所有人隱匿自己的真實身分與位址。不過嘉年華的獨特之處在於，匿名只是單方面的，嘉年華網站可以取得你所有聯絡名單上的資料，讓你能與臉書的朋友、你的鄰居、同學或同事互動，而不讓他們知道你是誰，也難怪嘉年華會經常惹來爭議了。最近就有一名十四歲女孩，遭到一群匿名者的網路霸凌而自殺身亡。大部分網站若遇到類似狀況，會將作惡者的個資交給執法單位，唯有嘉年華抵死堅持，連網站主人丹尼爾．巴柏也沒有辦法取得用戶的資料。

丹尼爾從仿造自真實總督宮露台的陽台垂首俯望，忍不住遲疑著。他已經打算好要說什麼了，卻忘記構思如何開場。他當然知道，演說開始時通常都會先打招呼，但要說什麼？「我的嘉年華朋友？」口氣好像怪怪的。「嗨？」感覺又太隨便。

丹尼爾知道，他就是這點毛病，讓許多人將他貼上社交障礙的標籤。

他悶不吭聲地又拖了一陣。

哈囉，世界。他終於說道。

觀眾被逗樂了，透過嘉年華網友溝通時所用的留言、表情符號和竊語來表達他們的笑意。對於那些內行人而言，丹尼爾．巴柏剛剛講了一個很屌的笑話。「哈囉世界」程式，是駭客在示範編碼概念時用的方式，丹尼爾那句話不僅提醒觀眾，他們四周的一切均出自他的創建，也表示他們夠內行，才聽懂得他話中的含意。

站在陽台高處的丹尼爾，瞥見眾人的回應。他嘆口氣，這當然不是出於他的本意，但至少他已經開場了，最困難的部分過去了。

在場有很多人都知道，嘉年華最開始是一種數學模型，協助我了解「計算複雜性理論」。然而經過這些年後，嘉年華的拓展已遠遠超過了我的預期，丹尼爾說。

就技術層面而言，丹尼爾只是對著電腦螢幕打字，而非真正的演說，但嘉年華奇異之處，就是這種差異性會很快消弭而變得無所謂。觀眾開始專心聆聽他的演說，竊語也逐漸平息下來。

也就是說，嘉年華已成爲一個社群了。

十年前，丹尼爾打造這個網站時，幾乎沒有人理解為何要把編碼弄得那麼繁複，網路不是已經夠匿名了嗎？最近由於眾人對資料隱私及網路監視的更形關注，使得嘉年華不再僅是駭客、密碼朋克（cypher-punk）和加密無政府主義者（crypto-anarchists）的天堂而已，嘉年華如今已有超過三百萬人的固定用戶，且數量還在持續增加。

我爲了維護這個社群的自由、和平與安全，不讓它受到政府及執法者的干擾，耗費了非常多的時間。丹尼爾接著說，事實上，嘉年華占去我太多時間了，導致本人在這十幾年中，未能做出任何有用的東西。

因此，我決定把經營嘉年華的重任轉交給各位，也就是嘉年華的用户。例如，由各位決定該如何平衡用户的隱私與公眾責任。由各位決定什麼是可以接受的行爲，而破壞那些準則的用户又會承受什麼樣的後果。各位將決定本網站是否該接受投資，若要接受投資，又該如何去進行。而各位的當急之務，是必須決定如何做出這些決策、如何找出集體適用的程序，選擇嘉年華自己的政治體系。

從今以後，我將不再進一步參與那些討論了。

他俯望群眾。

有沒有任何問題？

好幾百人似乎都有問題想問，丹尼爾選出一位。請說？

——可是你身爲網站主人，一定握有最後決定權，對吧？

不對。網站的所有權與伺服器，都將轉交給嘉年華用户選出的對象。我對網站不再具備任何法定的要求權了。

——爲什麼？那你打算怎麼辦？

丹尼爾頓了一下，努力想說清楚，講明白，最後他表示，最近我對編寫一份簡化婚禮座位安排的軟體很感興趣。

群眾又被逗樂了，雖然這次反應來得較小。丹尼爾的笑話勉強還算好笑。

——你自己會繼續使用嘉年華嗎？

不知道。但話又說回來，嘉年華用户向來匿名，假如各位想維護匿名的原則，應該永遠不會知道我是否上了嘉年華的網站。無論如何，我不會再當管理員，或爲自己保留任何特權了。

丹尼爾最後這番嚴正的聲明，似乎比他說過的任何話更令大家錯愕，因為擔任嘉年華的管理員是大多數人夢寐以求的特權。此時沒有人發聲、沒有人私語，群眾頭頂上僅偶爾冒出幾個驚嘆號，然後便隨著在聖馬可港水面吹起淡淡漣漪的微風，消散無蹤了。

祝各位好運。丹尼爾說完往後退開，關上陽台的門，他感覺底下群眾開始熱鬧地爭論自己剛才話中的意思。

在真實世界的巴柏府音樂室裡，擺著嘉年華的大型伺服器，丹尼爾把坐椅從螢幕前推開，如釋重負地吐了口氣。他前面牆上貼了一張短短的事務清單，丹尼爾拿著筆，伸手劃掉第一件事項。

離開嘉年華。

當他回頭關掉電腦程式時，螢幕上跳出一道訊息。

你確定嗎？

丹尼爾點選「確定」，感覺雙肩重負頓釋。

3

凱蒂走過去，對拿著水瓶漱口的芭娜絲柯說：「你去把發現屍體的證人口供寫下來。我會在一旁監聽，好歹這對你是不錯的訓練。」

芭娜絲柯指指帳篷。「謝謝你。剛才在裡面……我很抱歉，以後不會再犯了，我只是還有些暈船罷了。」

「算了。不過以後最好還是先打聲招呼，再離開犯罪現場，這樣總比吐得到處都是好。準備好了嗎？」

她們走到年輕人所站的地方。凱蒂覺得芭娜絲柯把他安撫得挺好，偶爾還讓他的同伴加入對話；她甚至伸手撫摸小狗，雖然小狗想用沾沙的溼舌頭去舔她的手指時，芭娜絲柯不由自主地縮開了。

原來年輕人是演員，到威尼斯參加電影節。他的同伴是導演，來為下一部電影集資。

「我帶了一位明星來這裡。」年長的男子插話說，同時捏了捏年輕人的手臂。

演員深情地看他一眼，然後接著說：「總之，我睡不著覺，加上道芬也醒了，所以我便帶牠去散步。」

年長男子說：「我吃了一顆安眠藥。我問過大衛要不要也吞一顆？但是你不喜歡吃藥。」

年輕人點點頭。「我吃藥會覺得昏沉。總之，我們回飯店途中，道芬找到那個……那個東西，然後我就看到屍體了。」他渾身一顫，年長男子拍拍他的肩膀。

「當時的時間是？」芭娜絲柯邊問邊記下一切。

年輕人猶豫著說：「很難講，應該還滿早的。」

「你第一次經過時，屍體並不在那裡嗎？只有回來時才看到？」

「我想是的。我的意思是，應該只是光線的關係。」

凱蒂等芭娜絲柯問完話後，客氣地表示：「能不能麻煩你回飯店拿你們的證件？」

果如所料，年長的男子說：「我去拿吧，反正帳篷對狗狗來說太熱了。」

年長男子一走，凱蒂便對年輕人說：「現在你能告訴我，昨晚究竟發生什麼事了吧？」

對方眨眨眼。「什麼意思？」

「你真的是一大早出去散步嗎？還是深夜跑出去玩了？」芭娜絲柯不解地瞄了凱蒂一眼。「我很清楚亞伯羅尼的樹林裡，夜裡有些什麼活動。」她接著說：「沒關係的，但我必須查明屍體被放到這裡的確切時間。」

年輕人一臉羞愧地說：「我原本想告訴你的，可是米羅在旁邊聽，害我很難啟齒。我以為我若帶狗出門，他永遠也不會發現，我本來只打算去一、兩個小時，可是昨天晚上很……很熱鬧，等我驚覺時已經過四點鐘了，所以我便趕緊回飯店。道芬就是在那時找到舌頭的。」

「所以你第一次經過這個地點時，天色還是黑的？也就是說，你有可能視而不見地走過去？」

他點點頭。

「謝謝你，我把筆錄寫好後會拿給你簽名。」

兩人獨處時，凱蒂對芭娜絲柯說：「沒有人教過你，寫筆錄時要一對一嗎？」

少尉一臉懊惱。「有啊，可是……」

「你想表示自己並不怕同志。所以那是你要學的第二個教訓：早點克服你的恐懼。」凱蒂說。

「我本來想……我的意思是我應該……」

「那你為什麼不那麼做？」

✣ ✣ ✣

凱蒂朝看守封鎖線的三位憲警走過去，她和善地說：「早啊，各位。你們是否已偵問過海灘上每個人，查看有沒有證人了？」

三名男子面面相覷。

「怎麼了嗎？」凱蒂問。

其中一人，也就是她稍早認得的那位憲警表示：「我們跟擺躺椅的工人談過了，還有清理沙灘的拖拉機駕駛，以及蓋旅舍的工人。」

「然後呢？」

「沒有人看見任何動靜。更奇怪的是，大家都跑掉了。擺躺椅的工人都生病了，拖拉機駕駛說車子引擎壞掉，工地的工人全下班了，不過他們也說不清當時值班的有誰。」

「那這批人呢？他們有很早就到這裡的人嗎？」凱蒂指指那些做日光浴的人。

「他們全都是觀光客。就算當時這裡有本地人，也都開溜了。」

凱蒂再度望著那些躺椅，發現很多椅子都空了，而且不斷有更多人離去，沙灘上的旅客就像一群被遠方飛鷹驚嚇的鳥兒，決定最好放棄曬太陽，以免無端被捲進這裡的是非。

凱蒂嘆口氣。「再去問問那些工人，好嗎？還有今晚回這裡，說不定有些夜間來海灘的人，昨天也在。」

凱蒂心想，也許今晚前，噤聲的消息便會越過麗都島，傳入威尼斯了，但還是值得一試。

✣ ✣ ✣

檢驗小組收拾現場時，凱蒂與芭娜絲柯駕船到麗都島南端的松林。這裡俗稱亞伯羅尼，或簡稱「沙丘」，是威尼斯的非官方天體沙灘，也是唯一的同志天體營，但兩者之間的界線，模糊如流動的沙子。可惜她們運氣不佳，沒找到任何證人。林子裡一早十分安靜，少數幾個還在遊蕩的男子一見到兩名穿制服的憲警，便匆匆鑽入林子裡了。

後來凱蒂在林子深處瞥見一抹紅，那是一頂帳篷。在聖尼可羅的規定地區外露營是違法的，但看到有人無視規定，凱蒂並不訝異。凱蒂走向帳篷喊道：「裡頭有人嗎？」

片刻後，帳篷門的拉鍊開了，一張灰白的臉抬眼望著她。

凱蒂畫蛇添足地說：「我是憲警隊的，能麻煩你出來嗎？」

男人走出帳篷，凱蒂連忙又說：「能請你先穿上衣服嗎？」

「為什麼？」男人挑釁地問。

因為他除了藐視穿制服的憲警，還犯了猥褻罪，但凱蒂決定把到了舌尖的話吞回去，改採不同的方式。

「你那樣覺得比較自在是嗎？」

「是啊。有問題嗎？」

「呃，咱先別管吧。」她和善可親地說：「我們想知道今天一大早，這地區有哪些船隻。大概凌晨四點左右？」

男子想了一會兒。「我今天剛好起個大早，有看到一艘大郵輪，不過位於遠方海上，還有一艘moto-scafo。」

「有一輛水上計程車？你確定？」

「相當確定，是那種舊式的汽艇，有漂亮的木板、駕艙和長形船體。」

「有任何旗子或船側的標誌嗎？」

「不記得有。」

「你若想起任何事，請打電話給我們，這是我的號碼。」凱蒂遞上名片給他，想了想又問：「那艘郵輪往哪個方向開？」

「那邊。」男人指向北方。

凱蒂望著大海，除了水道上的兩三艘船外，地平線都沒有半艘船。

這是凱蒂離開辦公桌後，首次感知自己面臨的案子有多龐雜。一名男子被殘暴地虐殺了，但案情並不單純，他的屍體經刻意安排，拋置在沙灘上，以傳達一份訊息。無論兇手是些什麼人，他們顯然相信自己能逍遙法外。

甘願毫無保留地接受懲罰，讓我的喉頭割開、舌頭從根拔除、身體半埋在海邊粗沙與海浪交接之處……

儘管酷暑炎炎，凱蒂卻覺得一股寒顫竄下背脊。

4

荷莉・博蘭少尉掀開父親舊皮箱上的鎖釦，將皮箱蓋子打開。

她的童年就收放在箱子裡的一層襯紙下。

首先映入眼簾的是荷莉畫她最愛的比薩廣場。她畫的不是觀光客雲集的奇蹟廣場[2]，而是大街盡頭，一處面積小了許多的廣場。她跟家人就住在那裡。義大利鄰居們會在雜貨店裡聊天購物，倚著鋅製的吧台喝濃縮咖啡，或坐在偉士牌後座吃冰淇淋調情——視他們的年齡與性別而定。畫卡上寫著「BUON COMPLEANNO PAPA!!! 生日快樂，愛您的荷莉!!!」

她發現畫中義大利文與英文混用，那一定是她在十一、二歲時畫的，當時兩種語言在她腦中還交疊並用。

卡片下方是放在透明檔案夾裡的一份作業，標題是「美國軍官之女在義大利的生活」，作業附上一張她和兄弟在達比基地烤肉的照片，三兄妹都穿著泳衣。即使當年，她也跟她兄弟一樣精瘦，她的頭髮在義大利夏陽的浸染下，甚至比他們的更為金亮。他們背後有一群穿運動服和棒球帽在慢跑的海軍。

2奇蹟廣場（Campo dei Miracoli）：又稱為主座教堂廣場。廣場上有四大建築：比薩主教座堂、比薩斜塔、聖若望洗禮堂、洗禮堂墓園。

照片附文寫著：「Io amo la mia vita in Italia! 我好愛義大利的生活！」

荷莉微笑著放下照片，繼續往下看。一份馬多娜中學頒發的優等證書，上面寫著學生荷莉．博蘭游了八百公尺。另一份手製卡片上寫著「Per il miglior papà del mondo! 給世界最棒的老爸！」日期是三月十九日，聖喬瑟夫節，也是義大利的父親節。義大利的孩童會在這天穿上綠衣服，並製作 frittelle 甜餅來感謝他們的父親。

荷莉心想，不知自己從何時起，便不在六月的第三個星期日——美國的父親節——送爸爸卡片了。她可曾注意到，自己已揚棄故鄉的習俗，改採她所成長的國家的風俗？父親呢？如果他曾留意到，是感到驕傲還是擔心？或兩者都有一些？

荷莉既興奮又感傷地繼續一層層往下探掘，每張她為父親製作的卡片、每份她引以為傲的作業、每張她爭取來的證書和寄回家的明信片……父親都一一保存下來了。他跟大部分軍人一樣，隨時準備搬遷，他最珍惜的財物，都放在行李箱裡，而不是擺在櫥櫃或抽屜中。父親的這只行李箱幾乎全用來留存她的童年，想到這裡，荷莉便感動到差點落淚。

再往下看，荷莉找到父親為她拍的一張照片。她坐在偉士牌後座，咧嘴笑得像隻吃了奶酪的貓，正準備由一名戴太陽眼鏡的年輕人載往別處，男孩的牙齒在橄欖色的面容下閃閃發亮。她應該差不多十五歲吧，發育中的瘦長雙腿，套在她所見過，最短的牛仔短褲下。

「你還好嗎？」

荷莉轉過頭，母親已進入車庫了。「嘿，老媽，瞧我找到什麼。」荷莉把照片拿給她看。「我以前出門真的那樣穿嗎？你們真的覺得那樣好嗎？」

她母親可憐兮兮地笑了笑。「我們好像沒有太多選擇——你一向固執，而且那些義大利男生也一向非常君子。」

「他們在你和老爸面前也許會裝君子，但我記得些人還挺愛亂摸的，我沒出事算奇蹟……」她突然頓住。

她母親沒說話。荷莉曾跟她稍稍提過，自己從維琴察附近的埃德里基地請長假的事由。母親只知道有個美國上校把荷莉幽禁在地下軍事設施裡，並刑求她，但她知道最好別逼女兒說細節，除非她自己願意談。

荷莉回頭取出行李箱中的隔層板，底下是她父親的軍禮服。一件四個口袋的綠夾克，加上勳章與肩飾；有黑色縫邊的茶色長褲；一頂軍帽。另外還有一小盒各式勳章，都是些獎勵表現與努力的獎章，而非戰功。她父親是位盡責的軍官，熱愛並相信國家與自己的職責，但他不是嗜血的戰士。

勳章底下有條飾帶，荷莉將它拿起來。飾帶的設計像背心一樣，用來套在脖子上，且帶面繡了許多符號：一支圓規、一把直角尺，和裡面有一隻眼睛的三角形。「我不知道老爸以前是共濟會員。」荷莉驚呼。

母親從她手上拿過飾帶點頭說：「噢，他是呀，我們搬去歐洲以前他就一直是共濟會員了，我們在達比基地安定下來後，他就當選基地附近會所的成員了。他總說，那是為了你們，為了你和你兄弟。」

「為了我們？怎麼說？」

「他說那是一種結交地方人士的好辦法，但事實上，我覺得他只是喜歡穿著制服跟人交往，好像在基地還不過癮似的。當初入會好像是他朋友柏卡多先生推薦的。」

「柏卡多……」荷莉想起有位叫柏卡多的鄰居，是藥劑師，他女兒與她同班。「就是因車禍而過世的那位嗎？」

「是的，就是他。」母親說著把飾帶交回來。「你要不要幫你爸爸刮鬍子？漢默德醫師很快就會到了。」

「好啊，我先把這裡整理好。」

母親在車庫門口停了一下，回頭看看堆在牆壁四周的箱子與皮箱。「謝謝你幫忙整理，荷莉，自從我們回家後，我都沒碰過這些東西。我不知道他那些軍方的舊東西哪些重要，哪些可以扔掉。」她沉默片刻後說：「不過我想，其實現在都無所謂了。」

母親離開後，荷莉把注意力移回行李箱上。軍禮服底下還有更多卡片與相片，有些是他們搬到比薩前，在歐洲各基地，每隔幾年便搬遷時的照片。她抽出一張父母共舞的照片，兩人看來如此的青春無憂。猜想應該是在德國吧，他們就是在那裡相遇的。

荷莉再次往下探，手指在行李箱的棉襯裡摸到一個突塊。棉布很舊很脆了，荷莉戳第二次時，布就裂開了。荷莉抓到幾張塞在襯裡中的紙張尾端，順勢把紙抽出來。

首先映入眼簾的是一首詩。她認出是父親那架舊ＩＢＭ電子打字機的字體。

城市、君王與權力
在時間的眼裡，
永恆如日日開落的
花朵：
當新的蓓蕾，

冒失地從衰竭的大地，
朝志得意滿的新人萌生，
城市將再次崛起。

本季的水仙花，
從沒聽說，
那去年被砍倒的，
有何改變，有何機會，又歷經何等的苦寒；
她綻放著大膽的容顏，
天真無知地，
以為連續七天的開放，
將成為永恆。

吉卜林的詩作是父親的最愛之一。以前每當父親朗誦時，家人就猛翻白眼，但從來無法阻止他。

下面一張紙上有幾段文字，也是用同一架打字機打的。

Re：備忘錄附件

本備忘錄詳述一位義大利百姓，比薩的亞里斯塔奇分會的弟兄對我的報告，內容與北約底下一個代號

為「劍黨」的祕密附屬組織相關。

一九九〇年，劍黨的指揮體系與其他網絡突告終止運作，我不確定這些事該向誰報告，因此將此備忘錄交給我認識的美國情報官，我知道此人之前曾參與制衡恐怖組織的行動，例如赤色旅[3]，希望他能將備忘錄交給最適合採取行動的人。

我將這份拷貝存放在此，以茲保管。

愛德華·博蘭少校

一九九一年三月十二日

備忘錄本身有三頁紙，釘在一起，上面用紅墨水印上「拷貝」二字，並標示著：**極機密**。

荷莉翻開首頁。

自去年十月劍黨行動被公開後，我們這些參與北約的人，便火速關閉網絡，將行動資源移回盟軍手中。不過最近我發現，某些前劍黨探員不僅抗拒這種做法，甚至利用共濟會的兄弟會做掩護，積極重新集結。

「荷莉？」母親從屋裡喊她。

「來了。」荷莉回喊著，一邊翻到下一頁，快迅瀏覽內容，然後才放下文件。原來她父親與惡名昭彰的劍黨行動有關，這是義大利戰後歷史中，最吊詭也最具爭議的事件之一。荷莉在成長過程中，確實意識到父親無法談論某些部分的業務內容，但她並不知道父親處理過情報工作。

荷莉進屋後，走到以前的餐廳。「嗨，老爸。你猜怎麼著？我剛剛在讀你以前寫的備忘錄，而且還找到我在比薩高中的所有證書。」

窗邊病床上的父親，抬起一對深色的眼眸，困惑地看著她。荷莉移到父親視線的中央，讓他更能看清女兒。

「那張馬托維索廣場的畫，勾起我好多回憶。記得街角的冰淇淋店嗎？他們的橘子口味，真的是我至今吃過最棒的。」

他繼續默默望著荷莉。

「我現在能幫你刮鬍子了嗎？」荷莉等他回應，看到父親沒反應後，她又說：「我先去準備熱水。」

她拿著刮鬍刀剃去父親頰上的白鬚，想起小時候她總愛在父親下班晚歸時，親吻他長滿鬍渣的臉頰。

「如果你能稍稍往右邊移一點……」她探過身子幫他刮另一邊的臉。「沒問題，咱們都刮到了，不是嗎？」

「你能跟他說話真好。」有道聲音在她背後輕聲說。

荷莉抬起眼，漢默德醫師就站在門口。他年輕帥氣的外型常令荷莉感到訝異，曾幾何時，醫師們都幾乎跟她一樣歲數了，更別說還長得很英俊？不過漢默德當她父親的醫師已經快五年了。

「我要是不跟他說話，感覺很沒禮貌，何況你也說過，老爸有可能聽得懂，只是無法表達而已。」

「機會很小。」醫師提醒她：「有些中風患者確實會有閉鎖症候群4，令尊的檢查結果顯示他的右腦

---

3 赤色旅（Red Brigades）：一九七〇至八〇年代，義大利一涉及許多暴力事件的左翼組織。

4 閉鎖症候群（lock-in syndrome）：神經性疾病，所有身體部位之隨意肌完全癱瘓，只剩控制眼睛的肌肉可活動。

血管受損，即使第一次中風後，能聽得懂別人對他說的話，但現在也不太可能了。」

「無所謂。」荷莉回頭看著父親，拿毛巾小心翼翼地擦拭他的臉。「好啦，都擦好了。漢默德醫生會幫你檢查，待會我再回來，咱們再多聊一些，好嗎？」

父親的表情沒有變化。荷莉站起來說：「那就交給你了。」

漢默德醫師檢查時，荷莉去清洗刮鬍刀片，這時她突然心生一念。

荷莉到廚房找到母親。「你剛才提到的那位鄰居，那個死於車禍的柏卡多先生，車禍發生的確切日期是什麼時候？跟老爸生病差不多時期嗎？」

她母親皺著臉。「噢。那件不幸的事嗎？是的，就在你爸爸病倒前不久，我記得你爸爸很難過。畢竟他很喜歡柏卡多先生。」

荷莉返回車庫，抽出父親的備忘錄看過一遍，這回看得更緩慢，一邊尋找她稍早瞄過，但僅略有印象的名字。

找到了。

是吉安魯卡．柏卡多，我的鄰居與好友，他率先跟我提到我們分會裡新來的成員。柏卡多問我，身為美國軍官，能否告訴他，新成員中有些人所說的話是否屬實……

另一道更切實的念頭，突如轟雷般地向她劈來。荷莉透過敞開的車庫門口，看到走回自己車子的漢默德醫師。她喊道：「醫生？能耽擱你一分鐘時間嗎？」

「沒問題，荷莉。」他的笑容好親切，荷莉首次意識到，醫師對她或許有些好感。

「你能回答我一個假設性問題嗎？有沒有可能，或至少在理論上，故意讓一個人中風？」

「呃，如果那個人喝酒、抽菸或有高血壓……」

荷莉打斷他。「我不是指他們的生活形態，而是指如果某人已經有這些風險因子，有沒有什麼物質或藥品，可以讓他更可能中風？」

醫生想了一會兒。「我猜抗凝血劑可以吧。這類藥品以前用來滅鼠，醫師有時會開給有血栓問題的患者。不過沒有醫師會開給已經有顱內出血風險的病人。」

「因為那些風險因子，會寫在他們的病歷上，對嗎？醫生會懂得避開那一類等級的藥物。」

醫師點點頭。「沒錯。」

或故意去針對，荷莉心想。

或有人能從受害者的個人病歷，得知最可能殺害他的方式。

這種可能性真是想都不敢想，然而一旦想到了，便不可忽略。父親和他的友人不小心知道一些事，父親認為十分重要，須知會上級。結果在短短的時間內，柏卡多死了，而她父親則中風病發。

有人想將他們兩人滅口，而滅口的理由，就握在她手裡。

5

「我們最快要明天才能驗屍。」哈帕迪醫師帶著兩位憲警軍官穿過停屍間，一邊表示歉意。「昨晚醫院裡有兩起死亡案件，得先處理。」

「沒關係，其實我們是來找你談話的。」凱蒂說。

法醫低調地說：「我猜到了，咱們進裡面談。」

哈帕迪帶他們到太平間側邊，自己的辦公室裡，這裡幾乎與停屍間一樣寒涼。凱蒂隔著玻璃牆，看到技術員史帕茲正拿著相機，彎身對著受害者的臉部拍照。她知道相片將透過專業軟體，上傳到谷歌圖片搜尋，希望藉此找到吻合的人。這種做法並不會取代正式的辨識，但或許能給他們帶來一點頭緒。

哈帕迪把一份傳真紙交給凱蒂。「我稍早跟我們的導師談過了，這是我們分會裡所有人員的名單。」

「你當共濟會員多久了？」凱蒂掃視名單問。

「快七年了，外界對我們有些誤解。我們主要是做慈善，而且自從實施《安瑟米法》（The Anselmi Law）後，共濟會甚至也不是什麼祕密了。」

凱蒂點點頭，十年前規定的《安瑟米法》，要求所有俱樂部或社會團體交出會員名單，使得祕密結社成為非法。

凱蒂注意到一個名字，接著又是另一個名字。「我的天，我認識他，還有他。」名單上至少有六名資深憲警軍官。她翻過紙頁，列在S字母下的有瑟托將軍，也就是將本案派任給她的少將。

哈帕迪點點頭。「瑟托將軍就是我的推薦人，附議人是法拉維尼少校。」

凱蒂把名單擱到一旁。「但你並不認得這名受害者？」

病理學家搖搖頭。

「除了你們的分會外，威尼斯還有其他社團嗎？」

「據我所知沒有。」他遲疑道：「沒有其他正式的社會團體。」

「『正式的』社會團體？那是什麼意思？」

「《安瑟米法》……有些共濟會員根本不甩那條規定，有時你會聽人談到『黑』會，也就是官方共濟會、兄弟會之外的地下組織。就技術而言，他們沒有權利自稱為共濟會，但他們會辯稱自己更忠於早先的嚴格儀式，如拔舌之類的做法。那已經有好幾十年不在官方的誓約中了。」

「所以舌頭被拔，可能表示咱們的受害者是黑會的一員嗎？」

「我想有可能，是的。」他勉強表示。

「那我該如何著手尋找這一類的社團？如果威尼斯有的話？」

哈帕迪醫師搖頭說：「我不認識熟悉這些事情的人。」

那一瞬間，凱蒂似乎從他眼中看到一絲恐懼。她追問：「不過你有可能會聽到一些八卦吧？或謠言什麼的？任何對本階段有用的訊息？」

哈帕迪似乎打定了主意。「我不知道是否有關，不過據說有位蒐集共濟會大事記的富豪，我聽說此人相當的……霸道。」

凱蒂覺得霸道又不犯法，但哈帕迪提及此人，或許尚有其他難以開口的理由，因此只淡淡地問道：「他的大名是？」

「堤聶黎。堤聶黎伯爵。」

凱蒂揚起眉毛問：「就是買下葛瑞茲島的那一位嗎？」

堤聶黎伯爵在威尼托是號響噹噹的人物，從他的頭銜便知道他們家是很有底的舊世家，也是知名氣泡酒Prosecco的製造商。原本低調沉寂的家族公司，近期在他的領導下，歷經一系列大膽的成功擴張後，單純的酒廠商標已轉化成類似於Armani或Benetton的時尚品牌了。現在你可以買到堤聶黎旅行箱、堤聶黎太陽眼鏡或堤聶黎古龍水；凱蒂自己就有一條堤聶黎的喀什米爾圍巾，每年冬天都會拿出來戴一戴。這位幕後推手同時逐漸從商場轉戰至報紙首頁，從最近的貪污醜聞到羅馬政客的缺失，大家每件事都想聽聽他的看法。因為他的意見與對改革的疾呼，媒體都會如實照登。前不久，堤聶黎才從現金短缺的市政府手裡買下葛瑞茲島；據聞政府連番出售幾座島嶼，是為了填補摩西工程計畫的財務黑洞。

「謝謝你。」凱蒂背下名字，將來備用。現階段去找堤聶黎談話並無太大意義，就算她握有證據，訪問那種重要人物也不會是件容易的事。

「我會把我們檔案管理員的名字給你。」哈帕迪勉強表示。「如果我想知道更多共濟會的事，該找誰去問？」

「上尉？」史帕茲在停屍間裡喊道。

他們走到大房間裡，史帕茲的電腦螢幕上有五、六張當地報紙的照片，全都是同一名中年男子穿著各式昂貴西裝的畫面。凱蒂靠向電腦螢幕，大聲讀出照片下方的圖解：「亞利桑多．卡山德先生於新成立的大師藝術中心開幕式……」、「BCdV私人銀行資深合夥人亞利桑多．卡山德與『拯救威尼斯基金會』捐助者……」、「亞利桑多．卡山德捐贈一百萬歐元支票給兒童之家……」、「亞利桑多．卡山德與夫人在BCdV贊助慶祝晚宴上，與貴賓留影……」

凱蒂瞄著哈帕迪。「亞利桑多．卡山德，你還是確定不認識他嗎？」

他搖搖頭，凱蒂拿出哈帕迪給她的共濟會官方名單查看，名單上也沒有卡山德的名字。

她到谷歌輸入「BCdV私人銀行」，點進第一項搜尋結果。

歡迎來到威尼斯天主教銀行（Banca Cattolica della Veneziana）

關於我們

我們的業務

團隊成員

凱蒂點進「關於我們」。

威尼斯天主教銀行（BCdV）是義大利第四古老的銀行，亦為少數留存至今的私人銀行。本銀行最早為自助式組織，以符合宗教信念的方式借貸，如今則為私人客戶和各機構，管理三百多億歐元的資產。

一九〇四年，與本行過去兩世紀向有來往的宗教事務銀行[5]，取得本行小部分股份，正式成為本行一員。

凱蒂大聲說：「ＩＯＲ呀，梵蒂岡銀行，咱們受害者的人脈真不是蓋的。」

她點進「團隊成員」，看到所有資深合夥人的照片，每張照片下方都簡短地註明他們的名字及專業項

5 宗教事務銀行（I'Istituto per le Opere di Religione）：簡稱ＩＯＲ，又名梵蒂岡銀行，是梵蒂岡的私人銀行，不對外開放。

目。卡山德的標註上寫著「財富管理與稅務規劃」。

凱蒂瞄著屍體，拿屍體的面容與螢幕上的照片做比較。「你覺得如何？」她問芭娜絲柯。

芭娜絲柯少尉自從進入停屍間後，幾乎沒說半個字——凱蒂猜她很努力不讓今早的災難重演。芭娜絲柯猶豫地說：「我不確定。他看起來不太一樣，似乎比較年輕。」

「那是因為他死了，而且泡過海水，皮膚在幾小時內會開始繃緊，就像拉皮一樣，只是不會維持那麼久罷了。是他錯不了，不過我們需要他妻子的正式指認。」

「所以我們現在去找她談嗎？」

凱蒂再度看看死者，現在他的遺體已洗淨，死因就變得一目了然了。卡山德並非死於喉頭的割傷，而是左乳頭旁邊那個整齊的小孔。刀刃精準地對準了他的心臟。凱蒂心想，卡山德當時應該是裸胸跪著，被那副奇怪的眼罩蒙住了眼，因此凶手才能好整以暇地慢慢瞄準。

即便如此，那傷口如此俐落；一次到位，無須再次動手，或亂刺來發洩凶手的憤怒。這是一場精準、冷血，由老手所為的謀殺。

所以：有一名職業殺手；一具非本地官方共濟會員的遺體，被扔在威尼斯最熱鬧沙灘上；現在又冒出一家天主教銀行……本案已具備所有永遠破解不了的懸案特質了，這是那種人們會在茶餘飯後閒聊多年，雖心知肚明，但只能無奈聳肩的案子；這只是經過無數醜聞與整肅的折磨後，仍深深為害她國家的層層勾結中的另一事例。

而她因為某些原因——凱蒂是憲警隊中，調查經驗最少的軍官——被派來調查此案，還配上一位堪稱笑話的助手。凱蒂第一次懷疑，這是不是蓄意的安排。

凱蒂說：「不。我們去找檢察官，並申請一份搜索令。」

6

這天剩下的時間，荷莉便掛在網上，不斷想著義大利歷史中這個代號叫「劍黨行動」的詭異事件。雖然公眾注意到此事時，荷莉還只是個孩子，但她已經相當熟悉此事的梗概了。

一九九〇年，義大利總理朱利奧．安德洛帝（Giulio Andreotti）為了對付窮追不捨的檢察官，先發制人地對國會揭露一支由義大利平民組成的祕密部隊；該部隊由北約負責招攬、培訓、供給裝備，旨在共產黨入侵時，做為反抗的輔助軍力，或抵制共黨勝選。現在看來雖覺得不可思議，但荷莉知道，在風聲鶴唳，義大利共產黨得票率經常超過百分之三十五的冷戰時期，這樣的事是極有可能發生的。

劍黨一詞取自「gladio」，意指短劍，是羅馬時期百夫長[6]近距作戰時所用的佩劍。安德洛帝揭露劍黨後引發眾怒，大家接著發現，某些「劍黨人士」並非總理所說的，是訓練有素的後備部隊時，輿情又更加憤慨了。實際上，劍黨利用他們所受的訓練和北約提供的炸藥，以暴力干預義大利政治，做為「緊張策略」的手段之一，希望藉此煽動群眾，逼政府拿出更好的安全辦法。在動亂的七〇、八〇年代，所謂的「鉛年代」，許多暴行便是劍黨所為；不過即使在四十年後的今日，被實際定罪的劍黨人員仍少之又少。

6百夫長：古羅馬軍制中管理一百名士兵的軍官。

從荷莉父親的備忘錄看來，他似乎只是湊巧捲進這個事件裡。他寫道，劍黨成員大部分的訓練，都在薩丁尼亞島西岸偏遠的瑪拉古海岬（Capo Marrargiu）舉行，達比基地的北約人員僅提供祕密通訊與戰術的理論知識。即便如此，荷莉仍可從父親冷淡而制式的報告中，嗅到他對上級命令他參與這項事務的不安。

我們達比基地的人沒有權利質疑要如何解散這種關係網，也沒有立場表達意見，是否該提供武器給那些意識形態上可能極端反共的人——這些人的做法、專業度與榮譽感，有時會與美國陸軍相抵觸。

荷莉發現，自己若想查明備忘錄與父親中風是否直接相關，就不能待在八千公里外的佛羅里達，死守在父母家中。

撇開她上次在義大利的遭遇不說，她也該回去仍被自己視為家園的那個國家了。荷莉登入達美航空的網頁，為自己訂了機票。

✣　✣　✣

訂妥機票後，荷莉看到新聞動態上的消息：「嘉年華創辦人隱退」。讀報導的同時，荷莉心中五味雜陳，她是少數了解丹尼爾．巴柏的人，她與丹尼爾有過短暫的戀情，最後因她在北義隆加雷的美軍地下洞穴倉庫「冥王倉」受了難，而戀情告吹。荷莉懷疑現在兩人還能重修舊好，她雖然覺得丹尼爾人很不錯，但對她這種心靈創傷未癒的人來說，丹尼爾太難接近，也太脆弱了。荷莉跟所有人一樣，對丹尼爾以3D技術，創造出一模一樣，仿真版的威尼斯的毅力與才華，欽佩不已，但她總覺得嘉年華網站有些詭譎。荷莉知道她的威尼斯朋友凱蒂．塔波不會同意以上的看法，因為凱蒂覺得丹尼爾引以為傲的加密技術，只是威尼斯老祖宗們去賭博、八卦或私通時，佩戴的面具的現代版，但荷莉骨子裡畢竟是清教徒。

不過她很好奇，丹尼爾究竟出於什麼理由做這種聲明。她點進幾個連結，發現大家都在揣測。許多人說，這是自越南籍遊戲開發者阮哈東收到惡意威脅，把他當時人氣最夯的遊戲 Flappy Bird 從網上撤走後，最轟動的網路退出事件。一般認為，巴柏必然是因為崩潰了之類的因素。

丹尼爾表示，他對婚禮座位的安排極感興趣，卻被大部分人嗤為笑話一樁。

但荷莉知道：丹尼爾不會開玩笑。她繼續追查，最後找到一位麻省理工學院年輕數學教授張貼在網路的文章，標題是：

我的 XX——丹尼爾．巴柏竟然認為他能夠解出 P=NP

教授解釋說，P=NP 是電腦時代最重要的數學題之一，也名列六道「千禧年大獎」未解難題。簡言之，題目要問的是：有沒有一個運算法則能讓電腦快速找到複雜的數學問題的答案，並予以檢驗。

作者知道，即使是這樣簡單的解釋，有些讀者仍無法理解，便舉出一個真實的例子。

假設你想去迪士尼樂園，知道那邊最夯的幾個遊戲都大排長龍，因此想找出把等候時間減至最低的路線。園區一日遊的行程裡有二十一個遊戲點，因此有 51,090,942,171,709,440,000 種可能的路線，約是世上砂子數量的六倍。

但問題來了。如果你找出兩條路線，也知道每條路線粗估的等待時間，便能很快看出哪條路線較佳。換言之，解答很容易檢視。我們為什麼不能設計出一種能同樣輕鬆找出最佳路線的電腦程式？目前我們只能各別找出答案再逐一比較，這種方法有時稱為「暴力攻擊」程式（brute force program），是邊錯邊試的美稱。當可能的答案數量多到二十一個階乘時，如上述遊樂園的例子，即使是電腦，也要花超過一個人一輩子的時間才能找出答案。

座位安排程式只是同樣問題的另一種版本。假設有五十對夫妻要參加你的婚禮，每張桌子能坐十個人，如何才能將這些夫妻分開，讓每人的鄰座都不是他們的伴侶？還有，如果將問題再搞得複雜些，像是如何同時確定，讓新郎的每對親友都能至少與新娘的一對親友同席？接著，假設新郎邀請他橄欖球隊所有十五名隊友，大家打算如果同席，就喝到爛醉，合唱一些粗俗的曲子……人們通常會想出可以接受的辦法來解決這類問題，因為很容易便能看出有沒有做對。可是為何不可能寫出一個能幫你做這件事的演算法？

演算法不是魔術，只是一套執行計算的指令。每次你在學校計算長長的乘法題時，就會用到演算。可是在上述的例子裡，尚無人能找出可以讓電腦在數學家所說的多項式時間內——或簡稱P時間，指一段不會長到誇張的時間——算出答案的演算方式。

重點是，如果真的有這種演算法，它將革新我們訴求電腦執行的任務類型。我們可以用機器解開人類存在所剩的每項謎題了，從海浪為何會破碎，到紐約上空的噴射機痕何以影響倫敦的下雨機率等等，都能夠迎刃而解。這意味著電腦可以掃描我們性格的每項細節，找到世上最可能成為我們靈魂伴侶的人。那表示我們不再需要勞師動眾，寫出一大堆垃圾後，才能產出像莎士比亞寫的佳作，只要一部電腦，便能寫出一部原汁原味的莎士比亞鉅作。理論上，亞馬遜甚至可以按照你最喜歡的文句與其他作者作品中的人物，為你量身寫書。或者，從更無私的層面來看，這表示如果有五十位腎臟捐贈者和五十位洗腎患者，便可以在數秒之間，為他們找到最有效的配對了。

諷刺的是，那也表示像嘉年華和PayPal這種加密的網站，有大麻煩了，因為駭客能快速的製作出這些網站所依賴的加密金鑰。

老實說，許多人認為P=NP的世界貧瘠而無趣；欠缺創意，本能與直覺在這裡幾乎無處發揮。因此，許多人也認為P永遠不會等於NP，我們已遇到數學的極限，電腦已達能為我們所用的極致了。

丹尼爾．巴柏在數學界裡的知名度並不高——他不是俄國數學家佩雷爾曼（Grigori Perelman）或美國華裔數學家丘成桐，不過他對KL散數（Kullback-Leibler）的初期研究，原創力驚人。或許必須有一名思維更接近電腦而非人腦的人，才能夠幫助電腦更接近人類的思考。

但話又說回來，丹尼爾．巴柏的報告幾乎是二十年前發表的，自此之後他就未再提出任何亮眼的成績。「費馬最後定理」（Fermat's Last Theorem）出現了三百五十七年後，才由英國數學家安德魯．懷爾斯（Andrew Wiles）予以證實。又過了一百多年後，佩雷爾曼才解出「龐加萊猜想」（Poincare Conjecture）。一九七一年，斯蒂文．庫克（Steve Cook）用公式清楚地表述P=NP的問題，便獲得了費爾茲獎[7]。我實在不看好丹尼爾．巴柏能摘下千禧年大獎。

7 費爾茲獎（Fields Medal）：正式名稱為國際傑出數學發現獎，乃數學界之諾貝爾獎。

這篇報告上有十四條評論，全都與作者看法一致。荷莉很想也添上一條，但最後決定把想法擱在心裡。麻省理工學院的教授也許很懂數學，但他並不了解丹尼爾．巴柏。

7

「如果我們等他老婆做正式指認，他辦公室裡任何有用的證據，一定早就被搜刮一空了。」凱蒂耐著性子說：「唯一能確保找到線索的辦法，就是現在立刻開搜索令。」

檢察官法拉維歐．李方帝對他的副手，一位名叫梅莉莎．羅曼娜的檢察官說：「我想你對此事應該有話要說吧，律師？」

羅曼娜很快答道：「沒錯。就我所知，上尉，你並無法確認會找到證物，只是想做審前的非法調查罷了。」

「死者是銀行家，他的死與共濟會有關。」凱蒂反駁道：「照他的傷口看來，絕不可能是一般紛爭。因此盡早搜索他的辦公室，是很合理謹慎的做法。」

他們在司法大樓法拉維歐．李方帝的辦公室，這裡是威尼斯少有的現代建築之一。兩位檢察官已都出庭過了，此時都穿著律師的正式黑袍及白領襯衫。凱蒂與芭娜絲柯坐在李方帝的辦公桌前，兩位檢察官的對面。

「並無跡象顯示他在工作地點遇害。去搜索附近的共濟會集會所，會是更合理的做法。」李方帝邊說邊交叉雙腿。

「他沒有在威尼斯官方共濟會的成員名單上。」

梅莉莎．羅曼娜插話：「所以他跟共濟會的關係就更薄弱了。你的論點有矛盾，上尉。」

經驗告訴凱蒂，這些反駁的話，語氣上雖像是她在浪費他們的時間，但實際上並沒有那種意思。好的檢察官不會輕易被人說動，尤其遇到異常的要求時，他們會先對你的論點窮追猛打，然後才做決定。

而李方帝是位非常傑出的檢察官，只要在他打開的辦公室門口瞟一眼，便能得到證明。李方帝的辦公室前，兩名穿便衣的保鑣正坐在門廊上滑手機，此君在長達八年多的漫長審訊裡，成功偵破了黑手黨光榮會（Ndrangheta）的運毒網絡，這個大案子讓黑手黨成員一個個俯首認罪，並為了換得更輕的判刑，供出其他犯罪。光榮會對此豈肯輕饒，那些悔改者雖被送至國外展開新的生活，但李方帝成功的代價，便是現在需全天受到保護，每週絕不能在同一個地方待超過一晚，也絕不能走相同的路線去法庭或辦公室。這害他失去了婚姻，妻子改名換姓，跟光榮會的悔過者一樣逃到國外，據說他每年見自己的子女不超過十二次。李方帝的年紀應該還不到四十，但臉上皺紋深刻，棕色的眼眸總帶著揮之不去的哀愁。

「當然了，假若你認為凶手可能透過卡山德辦公室的電腦跟他聯繫，或許就另當別論了。」李方帝若有所思地說。

「我正是那個意思。」凱蒂連忙表示，十分感激他的指點。「身為銀行家，他的工作時間可能極長，私生活與工作一定很重疊，因此他的電腦裡可能會有助於辨識凶手的線索。」

梅莉莎．羅曼娜說：「上尉，你似乎沒想到一個人會以這種方式遇害，最合理解釋應該是因為他洩露了共濟會儀式的祕密，所以遭其他會員儀式性的懲罰。為什麼？」

凱蒂想了想。「我不信古老儀式的那套東西，所以傾向不認為有人會因為儀式的關係而去殺人。更何況，義大利以前又不是沒有共濟會的醜聞，對吧？安布羅夏諾銀行[8]、共濟會的附屬組織布道坊（P2）……名單長到數不完。幾乎每件案子，最後都跟權力、貪污及賄賂官員有關。我並不懷疑殺害卡山德是為了對其他會員殺雞儆猴，但無論卡山德背叛什麼，我猜都跟金錢、權力脫不了干係，而非什麼亂七八糟的古老儀式。」

李方帝做出決定。「很好，你可以拿搜索令去取他的電腦跟通話紀錄，不過僅能這樣了，二十分鐘內趕回來把公文寫好。」

兩位憲警起身時，李方帝直接問芭娜絲柯：「你是新來的少尉吧？」

芭娜絲柯說：「是的，這是我在威尼斯的第一份職差。」她對檢察官微微一笑，很感激他能注意到自己。這位英俊而有著悲劇人生的檢察官，是年輕女軍官們的超級偶像。

他對凱蒂點點頭。「好好跟著你們上尉做，你將收穫匪淺。」

「我會的。」芭娜絲柯說，但語氣有些疑慮。

✣　✣　✣

兩人到了司法大樓外頭之後，凱蒂轉頭問芭娜絲柯：「記得咱們那位裸男說，他看見一艘郵輪往北開嗎？那表示船是開進威尼斯，而不是開出去的，所以郵輪很可能還停在郵輪碼頭裡。」凱蒂與大多數威尼斯人一樣，不喜歡這些大型船隻穿經威尼斯核心，越過聖馬可盆地，沿朱代卡海峽航向特隆契多島的碼頭。許多人表示，郵輪轟隆隆的巨大推進器所造成的尾浪會破壞城市的古老建物。凱蒂連在聖匝加利亞教堂的辦公桌前，有時都能感覺大郵輪經過時造成的震動。多年來，一直有人呼籲限制船隻大小與數量，可是郵輪帶來的觀光財太重要了，根本無法限禁。

「每艘進出威尼斯，長度三公尺半以上的船隻，都有海港導航系統的識別號碼。」她接著說：「如果我們的目擊證人看到的另一艘船真的是水上計程車，那麼很有可能會被郵輪的雷達偵測到。雖然機會不大，但我希望你去跟所有目前停靠在碼頭的郵輪船長，拿一份他們的雷達日誌拷貝。」

芭娜絲柯點點頭：「沒問題。」

芭娜絲柯離開後，凱蒂又折回司法大樓檢察官李方帝的辦公室⋯她發現門關了，便敲敲門。保鑣冷冷地瞥她一眼，又繼續回去看手機。

「進來。」李方帝說。

凱蒂進屋時，李方帝抬起眼。「我就想到可能是你。」

她脫掉夾克。

「你在做什麼，塔波上尉？」李方帝揚起一邊眉毛問。

她解開上衣釦子。「脫衣服。」

「我看得出來，可是為什麼？」

「我答應過，你若讓我自己處理一件凶案，我就脫衣服，我在履行諾言。」

他望著凱蒂褪去衣衫。「老實說，我不確定那算不算合法契約。因為當時的情況可以解釋成是強制性

8安布羅夏諾銀行（Banco Ambrosiano）：一九八二年倒閉，牽扯出梵蒂岡銀行在海外的人頭帳戶裡祕藏了十億美元。銀行負責人卡爾維（Roberto Calvi）吊死在倫敦的橋梁下，被謀殺的傳言勝過警方宣稱的自殺。

的。」

「你的意思是，因為你當時是在唬弄我嗎？」

「我應該告訴你，決定指派你來查案並無不妥，瑟托將軍堅持你是適任本案的女性。」

「即便如此，我說過的話還是算話。」她對李方帝說，一邊脫去裙子。

李方帝走到門邊將門鎖住。「看起來我得開個緊急會議了。」

「對了，你說得沒錯。」凱蒂朝他欺近。「你稍早說，我們若沒來由地胡亂蒐證，便會步上極權國家的後塵。」她抬起手取下髮夾，甩甩頭，讓烏黑的頭髮鬆落在肩上，野性逼人。「但我還是必須試試。」

李方帝表示。「你說得也沒錯。若是等正式文件下來，你們才去那裡，他的辦公室早就被清乾淨了。」

「很可能已經是那樣了。」

「至少去取他的電腦，你就能混進他的辦公室了，你應該懂得提出所有必要的追問吧？這件案子比那扇窗下的惡水還要臭。」他拾起凱蒂的憲警帽，放到她頭上。「對了，我想你應該把這個戴著。」

凱蒂將李方帝推到辦公桌邊。「好吧，現在你可以閉嘴了嗎？」

8

——是眞的嗎？

丹尼爾很快看了麥克斯寄給他的附件，你指哪一部分？

——任何部分。關於P=NP的事，或他們在《赫芬頓郵報》[9]上說的，你精神崩潰了什麼的。

就我所知並沒有，丹尼爾小心翼翼地回答說。螢幕旁邊有三個化身跳進專門設給巫師用的聊天室，這幾位巫師是嘉年華的管理員：艾利克、愛涅卡、卓拉與麥克斯。

這幫人大概也是丹尼爾認識最久的朋友了，嘉年華早期還是合作方案的自由軟體時，卓拉甚至還幫他寫了一些嘉年華的編碼。丹尼爾在真實世界裡僅見過卓拉一次，發現她耳聾，幾乎全啞，口音模糊而令人費解，但卓拉是管理員中反應最聰慧迅捷而思路明晰的一位。丹尼爾在美國開會時遇過麥克斯兩次。身材極胖的麥克斯極度害羞，穿了件繃在身上的古涅盤T恤。丹尼爾尚未在真實世界裡見過愛涅卡與艾利克，有時丹尼爾會想，不知他們網路上自信滿滿的角色下，隱藏了什麼不為人知的障礙，想來他現在是永遠不會知道了。

通常麥克斯會充當大家的發言人，可是他今天似乎異常地煩亂。

——我無法相信，我眞他媽的不敢相信。

相信什麼？丹尼爾問。

——你他媽的會這樣背叛我們。

我不懂。丹尼爾不解地問。

——我想，麥克斯的意思是，我們大家聽到你的聲明都很吃驚。卓拉插話說，我們沒有人料到會有這種事。

9 赫芬頓郵報（Huffington Post）：美國知名新聞部落格網站。

你們當然不會料到，因爲我沒告訴你們任何一個人。

——你不覺得你至少應該禮貌性地跟我們先打聲招呼嗎？說話的又是麥克斯。

丹尼爾非常困惑，爲什麼？

——假如你打算把嘉年華讓給任何人，艾利克寫道，你難道連一刻都沒想過，應該把嘉年華讓給我們嗎？

丹尼爾努力回想。沒有，我沒有想過。

——他並不是眞的在問你到底有沒有想過這個問題，丹尼爾。卓拉解釋說，他的意思是，我們認爲你應該那麼做。

爲什麼？

——因爲我們替你做牛做馬，那就是爲什麼。麥克斯飆道。

——丹尼爾，你到底知不知道，做爲嘉年華的巫師要花多少時間。我們要處理搞丟的密碼、解決紛爭、對酸民提出抗議，回應客户的抱怨……

用户會有抱怨？丹尼爾都不知道。

——沒抱怨才有鬼，艾利克罵道。

——我們還要塡補你的編碼漏洞，麥克斯插話，你大概也不知道，對吧？我們得修補偉大的丹尼爾．巴柏那些華麗但不太實用的編碼。例如讓用匿名寄簡訊到其他人手機的這項功能。編碼寫得雖棒，可是在某教師收到全班發出的強暴威脅後，我們就把功能刪掉了。

如果威脅來自全班，她爲什麼不直接處罰大家就好了？丹尼爾問。

——重點在於我們把那項功能刪掉了，麥克斯說，有時候我們得好幾天不睡覺，我們從未要求任何回報，但大家總以爲，假如嘉年華眞的要商業化，我們應會得到該有的報酬。

嘉年華不會商業化。

——噢，得了吧。嘉年華一旦由用户持有，他們不久之後就會把它賣了吧？選股員已經都在教投資者幫自己登註帳户了，反正又不用錢，而且可能等谷歌買斷嘉年華時，還能大撈一筆。自從你宣布後，我們又增加五十萬名用户了。

那你爲何不出來競選？丹尼爾寫道，身爲管理員，有誰比你更懂得管理嘉年華？然後你可以安置保護措施，確保嘉年華的獨立性。

——所以你要幫我背書嗎？丹尼爾．巴柏願意正式支持我嗎？

丹尼爾想了想，對不起，麥克斯，我實在不想涉入那些事。

——去死啦。

很抱歉你會這樣想。

——不，你才不覺得抱歉，反正你無所謂，可以坐在你老爸的威尼斯宮殿裡，你的日子很優渥，不是嗎？可我呢，我望出窗外，看見的是一片拖車停車場。

我不知道你這麼在乎錢。丹尼爾難過地說，我還以爲我們全都有相同的信念。

——我也是，丹尼爾．巴柏，我也是。

丹尼爾登出網站，知道自己今天幹不了事了，不只因為巫師的事，還有麻省理工學院教授所寫的文章，讓他的腦子混亂。那位教授懂得他在說什麼，對他解決 P=NP 問題的率直評估，令他相當沮喪。

丹尼爾並未低估這項工作，有些世上最拔尖的腦袋、一些豐功偉業令他的成就相形見絀的人士，曾耗費多年，窮究P=NP的謎題，大部分人的結論是不可能破解，但丹尼爾卻仍一往情深地深受吸引。

教授還寫對了一點。許多數學家相信，P=NP的世界將失去某些驚奇。在這個世界中，類似愛因斯坦的$E=MC^2$或牛頓地心引力定律的重大突破，將不再是江山代有才人出的靈思之作，而是由電腦像探測器般慢慢搜索數學符號最深遠的角落進行計算，從深層的空間中淘篩出來的東西。

但丹尼爾相信，他將在這樣的世界中占有一席之地。他知道別人當他是怪胎：光憑他殘缺的面貌——兒時遭綁架時，綁匪割去了他的雙耳與鼻子來逼他父母交付贖金——就令他夠與眾不同了。可是幾乎沒人知道，丹尼爾也覺得別人一樣難懂。也許，當在P=NP的世界裡不會有模糊地帶時，他試圖去了解別人時所造成的焦慮，也終能消失。

丹尼爾喟嘆一聲，拿起電腦旁的一張紙，那是他的監護人伊安．吉瑞寫來的信，要求丹尼爾騰出巴柏府，以便進行重大維修。樓層底處固定受威尼斯漲潮侵蝕的石材，被滲水的化糞池進一步腐蝕了。丹尼爾並不訝異：建物底處瀰漫著污水的惡臭，且石頭鬆落。你可以看到溼氣慢慢侵入牆壁，許多支持高樓層的石柱摸上去都變軟了。

吉瑞的信上說，經過工程師評估後，唯一的辦法就是把整個宮殿從水線上切開，用水壓把建物抬高幾公尺，然後打造新的基座。工程須花費數百萬元及好幾年的時間，整修期間，巴柏府沒辦法住人。

假如丹尼爾把嘉年華賣給最高的出價者，他就能用零頭來支持修繕費了。可是他在施工期間，還是得搬出去。

丹尼爾任由信件飄落在地上，他打算盡可能拖延，不去理會這檔事。

9

威尼斯天主教銀行位於達芬馬尼宮（Palazzo Dolfin-Manin）宏偉的建築群裡，就在里爾托橋（Rialto）的東邊。如果銀行網站上說的沒錯，那是間小銀行，不過從其壯麗宏偉的周遭環境實在看不出來。寬敞的入口大廳飾著富麗的十八世紀壁畫，還有高踞在牆上壁龕裡，一尊尊垂首俯望的嚴肅威尼斯貴族胸像。

凱蒂對錯愕的接待員出示搜索令，然後要求對方直接帶她到亞利桑多．卡山德的辦公室。

接待員表示：「他不在。通常他不會這種時候進來，而且辦公室應該鎖住……」

「那就叫你們的保全主管過來打開。」凱蒂淡定地指著四名憲警小組，其中一人帶了翹門器，表示是來辦正事的。「不過，請他快一點，你們家的這些古董門看起挺值錢的，除非必要，我會很捨不得破門而入。給你五分鐘時間。」

凱蒂量了整整四分鐘又三十秒，門鎖開了，卡山德的辦公室果如預料，在宮殿的一樓，是間可瞭望大運河的華麗辦公室。更重要的是，在絢麗的古董書桌上，有部打開蓋子的筆電。凱蒂碰了一下，看看筆電是否處於待機狀態，她發現運氣不錯：筆電已經妥善地關機了。

桌上眾多加框相片中，有一張前教宗頒發勳章給卡山德的留影。凱蒂拿起照片，後邊寫著：一九九七年九月，頒發羅馬天主教榮譽十字勳章給亞利桑多．卡山德先生。照片擺在更前方中間的位置，而旁邊一張貴婦打扮的中年婦女，應該就是卡山德的老婆了。

凱蒂很開心地發現，搜索令賦予她帶走「電腦設備」的權限，而非只是筆電而已，因此她可以合法地搜索卡山德辦公室裡任何符合此項描述的東西。凱蒂在書桌第一個抽屜裡找到八個一模一樣的隨身碟，令她覺得頗不尋常。有個信封袋裡放了更多，另一個袋子放著來自威尼斯賭場的高額籌碼。凱蒂把隨身碟放入證物袋，但將籌碼留在原處。

第二個抽屜有兩盒名片，其中一份有銀行地址及卡山德資深合夥人的頭銜。另一組看似新印好的，則印著以下字樣：

亞利桑多・卡山德
3°
De la Fidelité **威尼斯分會**

底下的符號凱蒂似乎認得——圓圈內帶著十字，像狙擊手的準星。

看起來像是共濟會員的名片，是她找到第一個能證實卡山德曾是共濟會員的實證。凱蒂也塞了幾張名片到證物袋裡。

「能請問你在找什麼嗎？」

凱蒂抬起頭，剛才打開卡山德門鎖的警衛跑去找高階主管來了，男子此時一邊釦著昂貴的西裝釦子，一邊匆匆朝她走來。凱蒂毫不停歇地繼續動手搜索，並冷靜地說：「我在找卡山德先生的電腦設備，並打算帶走。」

「我是銀行董事長雨果・司貝契，有需要任何協助嗎？」

他竟然沒有對她生氣或咆哮，很多人若發現憲警在搜索資深合夥人的辦公室，可能都會大發雷霆。但話又說回來，凱蒂心想，銀行董事應該不是傻子，知道跟搜索令爭辯沒有太大意義，表面上最好還是表示合作，並藉此查明她想找什麼。

「你最後一次見到卡山德先生是什麼時候？」凱蒂拉開下一個抽屜，逐一檢視其中的物品。

「三天前，在我們最後一次開董事會前。怎麼了嗎？他遇到麻煩了？」

「今早在麗都島，有人發現一具符合他特徵的屍體。」凱蒂說著抬眼打量司貝契的反應。

「我的天。」他似乎真的很震驚。「你認為他的死與銀行有關？」

「現在斷言還太早。但請告訴我，卡山德先生在這裡的工作性質究竟是什麼？」

司貝契皺起眉頭。「呃，他是……事實上，這很難對一般人解釋，他主要處理複雜的抵銷風險性的金融工具，並為高資產人士、慈善機構等做稅務計畫。不過卡山德已經快退休了，他的例行工作很久前便轉交給年輕行員了。」

「卡山德年紀多大？」凱蒂訝異地問，停屍間的男人看起來頂多五十初頭。

「我想是五十四，不過他除了銀行業之外，還有其他興趣。」是她多想了嗎？還是董事長的語氣帶著一絲不屑？

「你們的接待員似乎很清楚他的行程。」凱蒂指說。

「她的記憶力很好，但我若是你，就不會想太多。」司貝契的語氣很平淡。

她想起法醫哈帕迪告訴她的，卡山德可能是地下共濟會員的會員，決定探探口風。「卡山德先生還有處理堤聶黎伯爵的帳目嗎？」

司貝契遲疑了一下。「除非你的搜索令有特別指出，否則我們無法透露卡山德先生客戶的任何細節。」

凱蒂注意到對方並未否認。「我可以理解。」

✣　✣　✣

回到聖匝加利亞教堂後，凱蒂把筆電及隨身碟交給憲警的資安組組長古瑟貝·馬禮。很久以前，憲警總部還是女修道院時，這間閣樓曾經是見習修女的宿舍，其中一面牆上甚至有幅描繪天使報喜的褪色壁畫。如今閣樓裡擺滿了亂七八糟的電腦設備，導線與連結器懸掛在以前拿來掛頭巾肩衣的木釘上，而擺放修女服的架子上，則橫七豎八地放著各種硬碟。

「理論上，我們要找出任何可能有謀殺這些物主動機的人。」凱蒂告訴馬禮：「但實際上，我們希望盡可能找出這位物主的一切訊息。他的董事長很巧妙地撇清銀行與死者在銀行裡的工作關係，我想知道原因。」

「有沒有概念，讓我知道能從哪裡著手？」

「死者顯然曾為一些慈善基金及高資產人士做稅務規劃，我覺得這種組合挺怪的。」

馬禮想了想。「嗯，我雖然不是專家，不過聽起來像是在洗錢。」

「你為什麼會這樣說？」

「慈善會收的是現金捐款，那是洗錢的第一步——為現金來源找合法的解釋。」

「洗錢能不能也涉及賭場？」凱蒂想起那些籌碼。

馬禮點點頭。「你帶現金去賭場，買一些籌碼，賭幾把後，回出納員那邊換錢。不過這次要求用電子匯款的方式，而不要求現金。任何追蹤金錢流向的人，都會以為那是你在賭桌上贏來的錢。」

「那些隨身碟呢？」

「咱們先瞧瞧。」他拿起其中一個隨身碟，插到接在電腦上的讀碟機，並解釋：「我只是先做光學影像備份，所以不會干擾到裡頭的內容。啊……」

「怎麼了？」凱蒂看馬禮飛快打著鍵盤。

他把螢幕轉給凱蒂看，上面有一排數字。「是錢，電子錢，容易轉匯，也不可能追蹤得到。」

「有多少？」

他的手指又敲了起來。「比特幣的匯率現在竄得很快，不過就今天的匯率來說，光這支隨身碟，就有約等於二十五萬歐元的資金。」

✣ ✣ ✣

同時間，芭娜絲柯帶回了郵輪的雷達日誌影本，開始辨識進出威尼斯的船隻。從日誌上發現有一艘沒有識別號碼的船。若不是船的發射器壞了，就是船隻太小，沒有發射器，或者為了逃避被認出來，而故意關掉設備。

兩份相隔十二分鐘的各別紀錄顯示，船隻由南沿亞得里亞海麗都島一帶的海岸往北開，時間約凌晨三點剛過。三十分鐘前的另一份日誌顯示，看似同一艘船曾在潟湖區內部，往南駛向馬拉莫科（Bocca di Malamocco），這是通往亞得里亞海的兩處開口中較南的一處。

凱蒂心想，換言之，船從威尼斯南方及馬拉莫科北邊的某個地方出發。

她再次看著地圖，該地區有六、七個小島，大部分早已棄置不用，這些島嶼有以前的軍隊駐防地、疫病醫院及痲瘋病患區。少數還有人住的是堤聶黎伯爵的葛瑞茲島。

那還不足以開出搜索令，還早得很。不過至少現在她有正當理由去拜訪堤聶黎伯爵，探問他是否看到任何異狀了。

但不是在今天。今天她得先設置指揮中心，召集更多的憲警，要求其他犯罪調查單位提供相關資料，她還得安排卡山德的妻子到停屍間認屍。凱蒂不像某些軍官，她不怕通知家屬；事實上，即使面對悲慟的家屬，她對自己能維持專業的疏離，會有種奇特的成就感。這是令她自覺選對行的眾多特質之一，但她還是必須慎思如何進行最為恰當。

凱蒂認為這個案子裡，她該施壓的對象不僅是死者的妻子，還有法醫。凱蒂覺得等案子辦到某個程度後，她也許得從法醫哈帕迪身上打探出更多共濟會弟兄的事。

✣　✣　✣

「我能問一件事嗎？」兩人在街角酒吧吃鮪魚三明治時，芭娜絲柯問。不等凱蒂回答，她又接著問：「你有要給我的回饋意見嗎？」

「回饋意見？」凱蒂訝異地問。

芭娜絲柯表示：「我知道自己犯了一些錯，我真的很想改進，我覺得持續的評估是改進的好辦法，加上我真的很慶幸能受到女長官的指導。我企圖心很強，檢察官說得對：我可以從您這位楷模身上學到很多東西。我是指，如何以女性軍官的身分在憲警中力求表現。」

凱蒂揮手要她別再多說。「你表現得不錯了，別擔心。」面對表示自己企圖心極盛的人時，凱蒂從不知該如何回應。人會獲得拔擢，是因為本領高，而不是因為對大家宣告自己想升官。

「可是若用一到五分來評估呢？能有個數字也不錯，那樣我就能知道自己到底有沒有進步了。」芭娜絲柯繼續糾纏。

凱蒂嘆口氣。「聽好了，咱們先把一件事說清楚，是你在替我工作，你不是我的老闆。咱們兩人得設法查出是誰刺穿死者的心臟、割開他喉頭、拔掉他的舌頭。你若做錯事，我自然會告訴你，可是我沒有時間或閒功夫每天去審查你的表現。至於我們都是女人這檔事，老實講，根本與我無關。」她渴切地想，若是男性助手應該不會像芭娜絲柯那麼煩人吧？或者所有年輕軍官都喜歡這樣滔滔不絕地談論管理方法吧？想到此，她覺得自己又老又憤世嫉俗。

凱蒂回想稍早哈帕迪說的一些話。當時芭娜絲柯已經在遠處聽不到，哈帕迪低聲說：「別太苛求她，她不會是第一位在犯罪現場嘔吐的軍官。」說著，還意味深長地看了凱蒂一眼。凱蒂發現，哈帕迪一定知道那次她吐在現場的事了。那也是一件等量噁心駭人的謀殺案。一名遇害的漁夫被扔進裝螃蟹的水泥槽裡，遭螃蟹啃食。那一次阿爾多．皮歐拉在檢驗人員抵達前，把她的嘔吐物沖掉了，他一定是後來跟哈帕迪提起的。

就連法拉維歐．李方帝在凱蒂離開他的辦公室時，都講過類似的話：「別太苛求芭娜絲柯，好嗎？當你的助理已經夠操了。」他建議道。

「怎麼？我有那麼恐怖嗎？」她問，李方帝只是哈哈地笑。

凱蒂瞟著此時垂頭喪氣的少尉。「我不是有意要苛求你，但我犯過太多的錯誤後，才得以成為別人的榜樣，我可以給你的最好建議，就是專注自己的工作。噢，還有，別跟任何資深軍官上床。」

「你是指，像你跟皮歐拉上校那樣嗎？」

原來大家還在談論那件事。「是的，就像我跟皮歐拉上校那樣。」

「他真的是為了你而離開他老婆嗎？結果你因為沒興趣了，又叫他回老婆身邊？」芭娜絲柯好奇地問。

凱蒂相當確定，男性軍官絕不敢問如此私人的問題，但她硬是壓下心中的不悅，淡淡說道：「我想上校與他妻子已經分居了，目前正在辦理離婚。他和我從不討論這種事，最近我們只保持單純的工作關係。」

「那樣會不會很難？你們倆還這麼緊密地一起工作？」

她打斷芭娜絲柯。「不會。比起像兩個老太婆似地說長道短要容易多了。」凱蒂拿出一張十歐元的紙鈔扔到吧台上。「走吧，幹活去了。」

10

幸好芭娜絲柯填寫預算申請、加班規劃、證物搜集備忘錄，以及所有其他能讓複雜的憲警官僚體系動起來的表格，比她檢視犯罪場或訪問目擊證人的本領更強。凱蒂讓她去處理表格，自己去通知卡山德的妻子她先生遇害的消息。

卡山德夫人本尊比她丈夫書桌上的照片更有氣質，一身打扮無懈可擊，在巨大的震驚中甚至仍維持溫文有禮。話說到一半，她扣住凱蒂的臂膀，詢問自己的公寓會有何下場。在這種時候提這類問題有些奇怪，因此凱蒂問她在擔心什麼。

卡山德夫人焦慮地喃喃說：「房貸。我不得不簽名，但他說那只是暫時的。」

凱蒂提醒自己派個軍官去查看卡山德的個人銀行帳戶。假若他的確在洗錢，洗的錢到哪裡去了？從位於聖馬可最時髦地點的奢華公寓看來，凱蒂認為此人過得相當富裕，但身為威尼斯天主教銀行的資深合夥人，這樣並不為過。但話又說回來，那些隨身碟裡的錢若不是卡山德的，又會是誰的？客戶的嗎？

她陪卡山德夫人到停屍間正式認屍，哈帕迪已在受害者頭部底下墊了木塊，在他頸子傷口上蓋了布，但由於死者舌頭被拔掉，致使臉頰與嘴部腫大且難看地扭曲著。卡山德夫人仔細審視後，才用堅定的聲音確認那是她的丈夫。凱蒂心想，真是不能小覷這些祖產殷實人士的冷靜泰然，相對之下，哈帕迪則顯得相當不自在。

✣　✣　✣

回到聖匝加利亞教堂後，凱蒂檢查芭娜絲柯的工作成效，不得不承認她表現極優，不過凱蒂也挑到一處明顯的錯誤。

「我要求派五位軍官和二十名憲警，那是調查凶殺案的標準人數，你卻只寫了三名軍官和八位憲警。」

芭娜絲柯點頭說：「分派單位說，目前只有這麼多人手。」

凱蒂直接殺去找瑟托將軍。「你說過，這會是複雜的大規模調查。」她提醒瑟托。「我也許得跟金融警察調派金融專家。此外，由於共濟會的緣故，人們也許不願與我們多談，因此我們需要比平時更多的支援，而不是更少。」

瑟托抬手攔阻她。「上尉，你也許沒注意到，現在是八月，大家都不在。不過你既然提到共濟會……我先警告你，別急著做論斷。據我所知，我們尚無直接證據能證明共濟會與受害者的死因有關。」

「您大概還不了解最新進展，長官。」凱蒂告訴瑟托在卡山德辦公室找到名片與載滿電子幣的隨身碟。「我的假設是，死者涉及金融犯罪，在犯罪過程中，他也許欺騙或背叛了某些共濟會的弟兄，所以他們才會按照誓約中的描述，將他殺害。」

「他被找到時，可戴了手銬？」

「沒有。」凱蒂不懂上司怎會天外飛來這個問題。

「所以還有個更顯而易見的假設，上尉，那就是他深夜跑去游泳，結果遭搶。」瑟托殷勤地說。

「然後穿著共濟會的祭服？」她不可置信地問。

瑟托聳聳肩。「這是你第一次擔綱辦案，我只是想說，要小心，別太忘形了。」

「當然，長官。」凱蒂說：「我猜您自己就是共濟會員，對嗎？」

瑟托依舊不動聲色。「那關本案什麼事？」

「在目前這種情況下，我們必須展現全然客觀的態度，以免外界認為，由於憲警中有許多共濟會員，所以為了轉移焦點，才試圖把調查方向導離共濟會。」她盡可能與瑟托一樣保持語氣的平靜。

「那是除非我們一開始便引人注意這件事，而我要說的也正是這一點，上尉。太過於……過度解釋，超過證據該有的合理詮釋，可能會收到反效果，甚至讓人以為那是經驗不足的軍官想藉煽動案情來炒作自己。我說得夠明白了嗎？」

「謝謝您的警示，長官，我會銘記在心。」

瑟托語氣一軟。「聽我說……主持這種大案子的調查，你等於擁有少校位階的權力，你只要把事情做對，以後升官必定少不了。不過你得明白在這件案子裡，什麼才是『對的事』。」

「當然就是找出凶手，定他的罪了。」凱蒂答說。

「那一向是我們的目標，上尉，可是本案還有另一項同等重要的事。」他揚起眉毛繼續說：「我指的是維琴察的民眾對憲警的信心，我們需要的是一場兢兢業業，小心控管，符合所有條件的辦案。」

✣　✣　✣

凱蒂下樓時仍憤恨難消，瑟托等於拿升官誘她就範，要她大事化小，同時又故意找個非共濟會員的軍官來偵辦此案，為自己粉飾。假若殺害卡山德的凶手想藉他來製造恐懼，那麼他們真的挺成功的。

芭娜絲柯正一臉焦急地等待凱蒂。

「怎麼了？」凱蒂問。

「你最近有沒有去過女軍官的儲物間？」

凱蒂嘆口氣。「沒有，我現在也沒閒功夫去。又怎麼了？有人說我們是女同志嗎？或我們是女同志婊子？或我們是婊子？」自從凱蒂加入憲警隊後，她的儲物櫃從來沒閒著，經常被塗得面目全非，那些塗鴉都非常缺乏想像力。凱蒂又說：「你之前不是要我給你工作上的建議嗎？聽好了：打火機油可以把塗鴉清得很乾淨。」

芭娜絲柯不耐煩地說：「我知道。我自己也常被塗，通常我都不理會，不過我覺得你應該來看一下這個。」

凱蒂跟著芭娜絲柯來到更衣室，她的櫃子上噴著一個符號，圓圈裡有個十字架，跟亞利桑多．卡山德名片上的符號一樣。

「那表示什麼意思？」芭娜絲柯問。

凱蒂終於回答：「警告。警告他們正在監視我們。沒關係，因為現在我們也在監視他們。」

✣　✣　✣

當天凱蒂最後的訪查，是跟法醫哈帕迪介紹的檔案管理員談話。此人在醫院旁的圖書館工作，離停屍間僅幾百公尺的距離。凱蒂攀上一道窄小的石階，來到一樓，在一片鍍金的天花板下，找到一間燈火輝煌的長屋。她完全沒料到會是這種地方，但經過這些年，凱蒂知道威尼斯到處都有這種隱藏的瑰寶，因為多到無法列入旅遊指南而遭到世人遺忘。

有個人正彎身看著其中一座展示櫃。「是凱洛奇先生嗎？」她喊道。

那人轉過身，凱蒂再次感到意外，因為此人戴了一條狗項圈。「其實應該稱蒙席[10]。你一定就是塔波上尉了。法醫哈帕迪告訴我你可能會過來，你想知道共濟會的事對吧？」

「沒錯。」凱蒂說，不知哈帕迪還跟這位神父說了什麼。「我們有具屍體的喉頭被切開，舌頭給拔掉，扔在海灘上任海浪沖刷……就我所知，這與共濟會的誓言有關對嗎？」

他平靜地表示：「是的，有些共濟會儀式確實提到這種作法，但我之前從未聽過有人那麼做。」

「受害者還戴了一副奇怪的面具，哈帕迪稱之為『遮子』，死者臂上也纏了些繩索。」

凱洛奇蒙席點點頭。「這些是與共濟會員晉升新級別相關的象徵。意即組織裡的更高階級。遮子代表奧祕的黑暗或未晉升者的無知。」

「那繩索呢？」

「拖曳用的繩索象徵共濟會員彼此間的守密義務。共濟會員認為他們的首要職責，是不計一切地協助弟兄。」

「請原諒我這麼問，神父，您自己也是共濟會員嗎？」

凱洛奇淡淡笑道：「我對研究共濟會很感興趣。不過梵蒂岡的立場是，你不能同時兼具共濟會員與天

10 蒙席（monsignor）：對教會有貢獻的天主教神職人員之尊稱。

主教神職人員的身分。」

「為什麼不行？」

「想了解這點，得對共濟會的源起有點認識。十三世紀時，威尼斯被許多有權勢的同業公會及幫會把持，事實上，這座醫院，就是其中一個叫『聖馬可大會堂』（Scuola Grande di San Marco）的組織建造的。當時共濟會只是歐洲石匠的一個同業公會，他們的象徵符號：直角尺、楔石、鉛錘線，描述了石匠工藝的祕訣與不輕易外傳的手藝。

「到了十八世紀，第一批科學家在幾乎被遺忘的石匠工藝裡，為他們的理性主義信念找到類似於寓言的含意。對這批科學家而言，石匠工藝代表一切的反教會——代表平等的兄弟情誼，人們傾聽的是自己的同胞，而非聽命於獨裁的大主教；代表過程與理性，而非中世紀的迷信與保守主義；代表互相幫襯與自助，而非犧牲與施捨。共濟會在他們的儀式中，以《聖法經》（Volume of Sacred Law）取代聖經，他們對偉大的宇宙建築師起誓，他們並未斷然否認上帝；但認為聖神可能佩戴各種不同的面具，不像天主教尊奉一神。」

「我想，從拒絕教會的權威，到質疑國家的威權，並不需要做太大的調整，是吧？」

「沒錯。」他同意道。「例如，一群共濟會員為了他們的兄弟拿破崙而背叛威尼斯，連一顆子彈都沒發射。一個世紀後，這場運動的分支，燒炭黨11受到指控，說他們企圖顛覆政府，為自己奪權。共濟會在許多方面等於白領階級版的黑手黨，發展過程也十分類似。一開始是自助式的組織網絡，會員依賴祕不外傳的手藝維生，後來逐漸演變出各種犯罪行為。當然了，這一點在我們這個世紀尤為真切，例如P2這種所謂的地下組織。」

「P2是Propaganda Due，布道坊的簡寫，對嗎？」她想起皮歐拉跟她提過一些P2的醜聞，但她很想聽聽管理員的看法。

凱洛奇點點頭。「這個地下組織的存在約從一九六〇年至一九八〇年，有兩百多名政府官員、軍方領袖、記者與商人都是會員。他們的大導師逃到國外，判刑時缺席，罪名是意圖謀反。但事實上，迄今為止，都還沒有人真正了解P2的目的或政治意圖。」

「你知道威尼斯還有像那樣的地下組織在活動嗎？」

凱洛奇神父不動聲色地說：「這種事一向有可能，不過就算有這樣的組織，也都跟我所知的社會團體沒有接觸。」

凱蒂拿出一張在卡山德辦公室裡找到的名片。「你覺得這看起來像正式社團的名片嗎？」

凱洛奇神父檢視名片，面露驚詫，然後搖頭說：「De la Fidelite是威尼斯一個早已消失的古老社團，他們八成只是把這名字挖出來用，給自己添點真實性罷了。3°指的是卡山德的位階，表示他是羽翼已豐的石匠師，也是核心成員。這種名片以前曾是共濟會員的隨身重要物品，他們在拜訪另一個分會時，會遞名片給門口的守衛，以證實自己的身分。不過這不是共濟會的符號，或不算很明確。」

「我怎麼覺得自己以前見過，卻想不起在哪裡看到。」

「幾年前這是被禁止的，因為被某些討厭的極右派暴徒盜用。這個十字架符號有時稱為『奧丁的十字

11燒炭黨（the Carbonari）：十九世紀後期活躍於義大利及各國的祕密民族主義政黨，組織形式以共濟會為模仿對象。

架』（Odin's Cross），不過更早以前則為慈善團體所用，也是威尼斯最古老的高等學校符號。今天都還看得到，就刻在學院美術館（the Accademia）的一側，以前是他們的總部。」

「為什麼現代的社團，要採用古老的符號做為他們的徽章？」

凱洛奇神父露出困惑的表情。「不知道，不過這個符號現在有些政治意涵了，真的挺令人擔心的。」

凱蒂再度感覺瞥見檔案管理員在轉身看他的書卷與櫥櫃時，眼中透出懼色。凱蒂也又一次覺得，跟她說話的這個人，並未告訴她一切。放置在麗都島沙灘上的訊息，威脅的效應顯然十分宏大。

11

櫃台人員把荷莉的登機證及護照推過櫃台。「登機門大概二十分鐘後開。祝您義大利之旅愉快，少尉。」

荷莉點頭道謝，上次她穿制服去義大利時，甘迺迪機場的人員還誇張地加了句「感謝你們為維護美國安全所做的一切」。那是在所謂「大增兵」（The Surge）期間發生的事。當時人們對反恐戰還頗為樂觀，但自從美國歹戲拖棚地慢慢從阿富汗撤軍後——被美化成勝利的敗戰——老百姓已不再那麼支持了。或者是因為在巴特利．曼寧[12]和愛德華．斯諾登[13]等人揭發真相後，把百姓的信心給蠶食掉了。

不過，現役軍人依然能夠免費享用達美航空公司頭等艙的貴賓室。荷莉在一群敲著筆電的生意人中找到一處安坐的空間，再次拿出父親的備忘錄。這三張雙行間距的文件她已讀過不下十幾回，也網搜過每個項目了。很多地方不易讀懂，因為父親是為熟知隱密代號、軍事縮寫，以及早已解散的委員會等人士所寫。

北約軍事情報單位顯然未料到，安德洛帝會對義大利國會揭發劍黨網絡一事。她的父親形容：他們慌忙地趕在義大利媒體發現之前撤掉組織。不過，令荷莉一再查看的，其實是備忘錄中的另一段內容。

我的鄰居及共濟會兄弟吉安魯卡．柏卡多，首次跟我談到我們的分會來了一批新會員。他問我，身為美國軍官，能否告訴他，某些新會員所說的話是否屬實：新會員們自稱是一個致力使義大利免於左傾的準軍事聯合單位的成員，在遭到安德洛帝總理背叛後，奉命以共濟會之名重新集結，等候進一步指示。

我知道柏卡多先生是位值得信賴的人，不會隨便捕風捉影，因此自覺有責任確認他的話是否屬實。不料那些新會員竟立即以為我也曾涉入劍黨行動，並開始公然與我談論他們所謂的「保護色」。

荷莉知道「保護色」是情報界的用語，指任何能掩飾一個人的事物，從狙擊手的迷彩夾克到情報人員的假身分都是。

他們說，這項計畫是最高層的建議，可能是「凱撒」本人的意思。我覺得「凱撒」是一種非正式的綽

12 巴特利．曼寧（Bradley Manning）：曾為美國陸軍上等兵，負責情報分析工作。二〇一〇年，將美國的軍事、外交機密外洩給維基解密網站。入獄期間接受荷爾蒙治療，變性為女性，改名為雀爾喜．曼寧（Chelsea Manning）。

13 愛德華．斯諾登（Edward Snowden）：原為美國國家安全局的技術外包人員，於二〇一三年揭露國家安全局的監控網路計畫「稜鏡計畫」。

號，而不是北約的暗碼，因為擺在我辦公桌的報告裡，從沒出現過那個稱號。

這些人無一例外地對北約的命令嗤之以鼻。他們說，北約達成自己的目標後便棄他們不顧，任義大利陷於政治混亂、無效的政府及嚴重的貪瀆之中。

貴賓室高處的鋼桁突然傳出生硬的廣播：「達美航空飛往威尼斯的一六九航班旅客，請至十八號登機門。」荷莉眨眨眼，原來她已經盯著父親的文字三十多分鐘了。

父親未雨綢繆地把報告做了備份，荷莉想到自己也應該這麼做。她走到櫃台問：「你們這裡有沒有影印機和信封袋？」

「有的。」空服員指著貴賓室一側的商務中心說。

荷莉走到影印機旁影印了兩份。接著她注意到一件事，這部機器是可以提供多種選項的新機器，從列印文件到臉書分享的功能都有。

她按下觸控螢幕上的選項，並從選項中選擇「電子郵件」。

12

第二天一早依舊陽光刺目，暑氣逼人。才早上八點，凱蒂已感覺太陽在她臉上灼燒了，她再次慶幸自己能逃離威尼斯的溽熱與惡臭幾個小時。凱蒂想到自己最愛的一句威尼斯諺語：「D'istà, anca i stronsi gaégia. 在夏天，連糞都會漂。」此話原用來形容山中無老虎，猴子也能稱王，不過也反應出她成長的這個城市的真貌：每年此時，每條運河與河流都飄著暖熱的淡淡污水味。

由於找不到藉口打開藍色的警笛，凱蒂今天駕駛憲警汽艇時，顯得安靜穩重多了，但那也是因為她正在想事情。共濟會、威尼斯天主教銀行、洗錢……凱洛奇神父若沒說錯，這中間還扯上了政治。這些黑暗勢力似乎總在義大利發揮影響，貪污的觸鬚深入日常生活裡，幾乎無法覺察；直到觸鬚稍稍收緊，使日常生活受到了動搖，人們才有所知覺。奇怪的是，大部分人遇到這些惡勢力時，連試著反抗都省了，只是睜隻眼閉隻眼地視而不見，或伸出手來分一杯羹。但這個案子裡，出問題的人究竟是誰？除了可憐的卡山德之外，真正的目標究竟是誰，或是什麼？

✣ ✣ ✣

凱蒂花了二十分鐘才來到堤矗黎伯爵買下的葛瑞茲島。船隻接近時，能看見島上漂亮的垂柳、松林、葡萄園，及中規中矩的圍牆花園，一切都如此的無可挑剔。島上有道新建的花崗岩海堤，防止淹水，碼頭的新橡木旁列著黃銅欄杆，金錢在這裡顯然不是問題。越過一片斜長的草坪後，便是從前的修女院，這座島便是承襲了修院的名稱。原本有些破敗的修院已經由新主人大肆整修過了。哥德式大理石窗框的建築物，面對海洋彼端的城市，是座不折不扣的威尼斯宮殿，只是缺個名稱罷了。

凱蒂把船的繩纜綁到獅口中的巨大黃銅圈裡，碼頭上有好幾處這樣的地方。她旁邊停了一艘時髦的二十五公尺長遊艇，是富豪人家的玩具，憲警的汽艇相形之下小若舢板。遊艇後方是艘漂亮的小汽艇，就是那種豪華飯店用來載客的船。除非你是威尼斯人，了解其中細微的差異，否則可能會將它誤認成水上計程車。

凱蒂踏上陸地時，一名穿黑色獵裝、雪白襯衫和黑領帶的壯漢從樹林間走出來，他的領口跟耳朵間有一條捲線。

「有什麼事嗎？」男子客氣地問。

「我來找堤聶黎伯爵談點事。」凱蒂同樣客氣地答道。她特意穿憲警制服來，雖然凶案調查人員通常穿便衣，但凱蒂覺得正式一點沒有壞處。

「請問牽涉到什麼事件？」

「凶案調查。」

男子依舊冷著臉說：「請在此稍候。」

幾分鐘後男子回來了。「伯爵說很抱歉，他太忙了，無法回宅子裡。不過他會很樂意在魚池邊跟你談談，請隨我的同事過去。」

他揮手要第二名同樣壯碩的保鑣陪凱蒂步下一條美麗的小徑。這裡到處是撒水器，即使從樹林間瞥見的直升機停機坪和周圍各處，也都有一群園丁在修剪、除草。有一名園丁在一尊拿著金色標桿的運動員雕像旁，仔細修剪周圍的草地，雕像的容貌似乎有些面熟。

「那是拿破崙皇帝。」保鑣對愣愣望著的凱蒂說：「拿破崙拒絕接受這座雕像，因為覺得雕刻師太諂媚了。拿破崙在滑鐵盧戰敗後，威靈頓公爵在自己的倫敦住所展示這尊雕像，以紀念他在沙場上最驍勇的勁敵。堤聶黎伯爵五年前取得這尊雕像做為收藏品。」男子朗朗上口地述說，彷彿這件娛樂佳賓的軼事已講過許多遍。

凱蒂想起凱洛奇神父提過，拿破崙與共濟會有關係。「都是些什麼樣的收藏品？」她問。

「堤聶黎伯爵有最完備的拿破崙重要物品的私藏。」保鑣對凱蒂示意：「請往前走。」

在一個伸入潟湖，巨大的石牆水池邊，有兩個人正忙著談話。個子較高的看起來像工人，較矮的那位正在給他下指令，對著水池快速地揮著手。男子年約五十，身材矮壯，稀薄的頭髮梳過鬢邊，男子回頭時，凱蒂發現他其實比初看時更為矮小，因為他的馬靴——在潟湖中央穿這種鞋，應該只是為了炫耀用吧——把他墊高了好幾吋。凱蒂心想，不知是否因此，他才會收藏以矮出名的拿破崙的美化雕像。

「你想做什麼，上尉？」堤聶黎伯爵轉向她說，語氣之突兀，並不下於的保鑣的客氣有禮。

凱蒂決定也有話直說。「我在調查一件兩天前發生的凶案，昨天早上有人在麗都島發現一具屍體，死者叫亞利桑多．卡山德。」

「你為什麼會認為我能幫你？」

「首先，因為屍體幾乎可以肯定是由一艘離此地不遠的船隻載過去的，不知您或您的手下可有人看到任何事。」

「第二呢？」他根本懶得理會凱蒂的第一個問題。

「第二，因為死者似乎與共濟會有關，我知道您對共濟會很有興趣？」

堤聶黎伯爵聳聳肩。「我蒐集與拿破崙相關的藝術品，他是威尼斯的解放者，恰巧也支持共濟會，所以是的，你可以說我有興趣。」

「威尼斯的解放者！」凱蒂重述道。對威尼斯人而言，這跟把希特勒說成波蘭的解放者無異。即使在今日，拿破崙的傳奇仍極具爭議，當市立美術館取得一尊拿破崙雕像時，還得先經過一場模擬審判後才予以展示。

堤聶黎點點頭：如行軍禮般地簡單扼要。「拿破崙抵達時，威尼斯百廢待興，深陷貪瀆，如同今日——只是今昔的理由不同罷了。身為憲警軍官，你一定能認同這點吧，不過我的興趣也僅止於此了。」

「所以您不認識卡山德先生？」她追問。

伯爵做出打發的手勢。「我見過的人很多，真的無法告訴你是否見過叫那個姓的人。」

「您在威尼斯天主教銀行有沒有戶頭？」

伯爵做思考狀，彷彿這時才想起般地說：「噢，對了，我是跟一位卡山德先生處理過一些事。」

「被殺的人就是他。」凱蒂緊盯住他說。

伯爵的表情依舊沒變。「太可怕了，我一定得交待助理，送些花給他家人。」

「你跟他們家有私交嗎？」

伯爵喊道：「我真的想不起來。佐安！你做得怎麼了？」

「快弄好了。」工匠用濃重的布朗斯（Buranese）腔回答。

「身為威尼斯人，你對這個也許會感興趣，上尉。」堤聶黎對著水池點點頭。「我一直在重建這片魚塘，想恢復最初的模樣。這計畫挺費工的，因為每座魚塘都使用兩千多塊古磚砌成的，根據我們調查，這些魚塘八百多年來都保存得相當完好，直到過去三十年才受到郵輪破壞，半數以上都得再更新。」

剛才被他喚做佐安的男人正打開一道水閘，一股銀流注入池中。那池水映射著晨光，不過凱蒂看到水中還泛出另一種銀色：是鰻魚，成千上百條從水槽裡釋放出來的鰻魚。

堤聶黎聊道：「這裡還是女修院時，修女們每週都吃鰻魚。不過魚塘其實得追溯到羅馬時期。你知道嗎，上尉，羅馬富豪會把他們最愛的鰻魚當寵物養？為牠們戴上珠寶，為牠們分別鑿穴，以免相互爭鬥；

還用可憐的奴隸去餵食鰻魚，以增強牠們的凶性。對了，拿破崙最愛的威尼斯特色之一，就是燉鰻魚（Bisati），他把燉鰻魚的食譜帶回法國，堅持教廚子照義大利的作法烹調。」

他對佐安下了道指示。佐安伸手往銀水裡一探，熟練地將兩條鰻魚扔到岸上。鰻魚暈死片刻，工人從口袋掏出一只破塑膠袋，像戴手套似地迅速套到手上，然後抓住鰻魚，把袋子翻過來包住。

堤聶黎揮手要佐安走向前。「送你的，塔波上尉。補償你白跑這一趟，這樣你就可以燉鰻魚，向拿破崙敬酒啦。不過綁袋子的時候請小心，鰻魚很滑溜的。」

「謝謝。」凱蒂從佐安手上接過袋子說。「不過我個人比較喜歡煎鰻魚加月桂葉，至於怕鰻魚逃走這件事嘛，不管鰻魚有多麼滑溜，也不勞您來教我們威尼斯人。」

凱蒂沒告訴對方自己的名字，堤聶黎是如何知道她名字，以及她是威尼斯人？或者他為何這麼不在乎她的提問，彷彿事先已知道她要來了。這些反而是更耐人尋味的問題。

13

荷莉走出威尼斯機場海關，然後右轉走向租車櫃台。最後一個低調地設在角落裡的櫃台，掛了個小牌子：「歡迎，維琴察社群。」

荷莉第一次到這裡時，牌子上寫的是「SETAF 人事報到處」，但即使是語意曖昧的南歐專案組縮寫（Southern European Task Force），對她的雇主而言，還是不夠低調。

如今櫃台上也不再有人駐守了，荷莉跟隨貼著的指示來到牆邊，拿起桌上的電話。對方接聽後，她報上自己的姓名與證件號碼。「你剛剛錯過接泊車了，少尉。得再等一個小時。」電話一頭的聲音說。

荷莉到咖啡店買了杯瑪奇朵和一份報紙。美國又躍上頭版了，自從愛德華・斯諾登揭發美國攔截義大利幾個最大網路公司的訊息，還監視世界其他各地之後——這種侵犯若施用在美國公民上，便是違反美國憲法——歐洲就變聰明了。不過對義大利政府而言，更崩潰的是，有好幾處光纖網路的分歧器就設在義大利本土。三條流量最大的水底網路電纜——SeaMeWe3、SeaMeWe4及Flag Europe-Asia——都在西西里著陸，而那裡剛好是美國信號裝置的密集處。報上說，有超過二十億條的截取資訊，被送至賽普勒斯的英美機構做分析。

「不好意思？」有個聲音說。

荷莉抬頭看到櫃台邊，一名坐在她身旁的男子指著她的制服說：「我發現這裡有好多美軍。」他說話帶英國腔，從加了輪子的手提行李判斷，應是要去威尼斯度週末的觀光客。

「是有一些。」荷莉淡淡地說。

「究竟有多少，如果你不介意我問的話？」

「在威尼斯嗎？約五千名，若加上眷屬，差不多一萬。」

男子一臉驚奇地問：「為什麼會那麼多？」

「因為前不久，鐵幕就在那邊。」荷莉朝東邊的潟湖區點點頭。「假如俄羅斯決定入侵，總得有人出面阻止。」

「好吧，可是冷戰二十年前就結束了，你們為什麼還待在這裡？」

她張嘴想回答，隨即又閉上。說真的，為什麼？她腦中掠過一些答案，但都無法大聲說出來。因爲我們決定藉由武力，把外交政策強加在其他國家身上，因爲我們一刻不停地把烏拉爾河後方的敵人，轉換成博斯普魯斯海峽後方的敵人了，因爲在冷戰的過程裡，美國漸漸從舊世界裡那個樂觀年輕的強權國家，變成今日疲累而擔驚受怕的巨人了。

她心虛地說：「壞人無處不在，如果我們駐在當地，至少可以省點汽油。」

一名婦人從行李大廳走出來，收起手機，對男子說：「都辦妥了，我們可以走了嗎？」

男子客氣地對荷莉說：「很高興跟你談話。」

兩人離去後，荷莉心事重重地吐口氣，她發現這是她這輩子第一次，沒有本能地跳起來為自己的國家辯護。

她是軍人，更重要的是，她是軍人子弟，自小在達比基地長大，忠誠對她而言，就跟呼吸一樣自然。然而決定讓她父親封口的，只有可能是軍隊裡的人。

此事她越是細想——她在飛機上時還想了一些別的事——便越覺得八九不離十。唯有圈內人，才能取得父親的就醫紀錄，也唯有內部的人，才能看到那份備忘錄。

因此她必須從父親曾經把備忘錄給過哪些人開始調查。

因此我把備忘錄交給一位認識的美國情報官，我知道此人曾參與打壓赤色旅這類恐怖組織的工作，希望他能把文件轉交給最適合處理的人士。

荷莉突然坐挺身子，掏出手機撥電話，電話直接轉到語音留言。

她留言：「丹尼爾，我是荷莉。我得跟你談談，請回電好嗎？」為了確保丹尼爾收到，她還發了簡訊。

荷莉等了二十分鐘，看丹尼爾是否回了電，然後再撥另一個號碼，這回電話立即有了回應。

「荷莉。」一個溫暖的美國聲腔說道，然後改以義大利文說：「Come stai? Così sei tornata in Italia? 你好嗎？你在義大利？」

「很好啊。我剛回來……我們能見個面嗎？」她遲疑地問。

✣　✣　✣

幾公里外，丹尼爾正在巴柏府的音樂室裡看手機，上面先是顯示荷莉的來電名稱，然後是語音留言提示，最後是簡訊。

荷莉．博蘭。

荷莉．博蘭留言。

荷莉．博蘭簡訊。

丹尼爾瞟著仍貼在牆上的待辦事項清單，眼神落到第二個項目上。

與荷莉分手。

他只與這位金色鬈髮美國人睡過一次，但那次經驗干擾他的睡夢長達數週，有時他發現自己陷在婚姻生活的夢幻裡，兩人像其他正常夫妻一樣地同住在一起。接著他在鏡中看見自己的容顏後——被截去的可怕鼻子，像豬仔般削平了的鼻尖，還有耳朵殘剩的皺突疤塊……這些是他兒時被綁架後的遺毒——便厭惡起自己來了。他痛恨的不是自己的長相，而是他的脆弱，他必須接受，自己此生無法擁有幸福的家庭生活。無論荷莉當初跟他上床的動機是什麼——他心情沮喪時，竟然以為荷莉是被他的監護人逼迫就範的——但丹尼爾知道，此事對他的意義，跟對荷莉而言並不相同。

丹尼爾拿起鉛筆，劃掉第二項，然後猛地把椅子往後一推，站起來。

14

離開葛瑞茲島的回途程中，凱蒂從船上打電話給法拉維歐．李方帝。「我雖然沒找到線索，但卻弄到了幾條鰻魚，你今晚能過來嗎？」

電話彼端一陣沉寂。

「或者我們可以到旅館見面。」她又說，一邊在心裡罵自己蠢。李方帝在安全安排上，每週不得在同一個地方待超過一晚，而他幾天前，才在她的公寓住過一夜。

他最近試圖警告她兩次，說她不該涉入太深，他的日子不是任何人能共同承擔的，可是她偏不在乎。如果只能在旅館或他的辦公室相處，是與他交往的代價，她還是很樂意付出。

結果李方帝遲疑的理由，並不是為了安全。

「上尉，我想你應該立即過來見我。我們有很重大的進展。」他公事公辦地說。

凱蒂覺得他的意思是，第一，他不是一個人，其次，調查要變得更難搞了。堤聶黎是不是已經開始搗亂了？

她將警船扭往左舷左，朝聖十字聖殿（Santa Croce）及司法院駛去。

李方帝的辦公室裡除了他，還有另外兩名男子，其中一位是班尼托·馬賽羅，凱蒂曾與這位檢察官合作過。馬賽羅年輕、聰明、講究衣著；凱蒂知道此人非常畏首畏尾，尤其是遇到做任何與他仕途直接相關的決定時。另一名矮小灰髮的男子，凱蒂並不認識。

法拉維歐向她介紹：「這位是葛孟多上校。你已見過馬賽羅檢察官了，我們認為最好直接通知你。」

「通知我什麼？」

回答的是葛孟多。「你目前負責調查的案子，已經轉交給情報局了。」

「交給情報局！」凱蒂錯愕地問：「為什麼？」

「因為調查會影響到反恐單位正在進行的行動，我只能說這麼多了。」

馬賽羅緩慢地在桌上敲著筆，博取凱蒂的注意。「你把目前收集到的證據交給葛孟多上校和他的組員，包括各種紀錄、檢驗報告及實體證物，如卡山德先生的筆電。他的屍體已經移至米蘭的醫院了，葛孟多的小組會進行驗屍，這點我們已經跟瑟托將軍知會過了。」

「反恐行動？」凱蒂緩緩地重述。「我不明白，目前我們所有線索都顯示，卡山德涉及的是金融犯罪。」

馬賽羅順勢接話：「那麼也許情報單位善盡了職責，把工作的機密性維護得滴水不漏，上尉。」

凱蒂聽出他話中的玄機。「所以卡山德是告密者？」

葛孟多不悅地睨了馬賽羅一眼。「情報局與卡山德先生的相關事務，全是行動機密，不過我倒很想知道，上尉，你怎會認為他涉及犯罪？」

「我們在他的辦公室找到大批電子貨幣，還找到許多高市值的賭場籌碼。」

「我們會盡最大努力，追查你找到的線索。謝謝你如此賣力。」葛孟多說。他起身對馬賽羅表示：「檢察官先生，我們能到你辦公室裡談一談嗎？」

等到辦公室只剩下凱蒂和李方帝時，凱蒂轉頭問他：「反恐？不會吧？」

李方帝聳聳肩。「卡山德在情報局的資料庫上登記的是告密者，馬賽羅把紀錄拿給我看了。」

她拚命思索。「但是一定有某個層面是跟金融相關。還有堤聶黎呢？我懷疑他脫不了關係，但他絕不可能涉入恐怖陰謀。」想到自己像隻外套上的蛾一樣，隨隨便便就被人從第一件凶案調查中刷掉，原本的不可置信，很快被憤怒取代了。「我敢打賭，那些情報局的混蛋跟平常一樣，全搞錯了，要不然，他們就是一夥的。」

「你為什麼會那樣說堤聶黎？」李方帝一如以往地直切重點。

凱蒂把拜訪葛瑞茲島的事告訴他。「我相信他很清楚我為什麼會去那裡。」她下結論說：「他雖然拿鰻魚當幌子，但事前顯然得到警告了，加上他是我目前探訪過，唯一聽到卡山德的遭遇後，沒表現出恐懼的人。」

「我想那些就是鰻魚吧？」他指指凱蒂留在門邊的袋子，鰻魚激烈扭動，測試袋子的極限。

凱蒂點點頭。「你今晚能過來嗎？」

「我沒法要求保鑣整夜守在你的公寓外，我不能再那麼做了。」他平靜地說。

「那麼就只待一、兩個小時吧。」她勉強說。

李方帝下定決心。「好，我八點鐘到。」

凱蒂轉身欲走，李方帝又說：「還有，凱蒂，這次調查的事，我感到很抱歉，不過還會有其他案子。我看得出葛孟多對你在短短幾天內能查出那麼多事，印象深刻。」

「謝謝。」凱蒂懶得告訴他，她覺得葛孟多並不是印象深刻，而是戒心大起。

15

「謝謝你同意見我。」荷莉說。

「別客氣，我很高興能見到你。還有，我覺得你看起來比上次見面時好多了。」伊安．吉瑞用銳利的藍眼仔細打量她，並問：「你確定你能回去工作了？」

七十二歲的伊安．吉瑞已從中情局威尼斯分部主任的職位退下來很久了，他自稱靠著在埃德里基地教軍史，保持腦筋活絡。埃德里基地是維琴察附近的美軍基地，荷莉便駐守那裡。可是吉瑞會成為她的師父及支柱，主要是因為他是她父親的朋友。荷莉的童年記憶裡，有一場達比基地的烤肉派對，她當時八、九歲，兩腳分踏在吉瑞的鞋子上，吉瑞當她是將軍似的，帶著她大步在派對上走動，所有軍官都得輪流對她行舉手禮，荷莉則胡亂下著指令，大夥也假裝聽命。

她搖頭說。「你一定覺得我很笨。我身為情報分析員，卻從不知我爸爸也是幹情報的。」

他們坐在維琴察市中心的咖啡館外，帕拉第奧式長方形大教堂旁的清涼陰影下。吉瑞伸長了腿，若有所思地看著荷莉。

「我從不覺得你笨，荷莉，其實正好相反，人必須特別超然，才能質疑我們自小以為是對的事，且令尊非常盡職，沒把自己的工作細節告訴家人。你何不把發現了什麼告訴我？」

荷莉談到備忘錄，並認為或許有人因此想加害她父親。吉瑞仔細傾聽，偶爾點點頭。

吉瑞等荷莉說完後問：「備忘錄呢？備忘錄現在在哪？」

荷莉指指腳邊的背包。「在那裡。」

「我能看看嗎？」

她拿出備忘錄交給吉瑞。吉瑞靜靜地讀著，偶爾翻回前面一頁檢視，讀罷後，吉瑞把文件放到桌上，然後望著荷莉。

「你以前就看過了。」荷莉說。

吉瑞點點頭。「你父親寫完不久便拿給我了。」

「我也想一定是你，但你從來沒提過。」

他皺皺眉頭。「我不知道這件事有這麼重要。不過其實我曾跟你提過一次，我說得很委婉，因為不確定你對他的工作性質知道多少，而且我認為他若選擇不說，我也沒立場講。」

荷莉心想，這倒是真的。吉瑞幾乎在他們碰面第一次時，便說她父親對他提過，對劍黨的行動有些憂心，但荷莉從沒把這兩件事連在一起，猜到爸爸跟吉瑞一樣從事情報工作。

吉瑞似乎看透她的心思。「北約、軍情局、中情局，冷戰期間，我們雖然全是同一場棋局的一份子，但北約仍照常運作他們自己的行動，有時還遭到誤導。」

「例如劍黨。」

「例如劍黨行動。」他表示同意。「你也知道，創造劍黨行動的北約，刻意對真正的間諜隱匿這次行動，結果搞得一塌糊塗。」

荷莉指著報告問：「你當時怎麼處理這份報告？」

他懊悔地聳聳肩。「往上呈報給我的上司們。我還能怎麼做？達比基地不是我的勢力範圍，就像你父親說的，劍黨被揭露後人人自危。北約進入傷害停損模式，有些劍黨人士會覺得遭到背叛，並不令人訝異，更別說這是北約急著處理的事了。」

「你覺得他寫的是真的嗎？劍黨受情報圈人士的鼓勵，重新集結？甚至由情報圈的人來籌組？」

吉瑞做了一個非常義大利式的手勢，來回搖晃手掌，表示他不可能確知這種事。這讓人想到，吉瑞雖不像她那樣在義大利長大，卻在她出生前便住在此地了。「有這種事我也不訝異，有些北約官員畢生的事業便建立在劍黨行動上，我相信一定有人覺得難以放棄。」

「那麼關於你呢？至少我猜指的是你。父親說的也是真的嗎？你曾參與處理赤色旅的事？」

吉瑞望著遠方。「是的。我花了近十年的時間，設法滲入該組織，荷莉。今天的恐怖主義，跟赤色旅比起來簡直小巫見大巫。赤色旅營運得有聲有色、資金充裕，且手法殘忍至極。例如他們若被逮到，會拒絕國家指派的律師為他們辯護，因為他們認為國家不過是一群帝國主義者的社團。如果律師堅持為他們辯護，他們就把律師暗殺掉。」

「真是夠硬氣的。」

「沒錯。當然了，最後我們還是將幾位核心領袖繩之以法了。你為什麼要問這件事？」

「因為丹尼爾．巴柏。」她直言。

吉瑞尋思地點點頭。「噢。你又說對了。我就是因為那樣才認識丹尼爾的父親馬堤歐·巴柏。那孩子被綁後，美國政府要求我盡力協助，並不是因為丹尼爾的母親是美國人，而是因為我是赤色旅專家。當時情況雖然極端險惡，但他父親與我成為好友，事後仍保持聯繫，後來我們看出，恐怖份子不單是毀了他兒子的面容，更重創他的心靈，我漸漸參與了馬堤歐對孩子未來的安排。至今我仍覺責任未了，不過你知道，丹尼爾從來不喜歡我當他的監護人。」

她淡淡地重述：「責任未了？還是罪惡感？」

吉瑞嘆口氣。「也許兩者都有一些吧。我們本來可以早點將他救出來，義大利的行動自始至終就是一場鬧劇，但你也知道這個國家的情況。」

兩人沉默了一陣子，各思心事。吉瑞終於說：「那……你打算怎麼辦？」他指著報告問。

「我打算查出誰想殺我父親，以及殺他的動機，也就是說，查出哪些人滲透到他的社團裡。」

「那樣做明智嗎？你自己還在重創的恢復期，就算經過那麼久後，有些線索還是奇蹟般地保留下來了，但現在恐怕也幫不上你父親了。」吉瑞溫和地說。

她固執地說：「即使那樣，我還是非查不可。你願意幫我嗎？」

「我不確定你知道自己在要求什麼。」

「我想我應該清楚。」她拍拍備忘錄，繼續說：「若上面說得沒錯，安德洛帝總理跟義大利國會報告曾有劍黨的存在，但已被撤除了，那麼他便是在說謊。報告中的影射尚不僅於此，現已可以證實，數十起鉛年代時期的爆炸案與凶案，實際上便是劍黨所為。我父親若說得沒錯，劍黨並未消失，那麼在他們理應解散後，究竟又做了什麼？他們何時解散？可曾眞正解散過？」

吉瑞低聲說：「即便是今日，仍是有許多人不希望那些問題被提起，遑論是追索答案了。」

「我會準備好對付他們的，而且我會先下手為強。」她指指文件。「根據備忘錄，劍黨總部在薩丁尼亞島一處叫馬拉爾谷海岬的偏遠地區，我會去那邊找。」

「事情都過去那麼久了，你憑什麼認為還能找到索線？」

「我總得有個開頭，這段期間，也許你能幫忙查一下還有誰讀過那份報告。」

吉瑞甚是擔憂。「我不想你隻身在外惹事，這樣太危險了。」

「打草驚蛇是刺激對方回應的最佳手段。」荷莉指出。

「嗯。」吉瑞想了想，對報告點點頭問：「你有備份嗎？」

「我在機場搭機回義大利前影印了一份紙本，同時用電子郵件給自己寄了一份。」

「很好。」吉瑞說，但荷莉聽來倒像夾著嘆息。「我看看能怎麼做吧，千萬小心，好嗎？」

「當然。」荷莉起身說：「我該走了。」

✣　✣　✣

荷莉離開後，伊安·吉瑞長坐沉思，雖然他多年前收到原件後，便已熟知內容，但還是把備忘錄再讀過一遍。他從未想過，在經過這麼多年後，這件事又會糾纏不去地回來打擾他。

吉瑞掏出手機，撥打很久前便已牢記的號碼，不過基於安全理由，他從未將號碼儲存到聯絡人中。

「我得辦一件事，得立即完成。」對方接聽後，吉瑞說。

他用不到一分鐘的時間講完電話，把ＳＩＭ卡從手機背後拆下來折成兩半，然後揮手要侍者再送杯咖啡上來。

16

此時鰻魚放在凱蒂的水槽裡，等待烹煮。她用堤聶黎工人的辦法，抓住第一條鰻魚，將提袋纏到手上，穩穩抓住鰻魚頭部下方。凱蒂把魚拿到流理台時，鰻魚仍繞著她的拳頭奮力扭動，頭與尾巴朝反方向撲騰。凱蒂已擺好尖刀、砧板與切肉刀了。她果決地朝鰻魚頭部一刺，將牠釘到板子上，然後便利索地用切肉刀從鰭部上方將頭剁下。鰻魚的長尾沿流理台捲扭，鮮血四濺。凱蒂把魚放到一碗加醋的清水裡，清理之前，又如法炮製另一條鰻。

拜奶奶教導廚藝之賜，凱蒂剝起魚皮同樣俐落。她把繩子套到魚鰭下，將兩條魚身綁到門把上，然後緊抓住切口的魚皮，往下一扯，魚皮便像襪子一樣地從魚肉上剝下來了。恪守傳統的人會教她別那麼麻煩。以前在 su l'ara，石烤鰻魚時，根本連洗都不洗，因為對穆拉諾島上的玻璃工匠而言，淡水太珍貴了，除了飲用之外，絕不浪費在其他事物上，石烤鰻魚這道菜便發源於穆拉諾島。凱蒂不認為自己是那種恪守傳統的人，不過她確實按照習俗，在鍋底舖上五把月桂葉，鰻魚會很快在滲出的魚汁中烘熟，月桂葉除了增添風味，也能使鰻魚免於烘焦。

凱蒂開了一瓶義北山區產的 Ribolla Gialla 白酒：酒的酸嗆味能化解鰻魚的油膩。接著凱蒂發出簡訊。

你還有二十分鐘，若是遲到，我怎麼對付鰻魚，就怎麼對付你。

不過她知道李方帝絕不至於無禮到吃飯遲到，果然，對方幾乎立即回覆。

那你最好讓我進來。

凱蒂走到窗邊，看到外頭有輛車子停下來，李方帝從後方下車，彎身對司機交待一些話。凱蒂知道車子只會繞到街角：保鑣的距離從來不會超過一小段疾跑的距離。

煮麵的水已經煮沸了，另一口鍋子準備了簡單的鯷魚醬加碎荷蘭芹，以及用奶油煎軟的洋蔥。她扔了兩把蕎麥麵到滾水裡，然後在法拉維歐正要敲門前，將門打開。

能從從容容地吻他真好，不像在司法院裡那樣倉促。能夠獨處也是，雖然凱蒂自覺臉皮夠厚，可以在進出他的辦公室時，無視於保鑣的目光，但是沒有旁人，確實更教人放鬆。

隨著親吻強度提升，李方帝將手扣到她臀上，把她的身體攬向自己。「不成，」凱蒂認真地挪開身子說：「吃飯。」

「先吃飯。」他狡滑地笑著糾正她。

「先吃飯。」凱蒂同意道，全身因期待而騷熱。

他們坐在她的小桌邊，四腿熱情相纏，在月桂葉如藥草般的濃香中，一起在公寓裡吃麵，兩人一直到鰻魚送進盤子後，才開始討論案情。

兩人邊吃凱蒂邊說：「我今天晚上去過賭場了。我在那邊有個線人，以前會給我一些小道消息。」

「所以呢？」

「卡山德去賭場好幾個月了，他拿現金買籌碼，小小賭上幾把後，把籌碼拿回給出納，要他們換成支票。換言之，就是在洗錢。出納會收下幾枚籌碼當小費，因此不會舉報他。不過我的線人說，最近卡山德也開始認真賭了，一個晚上在賭桌上花掉兩、三萬歐元，大部分時候輸錢，偶爾小贏，所以一再地進出賭場。」

李方帝抬起一邊眉毛。「對銀行家來說，那聽起來挺蠢的。」

「或者是狗急跳牆吧。然後約一個星期前，他就沒再去了。」

「所以據此推測出……？」

「他若不是走了運，不再需錢孔急，就是知道自己已引起注意。」

李方帝起身拿酒瓶。「就算卡山德眞的在洗錢，也不表示葛孟多說他受到情報行動利用是假的。卡山德不會是第一個跟情報機構有來往的白領罪犯。」

凱蒂繼續堅持。「可是萬一眞相與葛孟多的說法相反呢？如果他們就是其中的一份子？而這是情報局企圖要掩飾的事，而不是去做調查的事？」

「你的說法聽起來開始像陰謀論了，」他含笑淡化語氣裡的冒犯。對許多義大利人而言，陰謀論往往才是隱匿在官方說法背後的真相。陰謀論是有點想太多的說法，雖然李方帝在工作上見過許多詭異的陰謀論，但他總會先探索更其他更單純的推測，不至於一頭栽入臆測裡。

「凱洛奇神父特意強調，所有共濟會員都以忠於他們的兄弟為優先，而非忠於法律，如果這些人互相掩護呢？」

他輕聲說：「那我們就得找到一些證據。得有人拼湊出鐵證如山的案子，案子才能送上法庭，而不是因為僅憑臆測。」

凱蒂點點頭。「我知道，所以我才會要求我們的電腦專家馬禮，仔細檢查卡山德的電腦。」

李方帝一臉驚詫。「他不是把筆電跟所有其他證物一起交出去了嗎？」

「是啊，但他交出去前做了備份，一份所謂的『光學影像』備份。他們取走筆電，馬禮問我備份怎麼辦，我叫他動手檢查。」

「你沒有權利這麼做，凱蒂，你找到的任何事證都不會被承認，完全不能當成呈堂供證。」

「我們不必告訴任何人我們找到什麼，只是這件案子太詭異了，我實在想不出其他調查的辦法了。」

法拉維歐沉默片刻。「馬禮什麼時候會回覆你？」

「他說今晚會發電郵給我。」

法拉維歐揚手一揮。「那麼你最好去看看他說了什麼。」

凱蒂走到流理台上的筆電旁，點開郵件，馬禮的信就在最上端。

主旨：這是你要找的嗎？

裡面有很多資料。我不確定什麼是重要，什麼是不重要的，很多內容是技術面的：報表、數據清單，看起來像銀行的細項。

不過我附上卡山德最近刪除掉，或覺得是被他刪掉的文件。

附件上的檔名是「保險」，凱蒂點開文件。

那是一份長達數頁的名單，凱蒂瞥見幾十位本地政客的名字，其他則是商界人士，許多人的頭銜為將軍、大主教、王子、議員、法官……。

她說：「我覺得看起來不像恐怖份子。比較像地下共濟會弟兄名單。」

「你無法證明。」李方帝在她肩後讀著名單說。但從語氣聽來，凱蒂知道他不再那麼排拒了。

「凱洛奇神父提到P2的陰謀，記得他們以前稱P2為『政府中的政府』嗎？如果這件事也是類似的呢？」

他指指名單。「好吧，也許這些人真的是非法集團的成員。但那並不表示他們意圖不軌，沒有檢察官會僅憑這份名單便展開調查。」他雖這麼說，還是順著名單往下看，偶爾看到認識的人還搖搖頭。

「所以我們究竟需要什麼？反正不管怎樣，我絕不會按葛孟多的要求，把本案的調查所得拋諸腦後。」

李方帝平靜地說：「你知道嗎，凱蒂，當初我在調查那些黑手黨的審案時，若知道自己得犧牲這麼多生活，付出這樣大的代價，我是絕對不會動手去查的。」

「但你還是查了，而且仍然在做這件事，你是我見過最勇敢無懼的檢察官。」

他轉頭迎向凱蒂的目光。「我不再是了。最近我似乎已沒有別的選擇了，我的生活裡除了工作，再也沒有別的了，但現在事況不同了。」

「哪裡變了？」凱蒂問，雖然她已半猜到答案了。

李方帝直率地說：「你。最近我在考慮……如果我們遠赴異地呢？例如去布魯塞爾。你可以調到國際警察組織，我可以到歐盟當檢察官，工作也許很乏味，甚至無聊，但我們可以同居，每天早晨像普通人一樣地信步走到咖啡館，每晚一起共餐……我可以與你分享生活，而不是跟我的保鑣一起過日子。」他指指螢幕。「凱蒂，假若這件案子裡真的有陰謀，而我們也奇蹟地追出了底細，我們還是無法真正的斬除弊端，這個國家的腐化程度已經病入膏肓，我們就像在大風雪中，想鏟清門前台階積雪的家庭主婦一樣，解決問題的答案，也許就是跑到一個沒有那麼多雪的地方。」

或沒有那麼多水的地方。李方帝提到那邊的工作可能很無聊時，凱蒂立即想到四周的環境亦如是。她跟所有威尼斯人一樣，痛恨自己的城市每年遭觀光客攻占十個月；痛恨國家老是沒有足夠的資金來防止運河發臭、地基沉陷、橋梁崩碎。但她的血管裡流著潟湖的水，她能夠為任何男人放棄威尼斯嗎？甚至是這樣的男人？

法拉維歐似乎看穿她的心意，說道：「或阿姆斯特丹，那邊也有運河，有『北方威尼斯』之稱，我們可以在海牙工作。」

「我敢打賭，阿姆斯特丹的運河不像威尼斯的這麼臭。」

他困惑地說：「那是好事，不是嗎？」

凱蒂好糾結，她從未遇過像他這樣的男子，一位令她心安，既尊敬又渴愛；一名令她能暢所欲言，或靜默相守的男人；一位剛正不阿，卻對她極盡包容，不會試圖要她改變本質的男子。

李方帝又說：「提醒你，我可沒聽過人家稱威尼斯是『南方的阿姆斯特丹』，所以也許他們的說法有點誇大。」

她親吻他的下巴。她好愛他入夜後如砂紙般粗糙的鬍渣，以及遺留在他領口上、淡淡的法庭和辦公室的氣味。「咱們去吧，但我們兩樣都做，盡可能徹查此案，然後逃去阿姆斯特丹，假裝那裡是冬日的威尼斯。看在上帝的分上，趁你的保鑣還沒來敲門前，先帶我上床吧。」

✣　✣　✣

許久之後，凱蒂裹著床罩悄悄溜到窗邊，看李方帝上車。如果他抬頭看，就表示他愛我，凱蒂告訴自己；過了片刻，她又想，快別像個傻女生了。

李方帝抬頭看了，還送她一記飛吻。凱蒂的心都融了。

那就去阿姆斯特丹吧，我的愛。

17

大半個地球外的甘迺迪機場，達美航空頭等艙貴賓室櫃台的服務員，抬頭看著一名男子向她走來，男子雖然穿西裝拎公事包，但看起來與頭等艙其他客人不太一樣。他的西裝顯得太灰太廉價，公事包十分笨重，而且還是塑膠做的。服務員雖本能地露出微笑，但說話語氣難免戒慎。「能出示您的登機證嗎？先生。」這不是第一次有經濟艙的旅客試圖潛進這裡。

不過對方擺到她面前的不是登機證，而是一張HP的服務證，服務員睨眼看著證件，史帝夫．西蒙斯，網路技術員。

他解釋：「影印機呈報發生故障，公司安排我過來修理。」

她不解地問：「是嗎？我並不知道機器壞了。」

他跟她保證。「都是自動呈報的。這些新機種是智慧型的，需要修理時會發電郵給我們，幸好機器沒有聰明到會自行修復，否則我就沒飯吃啦。」他拍拍手提箱，服務員此時才知道裡頭裝著他的工具。「五分鐘就好，然後我就不再煩你了。」

女服務員指道：「影印機在那邊的商辦中心裡，要喝咖啡嗎？」

「不用了，謝謝你，女士。」他客氣地說。

她在櫃台邊看著他小心翼翼地在機器旁地毯上鋪了張防塵布，以免被掉出來的著色劑弄髒。不久，他已打開影印機，在機子內部四處修理了。

服務員端咖啡給他時，修理員對她做最後的解釋，那架新型影印機其實不算真的影印機，而是掃瞄列印機：每份放到玻璃板上的文件，都以數位影像的形式紀錄下來，然後才列印，或是以現在更常見的做法——寄電子郵件。

他又說：「那也表示，新的機器會儲存所有資料，你會很訝異有多少人不了解，當他們在辦公室派對上，用機器影印自己的光屁股寄給她們的男朋友時，那份影像與電郵地址，都會儲存在影印機裡，直到我們把它清除為止。」她以前也不曉得，從現在開始，她再也無法像以前一樣地信任影印機了。

史帝夫．西蒙斯在極短的時間內修理完畢，並以同樣令她佩服的效率收拾清理。他雖然一直戴著可拋式手套，但是機子拼裝回去後，他還是拿出擦拭布，鉅細靡遺地把影印機的玻璃和機身擦拭乾淨。

「非常謝謝你，小姐。」他開心表示後離去。

半個小時後，服務員休息時，再次看到男子排隊等著搭乘飛往華盛頓杜勒斯機場（Washington Dulles）的國內航班。她心想，這行業一定很花錢，大老遠從華盛頓送維修人員理飛過來，只為了修理一部影印機，不過那些決策者，應該很清楚自己在做什麼吧。

等她休息回來後，她連男子的長相都記不清了。

18

駭客在網咖裡耐心地等候，今天晚上的示範，他已籌劃到滴水不漏了。利比亞的第三大城，米蘇拉塔（Misrata），現在凌晨兩點鐘，街上空無一人，不過為了預防萬一，網咖還是關閉了一整天，所以絕不會有人看到指揮官或教士的到來。

駭客以為會聽到車聲，可是他們卻步行抵達，自行打開後門，靜悄悄地溜進來了。名叫塔瑞克的駭客看到指揮官不安地瞄著網咖老闆哈山所站的地方。

「不要緊的，哈山泡完茶就會走了。」塔瑞克說。

指揮官點點頭。他穿了一件舊迷彩夾克，頭上的穆斯林頭巾洗過多回，已看不出顏色——這頭巾從二〇一一年利比亞內戰之後，便一直戴著。反之，教士則戴著黑色羊毛的chechia——突尼西亞的伊斯蘭教長帽。不過就駭客所知，他並不是突尼西亞人，說阿拉伯語時，帶著濃重的埃及腔。

一行人默默等哈山熬煮濃如糖漿的茶，哈山不斷地從一個玻璃杯把茶倒入另一個玻璃杯裡，製造泡沫，證實茶具和水有多麼乾淨。然後才畢恭畢敬地道別，離眾人而去。

駭客回頭看著前方的電腦，另外兩名男子站到他背後，一邊啜著茶，一邊從他肩上看著。螢幕上播出類似公路隧道裡的監視器影像。交通並不繁忙，大多是大型貨車，每輛貨車後頭都跟了三、四輛礙於單線道而苦苦無法超車的車子。

「當然了，這只是一場示範。如果是真正的行動，一定會選在交通繁忙時進行。」駭客低聲說。

「我們現在看到的是什麼？哪個國家？」指揮官問。

「弗雷瑞斯（Fréjus）公路隧道。穿過法國與義大利之間的山區底下，長十三公里——雖然算不上最長的隧道，但也足夠了。」駭客說。

他鍵入一個ＩＰ位址，螢幕上跳出一個極簡陋的選單，要求他輸入用戶名稱及密碼。他再次輸入，選單便被表列的號碼取代掉了。在科技知識有限的指揮官看來，像是網路路由器的選單。

駭客把幾個節點從「開」轉成「關」，然後輸入第二個ＩＰ位址，取得另一個選單，點選「關閉功能」。

「現在就等著吧。」他幾乎自言自語地說。

「等多久？」說話的是教士。

「十分鐘，也許二十分鐘。」

「那來喝第二杯茶吧。」

指揮官為眾人添茶，然後把哈山留下的那碗杏仁拿過來。

駭客用輕軟清晰的聲音說：「到了今年底，與網路連結的事物會比電腦多，二〇二〇年前，世界上所謂的『智慧型』設備將比人口數還多。監視器、交通號誌、烤箱、寶寶監視器……更別說網路自動撮和的股票交易、電力公司與國防系統了。」他敲敲螢幕。「或者，這次示範裡的空氣渦輪。」

指揮官與教士豎耳恭聽，駭客年紀可能比兩人都年輕三十歲，但他們不遠千里而來，就是為了聽他今晚要說的話。

駭客繼續說：「近期的電腦安全系統相對精細，防火牆和防毒軟體因為經常發現新的問題，所以不斷更新。可是物聯網[14]通常會使用每家廠商能夠找到的、最簡單便宜的軟體。很多物聯網的裝置甚至不需要密碼，或廠商的密碼設定有瑕疵。」他指指螢幕。「例如隧道裡的空氣渦輪，原先設定需要用戶名稱『管理』及通關『密碼』，除非裝設空氣渦輪的工程師想到去變更密碼，否則想避開設定便會相對地容易。」

教士問：「所以你避開設定了？你把渦輪關掉了嗎？」

駭客點點頭。

「就那樣而已？」指揮官的語氣掩不住的失望。

他已對教士描述過，格達費上校的軍隊如何在利比亞內戰中，關閉全國的手機網路，讓反叛軍無法聯繫。有人把這個瘦巴巴的小鬼帶去見他，他聲稱能駭入網路，恢復他們的通訊。這似乎值得一試，因此便教小鬼著手進行。

一天之內，他們的手機網路不但通了，小鬼還動了手腳，讓他們不必付費。

他叫人把小鬼帶回去見他，年輕駭客看著他，以為對方要跟他道謝，但指揮官心中另有盤算。

「你還有什麼別的本事？」他問。

一個星期後，格達費的軍隊用拖車把兩架愛國者飛彈的發射裝置拉到前線，準備射擊叛軍。不到一個小時，其中一架便射出枚飛彈，亂飛的飛彈沒炸中目標不說，卻在另一架發射裝置上炸開了。就是這個瘦小子駭進了飛彈的電子發射系統，將坐標改反，然後啟動發射程序。

指揮官甚至不知道愛國者的發射裝置連結了網路。

14 物聯網（the Internet of Things）：指透過網路取得物件的資訊，且物件與物件之間可以互通的網路環境。

「從傳統的角度來看，其實並沒有。」小鬼解釋：「不過工廠內鍵了一個連結，讓機器能透過衛星，定期把維修資訊送回公司總部。像這樣的機器，資料並非回傳給員工——而是藉著機器之間的感應器和微控制器，利用低價網路，進行機器間的對談。」

駭客的話對指揮官幾乎形同火星文；指揮官只是看到愛國者號失靈後，如釋重負。「你再多想些點子。」指揮官說。

駭客接下來所做的事，甚至與駭入網路無關。他擬了一個計畫，讓當地學童利用手機，在谷歌地圖上標出政府軍狙擊手的位置，讓叛軍能更有效率地找到他們。他還設法利用電玩控制器，改善迫擊炮的精準度。

當政府派坦克進來時，駭客編造了一道簡易的GPS干擾程式，欺騙坦克的衛星導航，讓他們以為來到城市的某個區域，實際上卻是在另一個地區。坦克指揮官一小時後才搞清楚狀況，但那時他們的行進已經被打亂了。

政府垮台後，叛軍中許多人組成了利比亞新政府，其他人或進入部隊，或卸甲歸田，有些則接續打起另一場不同的戰爭。

指揮官便屬於後者。他不確定自己是否真的相信聖戰，或者他只是單純地從利比亞北部城市米蘇拉塔與蘇爾特（Sirte）炸毀的廢墟裡，找到了自己的天命。他懂得如何作戰；但更重要的是，他擅於領導，部屬們信任他。

他找到這名駭客，問他下一步有何打算。

駭客聳聳肩，表示不知道。

那時年長的指揮官對這孩子當駭客的動機已略有所知了，他對男孩說：「殺死你父親的暴君已經死了，可是那些長期協助他鞏固權勢的人還活著，我們發動聖戰，以榮顯阿拉，但我們也是為了毀滅西方強權而戰，讓阿拉伯國家能免於受他們的干涉。」

「我要怎麼幫忙？」駭客問。

「不知道。你回去想個計畫，不過得想個規模大的。紐約雙子星大廈倒塌時，al-hamdulillah，一切讚美歸於阿拉，激起了一場風潮，但自此之後，我們只是一直像跳蚤般地輕咬他們，我們得像雄獅對他們怒吼才行。」

「給我一個目標。」

指揮官瞥著他，尋思該對他透露多少，接著他拿出一份地中海區的地圖，說：「十年前，美國在德國的軍事基地多於義大利，再不久，情勢便會反轉了。你知道原因嗎？」

駭客搖搖頭。

指揮官用手指沿義大利深入地中海的海岸線畫著。「因為我們。如果美國控制住義大利半島，就會控制北非。」他指出西西里西岸的西哥奈拉基地，說：「新的聯合地面搜索計畫（Alliance Ground Surveillance system）將以這裡為基地，屆時價值兩百億美金的高緯度無人飛機，一趟可飛行數日，全面監視非洲。他們打算擴張基地，最後涵蓋整個中東地區。」

「我們要攻擊這些基地嗎？」

指揮官搖搖頭。「我們想讓這些基地遷移，因為我們若攻擊基地，老美只會加強鞏固，不過這些基地有個弱點。」

「什麼弱點？」

「它們其實屬於義大利。」

他等著看看駭客是否明白其中的含意，年輕人若有所思地點著頭。

指揮官接著說：「換句話說，假如義大利要求遷移這些基地，按法律，老美就得走路，也不會再有美國的無人飛機監視我們了。這對我們地面上的戰士而言，將是一項重大的突破。」

駭客說：「如果成為美國盟友的代價太高，義大利便會堅持要他們遷走。例如發生類似雙子星大廈那樣重大的事件，但地點卻是在義大利本土的話。」

指揮官點點頭。「沒錯，我跟我們在義大利的兄弟連繫，他們已籌措到進行攻擊的資金了，現在只欠擬出一套良策。」

指揮官有一年多沒接到任何消息，後來他收到命令，要求出資將駭客送往國外接受專業訓練，指揮官立即以贊助者的資金支付費用。

六個月後，駭客終於捎來訊息，說他有了計策。今晚就是他的說明計畫之夜，他要用示範的方式來做解釋。可是截至目前，駭客只關掉公路隧道裡的一些渦輪而已，指揮官原本希望能看到更好的成果。

駭客看著電腦工作列上的時鐘，十分鐘過去了。他平靜地說：「快了。」

螢幕上，一輛畫質清晰的貨車正隆隆地沿隧道右線行駛，貨車後方跟著六輛迫不及待想駛上雙線道的車子。三人看到畫面上有一輛對向駛來的車子猛然切過雙線道，直接衝著貨車前方駛來。貨車猛力煞車，整個失控，車身沿右邊牆壁擦行，火花四射，後輪則朝外側的對向車道甩過去。正前方有片路肩緊急停車處——砌高的水泥邊緣使駕艙猛然停住，但車子的動力造成後方的拖車繼續滑行，甩過撞壞了的駕駛座，最後一頭撞在隧道另一側牆上，車身整個扭曲變形。從對向開過來的迷你巴士試圖煞車，結果還是橫著撞上去了，而那些尾隨貨車後的車子根本沒機會躲。當兩側相撞的車輛爆炸時，螢幕瞬間煙白四起，片刻之後，整堆擠疊的車子便被烈焰吞噬了。

「有灑水器？警報器嗎？」指揮官問。

駭客說：「有，但也被我關掉了。」

「那肇事者呢？對向來車的駕駛是想當烈士的弟兄嗎？還是全都你安排的？」

雖然眼睛仍緊盯著螢幕上的景況，駭客搖搖頭。「只是有個疲倦的生意人想睡覺，結果鑽進一個充滿一氧化碳而非新鮮空氣的隧道裡罷了。」

指揮官試圖理清來龍去脈。「你的意思是……是你幹的？你只是在網路上關掉一些開關而已？」

「沒錯。」駭客依舊輕聲地說，但語氣中難掩是興奮。「這就是他們的弱點，他們的軟肋。想像他們所說的科技，有一天突然全都與他們作對，不單是公路隧道，還有航空控制系統、發電廠、污水系統、煉油廠……所有設備同時以最危險的狀態喪失功能。他們的電腦變成了燃燒彈，交通網路變成毀滅性武器，金融系統胡亂買賣，經濟癱瘓，他們的提款機被提空，信用卡無法在商城及超市裡使用，他們的醫院、食物供應鏈，全都立即停擺。可是當他們正忙著處理其他所有狀況時，最核心的才要發生——一場自九一一後，什麼都比不上的大規模毀滅。這件大事會如你要求的聚焦在義大利本土，但事件的效應將超越義大利的邊界。」他指指螢幕。「到了那一天，Insha'Allh，真主容許的話，幾輛燃燒的車子，根本就顯得無足輕重了。」

「這有可能辦到嗎？」指揮官的聲音一樣輕，阿拉，我究竟做了什麼？他心想，我究竟培養了什麼？

駭客點點頭。「還有很多細節要安排，而且費用不貲，不過計畫的能力與架構——都已經就緒了。」

指揮官轉向從看到連環車禍後便不曾開口的教士，他的眼睛亦盯在螢幕上轉不開。主要肇事區的後方，其他車輛仍在一一緊急煞車，駕駛們在壓壞的車子裡掙扎，他們扯著喉頭，張大嘴，發出無法聽聞的尖叫。

駭客說：「大火耗盡僅剩的一點氧氣，隧道成了真空狀態。」後方是急急趕來的消防車，警示燈在螢幕上閃爍不定，他們絕不可能抵達事故核心區：因為有太多車輛追撞了。一會兒之後，攝影機也掛了，螢幕整個黑掉。

教士轉頭面對另外兩個人，眼睛因興奮而發亮。

他說：「感謝阿拉，你有需要什麼嗎？」

19

丹尼爾．巴柏陷入沉思地沿著長長的薩特雷堤岸而行，朱代卡運河對面的聖喬治馬焦雷島上，燈火在遠處閃動。

他只有在深夜，當威尼斯的窄街變得荒涼靜謐時，才會這樣出門漫步。雖然夏日炎炎，但來自潟湖的夜風吹涼了建物上的石頭，目前的溫度還算舒適。

其實丹尼爾並未留意氣溫，他正在思索自然的美。

當詹姆斯・華生[15]與弗朗西斯・克里克[16]開始拆解DNA的結構時，他們相信一旦看到了，便會知道那就是他們要找的東西，因為如此重要的事物，必然相當美麗。當他們首次截阻到著名的雙螺旋結構時，當即便知曉那是何物。

在丹尼爾心中，有大約半打的數學公式，從基礎的微積分定理到牛頓的地心引力常數，也隱含了類似的美。諷刺的是，要找到這種定律，不能靠推演，僅能憑直覺。愛因斯坦寫出$E=MC^2$的公式很久之後，才有辦法去證實它。牛頓在蘋果掉落時瞥見地心引力，然後才寫出具體的數學公式。你無法希望能想出證實P=NP的運算法則；只能希望當靈光降臨時，自己能識別得出來。

他只知道，那會是簡單而美麗的。

丹尼爾半閉著眼睛，試著將周遭的世界看成沒有他物的純數字。海波擊在海牆上的湧動——那是納維爾・斯托克（Navier-Stokes）的流體動力方程式。月亮與潮汐的關係——神祕得連牛頓都無法完全理解。而他左邊那棟安康聖母堂，則完全體現了歐基里德的幾何學。建築師相信，這種哥德式的拱門和圓花窗所表達的美，可與上帝完美的精工遙相呼應。建築以黃金分割為基礎，這個數學比例從松果到蝸牛殼，從葵花子到星系的旋渦，隨處可見。

他繞過舊海關大樓（Punta della Dogana）的轉角，前面是杵在大運河出口的奇怪八角型建築，安康聖

15詹姆斯・華生（James Watson）：美國分子學家。
16弗朗西斯・克里克（Francis Crick）：英國生物學家、物理學家及神經科學家。

母殿。天際上，那建物的圓頂被月光灑上一層銀霜的巨大皇冠。丹尼爾知道，有些人相信這座殿堂是受了另一種數學的啟發：煉金術及古神祕學。有人說，煉金術讓牛頓陷入瘋狂，因此他晚年在筆記本裡寫滿各種對物質轉變的詭譎推測。達文西執迷於古老的謎語「化圓為方」，連伽利略這位理性主義者，也把畢生大部分時間耗費在占星學與星象圖上。

等你看到時，就會知道了。丹尼爾跟自己保證，那將會十分美麗，也非常真實。

他已將自己的人生清空了，現在他必須試著把自己的心思清空。

20

機身傾斜繞過薩丁尼亞島時，荷莉從窗上看到一片綿延荒禿的灰色山頭，即使從高空中看起來都覺得熱，怪石嶙峋的山坡幾乎垂直削入地中海裡，在她下方的山峰盡處，有一片邊緣飾著白色旅館的新月形沙灘。那應該就是阿爾蓋羅了，這處安靜的度假村躲在島嶼最靜謐的角落，即使從這麼高的高度，她都能看到四布在海上的黑點，那是戲水的觀光客。

荷莉拿起放在腿上的報紙，弗雷瑞斯公路隧道的可怕車禍占據了頭版，調查人員仍無法接近殘駭。車輛與貨車融結成一大硬塊，加上部分隧道屋頂在高熱中融化了。至少有二十人下落不明，包括十二名搭乘迷你巴士，從學校郊遊歸來的學童。這一次並不是史上最慘重的公路隧道災難——二〇〇一年，在聖哥達（Gotthard）公路隧道車禍造成一百三十九人傷亡；一九九九年白朗峰火災燒死了四十多人；二〇一二年瑞士的謝爾隧道事故造成二十八人死亡——卻幾乎成為最令人費解的事故了。弗雷瑞斯隧道的安全紀錄向來良好，而且在白朗峰火災後，安全又加強升級，雖然調查人員正在查證自動灑水器是否失靈，但並未出現任何技術失誤的報告。隧道管理高層發言人表示，他們不排除任何可能，包括駕駛的疏失。

海底網路電纜的消息被擠到中間版面。美國提議義大利主動恢復電纜，做為新的資訊蒐集聯盟，VIGILANCE[17]的一部分。一位白宮發言人表示：「把隱私權及資料安全的合法性納入考量的話，這將是西方最有效率的反恐方法。」義大利政府立即拒絕該項提議。這一點都不令人訝異，荷莉心想，有哪個國家在發現自己被監視後，還會願意選擇乖乖臣服於對方的審查。

「各位先生女士，我們即將在阿爾蓋羅降落了。」空姐廣播說，她的聲音頗像呆板的錄音。接著是例行的警告，在安全帶警示燈關閉前不得離座——這類警告通常都被當成馬耳東風，只有荷莉除外。她覺得這是從小在軍營裡長大的結果，本能一字不差地服從權威，從小便深烙在她心裡了。

她曾經讀過，軍人子弟講求規矩，別人講求的是原則，所以軍人子弟離經叛道起來，往往更加張狂。她見過自己一些同儕的狀況，在基地裡是爸爸的小公主，上大學後，便成了校園裡最輕佻狂野的女生。

不知怎地，荷莉剛好相反，有時她會懷疑自己是否把反叛心都儲藏起來了，等待被引爆。

這次會是個引爆點嗎？萬一她發現父親是因為查到劍黨的行動而被人蓄意滅口的證據，那麼她該怎麼辦？

荷莉嘆口氣，遇到橋就過吧，博蘭。

17 VIGILANCE：虛擬情報蒐集聯盟，Virtual Intelligence Gathering Alliance的縮寫。

當她排隊下機時，注意到六名一組的男子，這幫人看起來很眼熟——不是單獨而論，而是指他們的類型。魁梧、胸膛寬厚、強健的二頭肌，一看就是健身控。他們雖然沒穿制服，但清一色的平頭，徹底讓他們露了餡。果不其然，這群人走向入境大廳時，不自覺地齊步而行，雙腳邁著完美的閱兵步伐。荷莉心想，你可以讓軍人離開基地，卻奪不走他們的軍人氣質。

提領完行李後，他們大多揹著高爾夫球袋，荷莉猜想應該是一批到某處海邊休假的軍士長。

她從連所租車行Sixt租了輛車子，開到一間先前在網路上搜查到的登山用品店。所有一切都事先預訂好了，但荷莉逗留不去，跟渾身刺青、留雷鬼頭的年輕老闆聊天，根據經驗，荷莉知道從他身上得到的情報會比任何指南都多。老闆果然花了整整半個小時，告訴她本島最佳的攀登地點，也確認了她希望的事：她要去的地點，遠離一般登山者愛去的地方。

荷莉從登山店往南，沿海岸開往小鎮博薩（Bosa）。她知道這條路約十年前才造好；劍黨在七、八〇年代，利用這裡做訓練場時，只有船隻才能抵達。這是她開過景色最壯麗的道路之一，一邊是峭壁橫生，直聳入天的山群，一邊是地表斜斜插入波光粼粼的海洋。她的車子夾在遼闊的岩石與海水之間，感覺如此渺小。這邊沒有建物、農莊或農作物，甚至沒有通往小鎮或村莊的小路。兩輛遊覽車從對向自她旁邊開過，除此之外，路上安靜得詭異，唯一的同伴是幾頭摩弗倫羊，這種棕色的野羊長著誇張的捲角，在難以攀登的岩架上啃食矮叢。

荷莉的靈魂深處因對這片海天的熱愛而悸動，美國人會對美國地景懷抱同樣的情感嗎？應該有吧，但對荷莉而言，她雖非此地出生，卻已算半個義大利人了。

✣ ✣ ✣

荷莉終於在一個小彎道旁，看到一片生繡的鐵絲網圍欄，她把車子開下路面，縱使四下無人，荷莉還是把車停到岩石後藏起來。

下車後，荷莉發現天氣非常滯悶炎熱，那彎道只比小徑寬一點，從山側蜿繞而下，至底下約六十公尺的海邊。這裡就算有守衛或監視設備，她也看不出來。

荷莉在離小徑五十公尺的地方，將一根鐵釘釘入地面，然後把繩索套上去。她買了一個減緩降落速度的簡易摩擦結，加上登山鞋和護膝。雖然美軍在做滑降時，堅持一定要戴頭盔和手套，但荷莉跟大部分真正的登山者一樣，不喜歡那些裝備。她不喜歡戴手套，因為手指反而更容易被摩擦結卡住，頭盔則會擋去仰看時的視野。

等越過一小片懸岩後，荷莉便看到底下的基地了。可看的東西並不多：約五、六個經日曬風蝕的水泥建築，只有軍用的才會醜成那樣。一切似乎都被棄置不用了，荷莉又滑降三十公尺，才來到另一片岩架上。她在上頭等了一會兒，確定附近沒有人。

等覺得可以後，荷莉又滑降最後十五公尺。第二道柵欄上掛了警示牌，說這裡是軍事要地，義大利刑事法規定，禁止擅闖拍攝及製作地圖。一個更新的小牌子上則警告說，此地有崩塌危險，而張牙舞爪的守衛犬圖像，更是不言自明。不過鐵絲網上有個生鏽的大開口，看起來像從兩側地面挖出來的兔子洞，就算這裡以前有狗，應該也早就撤了。

荷莉在網上讀到，義大利情治單位仍將此地做為官方觀察站。不知究竟要觀察什麼？不過她實在看不出任何跡象。

荷莉走到距離最近的建物，從破掉的窗口往內窺探。裡面有二十多具雙層床架，但床墊與其他一切易燃物早已燒毀，只剩鐵架與四散在地上的焦黑彈簧。

荷莉來到下一棟屋子，這屋子看起來比較有希望，屋中到處是舊文件與瓶子，彷彿是匆忙撤離的。屋子中央有張燒毀的撞球台。

荷莉走進去，台子一側有個小小的金屬牌子。「向劍黨人士致上我最高的敬意，朱利奧．安德洛帝。」至少她來對地方了。荷莉看著這位滿口讚譽的總理所送的禮物，想到後來揭發劍黨存在的人，也是同一位總理，不知散去的劍黨人士，為何沒有厭惡地將牌子拆掉？或者他們刻意保留下來，以召世人？

荷莉在後方的房間看到一個小保險櫃，心跳忍不住加快，可惜裡面除了幾片殘灰，什麼都沒有。如果當時劍黨確實撤離了，那麼他們走得算相當徹底。

又或者，荷莉心想，是義大利安全單位取得此地做為觀察站後，才將這裡清空。

荷莉檢查其他小屋，但結果都一樣。在前一個凌亂的小屋中，連空酒瓶都被打破了，玻璃像碎石子一樣地踩在她腳底下。

都過這麼久了，你還期待什麼？文件類的證物嗎？她雖知道可能性不高，還是忍不住感到失望。她原本希望能找到什麼，任何東西都行，讓她知道這條線索並不是完全沒有搞頭。

荷莉聽見引擎聲，走到屋外，看見一輛軍用卡車從山徑下朝她開下來。

糟糕。

荷莉火速退回屋中，從窗口看著卡車停到建築群邊，兩名穿著義大利軍服的人爬下車，掏出香菸倚著車身，在陽光下抽菸閒聊，然後其中一人朝著荷莉躲藏的小屋直直走來。

荷莉從窗邊低下頭，屏住呼吸。一會兒之後，她聽到尿液噴灑牆壁的聲音。「他們得讓他最後出牌。」那聲音突然來得很近，原來男人還在扭頭跟他的同伴聊天，荷莉近到都能聞到他的尿騷味了。男人解完手後，兩人回車上把車開走。

荷莉猜想是例行的巡邏，是乏善可陳的工作日裡一項格外無聊的工作，一項來自十年前，甚至是更久以前，某位緊張的官僚所下的命令，而且至今一直不曾廢除。

她懶得再攀著繩索爬上去了，只是沿著小徑往上走。陽光從岩石上彈回來，灑在她的臉上。遠空高處，一頭禿鷹在山頂盤旋，接著鷹兒翅尖微傾，往下飄遊，趨近檢視她。

荷莉駐足欣賞禿鷹長達一公尺半的展翼，心想，嗯，至少我看見你了，所以這趟便不算白跑了。

有個東西從她眼角餘光掃過去，是擋風玻璃反射出來的陽光，那車子停在遠處上方，繞行同一座山的濱海道路。荷莉僅看出那是一部Land Rover，很可能是停下來賞景的遊客，荷莉打算等他們上路後再移動。

荷莉等了十分鐘，才發現他們並沒有要走的意思，所以，他們是停下來拍攝更多照片，還是……還是在監視她，等待她再次移動。荷莉若非停下來觀賞禿鷹，只怕永遠也不會瞧見他們。

荷莉開車回登山用品店，偶爾檢視照後鏡，確定沒被跟蹤。

「我覺得我選到一條很爛的路徑。」她含糊地對老闆說：「這樣吧，你有薩丁尼亞的軍事布點地圖嗎？」

男人睨她一眼。「你是指，我們不該把它製成地圖的那種地圖嗎？」

「沒錯。」就像能顯示海底渠道與暗礁的航海圖，登山的人同樣需要知道哪一部分山區不能去。若是真的有這種地圖，老闆很可能會有。

他想了一下才說：「我剛好有。」

老闆拿出一卷厚紙攤開，用喝咖啡的馬克杯鎮住紙角，紙上是這座島嶼的大型地圖，其中一部分畫上了粗紅的線。「如果你怕會有DP，那你就對了。」他伸出布滿刺青，肌肉發達的手臂，指著東南方一片區域說：「這個區塊，奎拉（Quirra）是歐洲最大的武器測試區。附近居民中的白血病患者高達百分之六十五。由於產出的畸形小羊太多，牧羊人根本無法謀生，只好全部搬到島嶼其他地區了。」

荷莉發現，老闆所說的DP是指「耗乏鈾」（depleted uranium），也就是以放射性金屬製成的彈殼的殘留物。

老闆敲了敲島嶼的東北角。「但那並不是唯一被他們污染的地區，本來歐盟要在這邊的芭拉茲湖（Lake Baratz）做科學研究，結果他們找到太多未爆彈，科學家為了自身的安全，只好撤離。重點是，義大利政府跟國際軍火商要價一天一百萬美元，讓他們使用這些山區。那筆收入直接交給羅馬，當我們的地方首長勉強爭取到一千萬歐元的補償費時，還被捧成一大勝利，其實，那只不過是經管這塊地區的人士不到兩星期的收入。」老闆說得淡定，彷彿心中的怨怒，早已被這些不公不義消耗殆盡了。

「那麼其他基地呢？」荷莉斜睨著地圖問。

「隨便你挑嘍，南邊有德奇莫曼努（Decimomannu），是義大利最大的機場，但裡頭連一個民航機航班都沒有。」他接著又指出：「還有塔魯達海岬（Capo Taluda），那是他們測試白磷彈的地方，這整座島，就是國際軍事組織的大遊樂園。」

「有哪個基地大概在十五年前就關閉或廢棄的嗎？」

老闆尋思道：「拉馬達萊納島（La Maddalena）上有一座舊的美國—北約基地，差不多十年前關閉。」

「那片基地現在做什麼用？」

「不太被使用了，基地被改成豪華旅館，島上其他地方只是野鳥保護區，不過聽說他們偶爾會在那裡做軍演。」

「什麼樣的演習？」

「誰曉得，那邊太偏僻了，無論他們在那裡做什麼，附近也不會有人看到。」

荷莉想了想才問：「有適合攀爬的地方嗎？」

「有幾處，大部分是海邊斷崖上的巨石，不過那邊有污染又不安全，你怎會想去那裡？」

荷莉衝著他一笑。「大概是因為我喜歡賞鳥吧。」

21

黎明破曉，威尼斯又是溽熱潮溼的一日。凱蒂必須從聖塔露西亞車站跟一大群觀光客共乘水上巴士。每一站的遊客都像企鵝般慢慢地在甲板上繞行，而不是直接走入船內，騰出空間。凱蒂看到報紙第四版的消息後，心情又更壞了，報導標題是：「夜泳者死於沙灘」。根據未署名的記者報導，麗都島海灘上尋獲一具「戴著護目鏡，身體半裸的」屍體，文章接著指出，咸認死者或因暑熱，決定睡在戶外，結果為搶匪所害。文中引述馬賽羅檢察官的話：「只要小心避開遊民眾多的地區，威尼斯保證是個非常安全的旅遊勝地。」凱蒂還沒讀完，已能想像檢察官揮著手，輕鬆瞎編故事的模樣。

接下來的一頁，另一篇報導吸引住她的目光。

斥資三百萬歐翻修，拿破崙皇帝寢殿重新開放

拿破崙皇帝在威尼斯共和國倒台後，其委任建造的皇帝寢殿，經過一世紀的閒置後，耗資三百萬歐元重新翻修，將於本週重新開幕。

俯看聖馬可廣場的翻新房間，是皇宮修復大計畫的完工之作，計畫贊助者包括提聶黎時尚品牌。本週一晚間，皇帝舞廳將舉辦盛大活動，以示慶祝。

聖匝加利亞教堂中，芭娜絲柯風風火火設立的指揮中心，也迅速地被撤掉了，裡面的人力已被派赴做其他調查。凱蒂進去總部時，發現皮歐拉上校還在處理之前案子的公文。

「還好嗎？」她問。

皮歐拉苦著臉，然後伸伸懶腰，很高興能有機會暫時放下公文。「跟平常一樣，代表玻璃廠家族的律師想出一套才華洋溢的解釋，說玻璃是他們製造的，要運往中國，但後來發現他們無法在中國販售，所以把玻璃運回穆拉諾了。換言之，他們是投資失敗，不是要詐騙威尼斯的觀光客。噢，還有，檢察官那邊的專家也說，中國的假貨品質也許比該家族盜仿的成品還好，如果他們不起訴，我也不會訝異。你呢？」

凱蒂看到房裡滿是敲電腦的憲警軍官，她提議：「我們可以到別處談嗎？」

兩人跑去歐斯馬林區的一間小酒吧，皮歐拉點了咖啡和 cornetto，灑了糖粉的可頌麵包。凱蒂發現他發胖了些，不知現在他跟老婆分居後，可有好好照顧自己？凱蒂沒問，他們現在已絕口不談彼此的私生活了。

「我猜是跟咱們的共濟會案子有關吧。」兩人找到一處安靜的角落後，皮歐拉說。

「問題就在這兒——這已經不是我的案子了，至少台面上不是。」她把葛孟多的干預、馬禮在卡山德電腦裡找到的名單，以及卡山德辦公桌裡的共濟會名片告訴皮歐拉。

「我能看一看嗎？」

凱蒂掏出一張名片遞給他，皮歐拉立即表示：「我見過這種符號。」

「在哪兒看到的？」

「記得幾年前的那個羅馬尼亞案子嗎？」凱蒂點點頭，那是她剛進憲警隊不久的事。當時大量吉普賽人進入義大利，引發全國恐慌，媒體上全是扒手、白人寶寶被盜賣的恐怖消息。「聰明的市政府決定把所有的羅馬尼亞人集中到維林納里的露營區。接著流言四起，大概是說，有個義大利女學生被硬拖到那裡……我們從沒查出謠言的肇始者，但結果有一群義警跑去營地，切斷電力，放火燒羅馬尼亞人的篷車。」皮歐拉搖搖頭。「死了三名吉普賽人，包括一名臥病在床，兒子在當地工廠值夜班的老婆婆。沒有半個人被捕，但我記得看到其中一輛燒焦的篷車上，噴塗了這種符號。」

「太可怕了。」

「還不止那樣。兩年前，幾名同性戀觀光客在梅斯特雷被揍時，也出現這個符號，有人把符號噴在牆上，還加了句話，『Morte ai culationi』，同性戀去死。」

「凱洛奇神父告訴我，這個右翼極端份子使用的符號已經被禁了，但他說，這也是古時威尼斯幫會的符號。」

「也許就是那樣，他們才會選用。」皮歐拉表示：「因為有交集。你有沒有想過，你要查的那些人或許根本不是共濟會員，至少本質上不是。他們組織幫會，是為了特定的犯罪目的，但表面上以共濟會的儀式與結構做為掩飾。畢竟，還有什麼比既有的地下組織，一個忠於兄弟的幫會，更適合掩護非法的陰謀？」

凱蒂覺得很有道理，卡山德就像參加嘉年華派對的人，戴著面具踏上舞台，令所有人都只看到面具，而非他本人。即使像瑟托將軍那樣希望草草了結此案，以免污衊共濟會名譽的人，也只顧慮到此案的表相，卻非罪行本身。

凱蒂回憶道：「凱洛奇神父也暗示過同樣的事。他說即便是今天，也沒有人真確知道當年P2的政治意圖是什麼。」

「那麼提聶黎伯爵的政治傾向呢？」

「我想應該也是右翼份子，他竟然奉拿破崙為英雄，稱他是『威尼斯的解放者』，甚至出資重新裝修拿破崙的皇帝寢殿。」

「也許他自視為拿破崙的政治繼承人。」

凱蒂點頭尋思。「事實上他只差沒說出來——今天的威尼斯深陷貪瀆與墮落中，就像共和國後期一樣。他說我身為憲警軍官，一定會同意他的看法。」

「我相信我們許多同事都會同意。」皮歐拉拿紙巾輕輕擦嘴，然後要老闆維里伯托送帳單過來。維里伯托跟平時一樣揮手拒絕，意思是他請客；皮歐拉也跟平日一樣掏出一張五歐元鈔票放到吧台上。凱蒂覺得搞不好比原本的費用還要多。即使是再小的酬金，皮歐拉也拒絕接受，這是當初兩人首度合作辦案時，凱蒂會愛上他的原因之一。

她說：「我會四處打聽一下，一定有人知道一些消息。」威尼斯雖貴為世上最熱門的度假勝地之一，卻也是個村落。除去觀光客後，威尼斯僅有六萬居民，許多家族世居此地，就算她以前沒見過堤聶黎，但她認識的人當中，一定有人認識他。

「我想你不會把瑟托將軍的姪女扯進這些非正式的調查裡吧？」

凱蒂瞪著他。「你說誰？」

「芭娜絲柯少尉，她是瑟托的姪女。」他被凱蒂的驚恐表情逗得哈哈大笑。「你不知道嗎？你應該覺得很榮幸——他原本可以派她去查任何案子，但他選擇了你。」

凱蒂緩緩說道：「他想監視我。即使他自己沒有參加地下社團，也不希望出現任何可能讓憲警名譽蒙羞的醜聞。」

皮歐拉溫和地說：「或者，他想監視你，是因為此案看起來像是個大案子，而你的經驗相對還太嫩。何況，芭娜絲柯具有優秀軍官的良好素質。」

「你認識她嗎？」凱蒂問。這下子換她感到訝異了：芭娜絲柯說過，她才到威尼斯幾個星期。

皮歐拉點點頭。「她問過我能不能帶她，我們聊過幾次，就這樣而已。」

「聊過？是吃晚餐聊的吧？」

「是吃晚餐聊的，有何不可？」

因爲她在利用你，凱蒂難過地想，因爲她知道你很寂寞，而她看到往上爬的機會。芭娜絲柯絕對不會犯下她曾經犯過的錯，跟資深軍官睡覺，但她很可能故意讓對方以為她有那個意願。

凱蒂看出皮歐拉的表情，是覺得她在嫉妒，也看出他覺得挺得意。「我沒有吃醋。我只是覺得她有點好高騖遠。」她憤憤地說。

他還是覺得很逗。「嗯，這種事你應該很清楚。」

兩人離開酒吧時，凱蒂看到皮歐拉自然而然地瞄著吧台後邊自己的鏡中倒影。他的兩鬢已灰，面容有種蒼然陰鬱而迷人的氣質。毫無疑問的：皮歐拉依舊是位非常帥氣的男人，而且不僅僅是外貌而已。凱蒂不只一次地想到，皮歐拉非常以自己的剛正不阿為傲，如同他身上的名牌西裝一樣；他似乎知道，那正是令他迷人之處。

✣　✣　✣

回到聖匝加利亞教堂後，凱蒂上樓去馬禮的閣樓，這位平時熱情洋溢的電腦專家悶悶地看了她一眼，然後很快地把椅子推到堆滿證物袋的桌子邊，他遞給凱蒂一個袋子。「拿去。我有預感，我根本不該看那個東西。」

「我本來希望能說服你再看仔細一點。」

馬禮搖頭說：「不行，何況那裡面實在沒什麼。」

「沒什麼？」她重複道。「所以除了名單外，你真的找到別的東西啦？」

馬禮猶疑了一下，然後在另一張書桌翻尋半天，最後找出一張列印出來的資料。「卡山德也把他的搜尋紀錄刪掉了，不過人們並不了解，被刪除的搜尋紀錄其實並沒有被刪掉——而是儲存到 index.dat 的系統檔案裡。取回資料跟做系統還原一樣容易。」

「你有拷貝這份資料嗎？」她很快地瞄著單子問。

馬禮搖搖頭。「你要是有點概念，就會直接把列印出來的資料放進碎紙機裡絞掉。」

凱蒂說：「你說得對，我是應該那麼做。」

馬禮點點頭，鬆了口大氣，然後凱蒂便離開他了。

可是那並不表示我會去做。

22

荷莉對著櫃台後的年輕女子微笑。「嗨，我有訂房，姓博蘭。」

「好的。」女人帶著職業性的呆板笑容回答，然後在電腦上查視。「住一晚，是嗎？」

任何熟知戰後美國殖民建築的人，一看就知道拉馬達萊納這座小島上的旅館，以前八成是軍事基地。旅館矮長平整，主要以玻璃與鋼桁為建材，地面是打亮的鑲木地板。把基地改造成旅館的人花錢毫不手軟，試圖以誇張的吊燈與壁畫來柔化室內，但結果在荷莉看來，卻有如機場航廈與極無品味的夜總會合體。

荷莉倒不覺得旅館的客人會很在意。從撒丁尼亞過來的路上十分辛苦，包括長途開車、搭兩次渡輪、一次計程車，不過島嶼的碼頭停滿了漂亮的超級遊艇，許多船首上都塗了俄文的名字。此處天遙路遠，就算一般人肯來，也會被旅館的天價嚇跑。荷莉發現最便宜的房間一晚也要三百多歐元時嚇了一跳。

服務員幫她登記入住時，荷莉轉身看著大廳。大門口走進一批人，六名男子身著本地到處可見的馬球衫、脖子上架著墨鏡、穿著百慕大短褲與涼鞋。六人都一身肌肉，理著軍人的平頭。荷莉認得他們就是機場的那批軍人，如果他們能花得起到這種地方度假的花費，薪水必然很高。

荷莉轉頭隨口問接待員說：「這裡有沒有高爾夫球場？」

年輕女子歉然地表示：「這邊地面太多石頭了，不過我們可以提供你一些很漂亮的浮潛地點。」

在阿爾蓋羅機場時，他們都推著高爾夫球袋，在一個連高爾夫球場都沒有的地方，拿它來做掩飾也實在太蠢了。

荷莉當下離開櫃台，尾隨幾名男子到外頭。他們正登上其中一艘光亮鮮潔，架著天線的十二公尺長遊艇；即使對這幫人來說，遊艇看起來還是太奢華。六人一上船，遊艇便往碼頭的出口開動。舵手在過了海堤後催油門加速，遊艇便優雅地拱身朝南奔去，濺起的水泡在陽光下閃爍不已。

荷莉走回櫃台。「麻煩你幫我看行李，好嗎？」她對吃了一驚的接待人員說，一邊抓起自己的背袋。「我晚一點再進房間。」

荷莉邊跑邊把背袋甩到肩上，她快步奔過堤岸，幾乎連跑了二十分鐘，才來到一處跟馬拉爾谷海岬相似的鐵絲網圍欄，不過前者的都鏽穿了，這片則十分乾淨，維護良好。網子上有同樣可怕，不許闖入軍事用地的警示牌。

荷莉沿著圍欄前行，找到一個可能是動物在網下刨出的洞。荷莉從底下鑽過去時聽到槍聲，一連串約十幾發的槍響，繼之一片寂靜，隨後又傳出更多槍聲。聽起來像是靶場射擊，至於誰需要跑到這種鳥不拉屎的地方來打靶，就不得而知了。

荷莉現在能看得到那艘遊艇了，船隻停在離岸稍遠處，但擊發點則來自底下的海灘。荷莉蹲伏身子，拿出背包裡的裝備：一個攀岩粉袋。荷莉把袋子緊綁到腰上，穿上攀岩鞋——像緊附腳上的拖鞋，有極富彈性的扁薄橡皮鞋底，但沒有硬底。每隻鞋的拇指部分，都有粗短的橡皮塊，可以嵌進岩縫裡。穿這種鞋走路極痛，但攀岩時則令她覺得自己像蜘蛛人。

荷莉攀到懸崖邊緣，然後望出去。現在她看到離岸處總共停了三艘遊艇，另有六艘充氣船被拉到海灘上，約四十名男子正在分組做演練。有些做標靶射擊，有的徒手搏鬥，有的蹲在示範火箭筒操作的教練周圍。沒有人穿制服，但荷莉發現，她在機場看到的那批軍人，似乎都是指導者。

荷莉慢慢退開，然後再次挨到左邊四十五公尺的崖邊，那裡有道彎口可以遮掩她，不被人瞧見。荷莉翻過身，腹部貼地，腳步順著岩面慢慢下探，直至找到踏點。

用這種抱石、而不用繩索的攀岩技法下山，比攀高時需要更大的專注力。向上攀爬時，眼睛與要尋找的握點，都會在合理的近距離內。但往下走，等於是瞎著眼睛爬山，重力會使她步子加速、加大，而超過該有的安全控制。荷莉慢慢下降，不時朝粉袋裡抓粉。

就在她下降約六公尺時，聽到上方傳來清晰的對講機雜音，一條登山索從她左側崖壁垂下來，緊接著右邊也放下一條。

慘了。

一定是先前在廢棄的劍黨基地監視她的人跟蹤她到此地了。荷莉自認很謹慎了，結果還是不夠小心。她很快把自己的說詞想過一遍，她沒有什麼「罪證」，而且旅館裡還有收據跟地圖，可以證實她跟她說的一樣——是位喜歡獨自攀岩的美國軍官。

荷莉抓緊岩壁，保存體力，兩名男子從她兩側往她垂降。「這地方挺不錯的，是吧？」她用義大利語問，努力裝出不知自己已侵入別人領地的愉快語氣。

「是呀。」右邊的男子以同樣愉悅的語氣說，一邊對她揮來一個東西。

荷莉及時看出那是一把小鐵橇，彎曲的尾端做成一根利爪。「喂！」她大喊一聲，往後抽身。

男子嘀咕一聲，再次揮擊，拋開一切虛偽的友善。

左邊的攀岩者則晃動他的繩索，企圖盪過來抓荷莉，看來兩人打算直接把她扔下山崖，荷莉往下一瞥，底下全是岩石，若讓他們得逞，恐怕不死也廢。

荷莉本能地往上攀，使用繩索的人有利於往下，往上爬則必須競速，荷莉不像他們佩戴了一堆磕磕絆絆的配備，荷莉經過時，左側的男子撲過來，成功地抓到她的腳，逼得荷莉只能朝他的繩索盪過去，往下踹他的頭部。可惜男子比她強壯多了，他與荷莉一陣拉扯，穩穩抓住她的腳踝。

荷莉抬頭看見男子繩索所繫的鐵鉤，就在她的頭頂上。

不是他死就是我亡，荷莉選擇讓他死，於是一把抓住鐵鉤的鬆脫裝置，奮力從山崖上拔出來，再補上最後一腳。男子在驚呼聲中墜落，跌撞在石堆上，發出恐怖的悶撞聲。

這時另一名男子把鐵橇的曲端當成鉤子使，意圖把自己朝荷莉拉過去。荷莉抓住鉤爪一扭，鐵橇從他手中滑脫，男子吃驚痛罵。

荷莉快步爬到男子的繩栓上，把另一端平直的鐵橇插進鐵鉤裡，不費吹灰之力地橇開鐵鉤，男子便追隨同事墜崖而下了，途中還在岩架上彈撞兩次。荷莉稍事停頓，看他是否還在動彈，然後才繼續攀爬，來到崖頂。

她小心翼翼地把頭探過懸崖，卻不見任何人，只有一輛白色 Land Rover 停在十八公尺外。荷莉奔向車子跳進去，心臟因腎上腺素而急跳。鑰匙仍插在點火器裡，荷莉頭也不回地催著油門回旅館拿行李，此刻當急之務，是在別人幹掉她之前，火速離島，至於對方的身分和動手的原因，可稍後再查。

23

凱蒂坐在辦公室裡查看卡山德上過的網站，大多是各種隨機的新聞、財經網站和維基百科。卡山德還上過一個色情網站，凱蒂點進去一看，覺得挺後悔。一堆短髮抹膠水，胸口蒼白無毛的小鮮肉，讓一些老男人對他們上下其手，看得凱蒂大皺眉頭。難怪卡山德的老婆會如此淡漠。

更奇怪的是，他上了好幾次「魔獸世界」的遊戲網站，凱蒂相當確定，卡山德絕不是那種愛打電玩的人。她拿起電話撥給馬禮。

凱蒂說：「我知道你不想牽扯這個案子，但我只想麻煩你回答一個問題，好嗎？你能想出為什麼一個五十四歲的老銀行家，會去玩『魔獸世界』嗎？」

馬禮猶豫了一下，然後勉強說：「去查魔獸世界與斯諾登。」說完掛斷電話。

凱蒂照他的建議去查，從英國媒體上找到一篇關於愛德華．斯諾登的報導。標題是「NSA滲入網路世界」，談到美國國家安全局發現，有心人士利用電玩貨幣在國際上轉匯難以追查的資金。

她很快查了卡山德看過的維基網頁，其中一個標題是「一九六四鋼琴獨奏」，另一個為「一九七〇年柏格斯政變[18]失敗」，第三個為「一九七六奇里克動議（Killick Initiative）」，凱蒂點進最後一個。

一九七〇年代初，天主教民主黨領袖阿爾多．莫羅認為，欲防堵外界干預義大利內政，須勸服義大利共產黨放棄革命目標，轉換成完全傾向西方的民主政黨。如此一來，英美便沒有進一步藉口，假「反共」

之名逼義大利屈從了。莫羅於是擬出歷史妥協的策略，讓共產黨員加入天主教民主黨，成立左派的聯合政府。

然而此舉並未使緊盯義大利政治三十年的國外政權感到安心，反令其戒心大起。一九七六年三月二十五日，北約的英國大使約翰・奇里克（John Killick）在備忘錄中寫道：「義大利政府若出現共產黨的部長，將會在聯盟中導致立即性的安全問題。」他在後續簡報中又加上：「由於一連串理由，以不流血政變防止義大利共產黨奪權的想法極具吸引力，這種想法很可能來自獲得軍方及警方支持的右翼人士。」其籌組方式，與之前的柏格斯政變及白色政變相似。

與白色政變相關的網頁連結有顏色，表示卡山德曾經點進去看。荷莉也點進了連結。

「白色政變」計畫由前游擊隊領袖艾加多・梭諾[19]策畫，梭諾打算以聯合政治動蕩、大規模暴動、投票及軍力的方式，逼迫總統宣布進入緊急狀態，讓梭諾能組織緊急政府——造成一場「白色」或「合法」的政變。

凱蒂皺起眉頭，卡山德似乎想從義大利充滿暴力的過去，查找一些意圖政變的事件，可是在鉛年代的黑暗時期，還有可能密謀政變，現在都什麼年頭了，共濟會應該不可能圖謀那種事了吧？

凱蒂的電話嗶嗶響起，是她母親發來簡訊，邀她星期天吃中飯。凱蒂本能地回撥給她。

「媽，我可以帶人一起去嗎？」她跟平時一樣，嘻嘻哈哈地聊完父親、外婆和妹妹的孩子們的近況後問。

電話一端是震驚的沉默。「你是指……男朋友嗎？」因為凱蒂從來沒帶男人回去見過父母。

「是的，一位……我的……」既然話都說了，可是用「男朋友」形容一位傑出的四十歲檢察官，好像怪怪的。「一個男的，我們在約會。」

「當然可以，他喜歡吃什麼？」

「他很好招待的。」

「他不是威尼斯人嗎？」

凱蒂哈哈笑了，雖然她知道母親並不是在開玩笑。「不是，他是從巴薩諾（Bassano）來的。」凱蒂知道，李方帝是威尼托人這一點，會對他有利。

「那他是不是……？」母親欲言又止地讓問題在空中懸盪。

凱蒂覺得怒從中來，她實在是忍不住。沒有人能像她老媽那樣把她惹毛，真希望她能假裝聽不懂老媽在指什麼。是不是什麼，媽？同性戀？黑人？新教徒？還是穆斯林？但凱蒂強逼自己冷靜，她淡淡地說：「結婚了？沒有，這男的是單身，不過他以前結過婚。」

18柏格斯政變（Golpe Borghese）：義大利一九七〇年十二月七日發生的一場失敗政變，以該國二戰時的指揮官柏格斯（Junio Valerio Borghese）命名。政變人士計畫北約與美國的戰艦開進地中海警戒，但美國希望地中海維持區域平衡，不支持政變。

19艾加多·梭諾（Edgardo Sogno, 1915~2000）：義大利外交官、游擊隊，出生於貴族家庭。

「噢……離婚了。」老媽的語氣聽起來比已婚還糟。

「他是律師。」她是指好的律師，但老媽硬是要選擇誤解。

「那樣就更容易辦離婚了，不是嗎？因為律師都知道法規，懂得如何規避。」

凱蒂重重嘆口氣。

「孩子呢？」她老媽又問。

「我們還沒決定。」

「不是啦，我的意思是……」

凱蒂打斷她。「我懂你的意思。他有兩個孩子，一個兒子朱里斯，還有個女兒安娜。」

母親不用開口，凱蒂也知道她在想什麼。*如果他已經有家庭了，一定不會想跟你結婚。*

「不過他很少見孩子，他們住在國外。」凱蒂又說。

唷，原來這個沒心沒肺的花花公子還是個爛父親，是嗎？

凱蒂決定最好在說出令自己後悔的話之前，盡快結束心裡的獨白。「我們大概中午見，好嗎？」

「當然，我去問你妹妹要不要也過來，你知道你外婆有多愛見她的曾孫兒，而且對你的……朋友，也挺好的，對吧？如果他不常見自己孩子的話。」

唉，最好是，凱蒂心想，不知李方帝能不能應付得了。

24

駭客用教士提供的、竊取來的護照，搭乘渡輪到西西里。渡海時他站在甲板的欄杆邊，想著自己首次到西西里的情形。

他與家人逃離格達費治下的利比亞時，年紀才十二歲。駭客的父親是位讀書人，有美國大學學位，可是當他的美國簽證過期時，卻犯傻地去申請合法留在美國，而不像許多人那般偷偷地變成黑戶。他的申請遭到拒絕，美國因聯合國的制裁，不肯送物資到利比亞，卻將利比亞人遣走——除非他們能證明自己被遣後，生命會有危險。

光憑在瘋狂凶殘的獨裁者治下，每個利比亞人的生命都朝不保夕這一點，顯然不足以讓他留下。就利比亞的標準來看，特瑞克的父親算是富有的。例如，他買得起筆電，也就是他兒子在六歲時發現的那部筆電。對特瑞克而言，就像遇到了裝著精靈的神燈，所有人類的知識都裝在電腦裡，他不必再纏著大人提問了。

一個多月後，特瑞克看到一篇名為「駭客宣言」的檔案，作者的化名叫「導師」。

我是一個駭客，歡迎進入我的世界……

我比大部分孩子都聰明，他們教的那些爛東西，簡直快把我無聊死了。

我已經聽老師解釋十五遍如何簡化分數了，我都懂。「不是的，史密斯小姐，我沒寫出算式，因為我在腦子裡算好了。」

——死孩子，搞不好是抄的。老師們全都一個樣子。

後來奇蹟發生了，一個新世界的門開了，像灌入毒蟲血管裡的海洛因一樣，在電話線裡流竄，一記電

子脈衝傳送出去了，日常裡啥都不會的人，找到了庇難所，找到了同伴。

就是這個，這就是我的歸屬。

我認識這裡的每個人，即使我從未見過他們、跟他們談話、或許永遠也不會再聽到他們的消息，但我了解你們所有人。

——死孩子，又在電話線上打字了。他們全都是一個樣子。

原來還有其他像他一樣，在網路世界過得比真實世界還要精采的年輕人。特瑞克開始在駭客的網頁上留連，一開始不出聲，等自信漸生，發現根本沒有人知道或在乎他的年紀有多小後才敢發話。特瑞克不像「導師」，他並不恨學校或父母，他的父親發現兒子的天賦後，盡力送他上最好的伊斯蘭學校。特瑞克研讀可蘭經，但也學習代數與數學。

特瑞克二十歲生日過後不久，他父親做了一個決定。

有天晚上禱告結束後，父親對家人說：「特瑞克很聰明，他得去上更好的學校，我們得搬到更好的國家。」他輪番看著每個人。「我決定了，我們搬去義大利。」

全家靜靜消化這個消息，特瑞克的母親扎菲拉或他的姊姊芳哲都沒有反對，他們都知道義大利的生活會更好。在利比亞，每個角落裡都有穿著皮夾克和墨鏡的祕密警察在監視你；在利比亞，每個鄰居都是潛在的告發者；在利比亞，人們會在暗夜失蹤，從此了無音訊。唯一的問題是，有沒有辦法離開利比亞。

此時他父親探詢著特瑞克的眼神。「我們得變賣一切來支付通行費，賣掉我們擁有的一切。」他柔聲說。

特瑞克片刻後才領會父親的意思。「筆電不能賣！」他無法想像。

「這是唯一的辦法，等我在義大利很快找到好工作後，就會幫你買一部更好的，我保證。」

特瑞克低下頭。「我懂了。」

兩個星期後，他們從米蘇拉塔附近的一個漁村離開了，走私者划船分批將乘客載走，以躲避查緝。當特瑞克看到海面上那艘載運他們的船隻時，忍不住倒抽一口涼氣。那船好小，不到六公尺長，是艘漁船，而且甲板上已經擠滿人了。

等他們出航時，甲板上的人已經多到他必須得跟芳哲拉著手才不會被分開了。小船在漲潮中搖晃擺動，有些乘客已開始暈船了。

他們計畫在義大利最南邊的蘭佩杜薩島（Lampedusa）登陸，然後尋求庇護。父親告訴他，很多人都這樣做，蘭佩杜薩島有個軍事基地，已改成難民營了，他們會在那邊待幾個星期，然後再被送往義大利本土。父親說：「就像度假一樣。海上假期。」

然而他父親不知道的是，就在幾週前，政治風向已經丕變。西方對恐怖主義宣戰後，決定與格達費之流的阿拉伯世界強人領袖和解，相信他們能防堵激進派的伊斯蘭主義者。埃及總統穆巴拉克，敘利亞總統阿薩德，以及沙烏地阿拉伯的國王阿布杜拉，只是目前享有援助與貿易協議，而未受到聯合國制裁與指責的一部分獨裁者。

義大利總理貝魯斯柯尼想趁機與利比亞拉近關係，特別是利比亞富藏石油，但幾十年來，一直無法把石油賣給西方，如今油管可以埋到地中海，直接拉到義大利了。貝魯斯柯尼為求協商順利，同意處理一些困擾利比亞領袖的小問題，其中主要的一點，便是利比亞人源源不絕地跑到義大利要求庇護，並大肆批評格達費枉顧人權，導致有些西方公司不敢到利比亞投資。

格達費不希望國人落跑，貝魯斯柯尼也不希望利比亞人跑到義大利，兩位領袖很快談定此事，接著又討論其他更重要的事項。畢竟「bunga bunga」20一詞就是格達費教貝魯斯柯尼的。

當飢寒交迫的難民終於抵達蘭佩杜薩島時，迎接他們的是武裝士兵，所有難民，包括特瑞克的父親，都要求他們理應獲得的庇護，但士兵們僅是將他們分成兩組，一組是利比亞人，另一組則為他國人士。利比亞人被巴士載往軍港，那邊有艘船等著他們。團體裡有幾個人想逃，不久便被義大利士兵用來福槍托摺倒了。

船隻到達利比亞首都的黎波里後，難民被拘留在船上數日，由利比亞警察偵訊。警方不時上船帶走一小批人。

「無論發生什麼事，我們一定得待在一起。」特瑞克的父親告訴家人，但卻趁著扎菲拉和芳哲沒注意時，悄悄地告訴特瑞克：「萬一我出事，記住你現在是家裡的男人了，要保護你媽媽和姊姊。」

他父親是最後一批被偵訊的人，他幾乎立即被帶走，接著警察便來找剩下的家人了。警方把他們載到離碼頭不遠的警局。「也許他們會把我們跟爸爸關在一起。」芳哲低聲對特瑞克說，他點點頭，裝出充滿希望的樣子，卻知道可能性極低。「隨時隨地把你的頭髮包緊。」特瑞克告訴她。

警察把他們帶到一個房間，房間牆壁上沾著棕色的抹痕，頂上的鐵籠裡裝著霓虹燈管。兩名穿皮夾克的男子在房中等候他們，另外還有兩個穿制服的警察，其中一名穿便服的男子問特瑞克，他父親為何要聲請庇護。

「因為他認為在利比亞會有生命危險。」特瑞克強作鎮定地回答。

「為什麼？你覺得我們看起來很危險嗎？」男人微笑道。

特瑞克知道這問題是個幌子，沒有正確答案，但他也知道，無論這些人打算對他做什麼，他們大概早已經決定好了。「不會？」他試探性地說。

男人縱聲大笑，走向特瑞克，重重甩他一巴掌，特瑞克被打得跌在地上。

等特瑞克恢復聽覺時，男人正說著話，要他做選擇。

「你父親辱沒了你們家，我決定讓他的一名女人蒙羞，以示懲罰，由於他人不在這裡，你可以決定由誰來接受懲罰。」

特瑞克頭都昏了，彷彿聽見父親的聽音，保護你母親和姊姊。

「我不想選擇。求求你……」他說。

「好吧，那我就把她們都姦了。」男人拍拍掌，說：「把她們帶進來。」

「等一等。」特瑞克焦急尋思，對她們來說，強暴實在太可怕了，但是對極其保守的利比亞文化而言，那將奪去他姊姊此生所有的機會。他很快地說：「我母親。如果你要處罰，就處罰我母親吧。」

門開了，他母親與姊姊被帶進來。

警察獰笑道：「你再說一遍。你要我上你老媽，對嗎？」

「是的。」特瑞克喃喃說，不敢去看母親。

20 bunga bunga：雜交之意。

「而你這豬狗不如的東西，得上你老姊。」

特瑞克驚駭地瞪著他。「我從來沒說過那種話！」

「我說你可以選擇誰讓我強暴，可沒說另一個人會沒事。」他瞄著其他人，他們這會兒全笑成一團。

「不過如果你不想幹，我們就只好也順便把你老姊姦了。」

房中發生的事，將永遠烙在他心裡。他記得她們的尖叫、男人的高笑、那幫人對他們三人所做的事。他們不僅用他們身體，還動用他們的槍枝、警棍與靴子，等他們終於完事後，又將特瑞克一家拖到車上，然後急駛到一處運動場。天色雖然還未亮透，卻已有一小批人聚集在那兒了，警察正在指揮人們就坐。

運動場中央有部吊車，三十分鐘後，一群套著頭罩的男人蹣跚地從更衣室裡走出來，他們幾乎無法走路，雙手受綑，警察拿警棍戳趕他們，特瑞克根本看不出哪位是自己的父親，直到這群人的頭罩被摘掉後才知道。

他們一次吊起三個人，犯人的手腕依舊綁著，被吊車吊起時，抽動的身體彼此相撞，踢動的腳踹著彼此的脛骨。

事情結束後，一名站在旁邊的警察轉頭對他們家說：「現在給我滾出去，告訴每個你們遇見的人，批評格達費會有什麼下場。」

可是他們的災難尚未結束，他們是有了污名的人，誰知道政府還會不會找他們麻煩？學校不肯讓特瑞克復學，他母親找不到工作，一家人只能靠親戚施捨度日。

特瑞克茫然地對著空中發呆一個月後，有天突然醒了過來。他跑去認識的一間網咖，老闆是個精明的生意人，但對科技幾乎毫無所悉。特瑞克表示願意解幫他決任何電腦方面的問題，說他會在晚上沒人看見他時修理。

網咖老闆考慮後同意了，他開出低到可笑的薪水，但至少是份薪資。

深夜人靜，客人都離開後，特瑞克便自己上網。現在他經常上的是不同的留言板了，他不僅去最厲害的駭客潛伏的黑暗網絡，甚至到反格達費激進份子常去的隱密網站。

格達費倒台後，指揮官指示他擬出計畫，特瑞克便又與那些駭客聯繫上了。有些人已不問江湖事，但他發現，其他與他有相同經歷的人，現在都變成激進份子了。當然了，沒有人會使用真名或釋出任何私人資訊，但在分享匯聚資訊的過程裡，大家的技術知識很快提升至全新的境界。

特瑞克向交往的人士學習如何掩飾自己的行跡，避開國際安全單位的檢查。由於許多人必須迴避格達費由西方建立的網路監視系統，所以早已深諳躲避系統監視之道。在愛德華．斯諾登將稜鏡計畫、時代計畫[21]，及其他西方監控程式的細節透露給媒體之前，他們老早就都知道了。

不過斯諾登事件為他們帶來了獨一無二的機會，突然間，全世界都意識到美國國家安全局和英國政府通信總部在做什麼了，諸如義大利這樣的國家，便會設法移除他們光纖上的竊聽裝置。

特瑞克估計，美國提議參加的虛擬情報蒐集聯盟，各國最後大概都逃不掉，可是在這個短暫的監控空窗期裡，也許藏著他最好的攻擊機會。

讓特瑞克想到這個計畫靈感的，是另一名叫基布朗的駭客，他們在安全訊息留言板上討論「電腦蠕蟲

21 時代計畫（Tempora）：是英國政府通信總部用於大規模監控的祕密電腦系統代號。這個系統被用來暫存經由光纖傳輸的網際網路通訊，以便在事後作進一步分析處理。從二〇〇八年開始進行測試，並在二〇一一年正式運作。

Stuxnet」，美國與以色列網路戰專家以該病毒破壞伊朗的核武計畫。一般電腦幾乎無法偵測到Stuxnet，可是當它進入新的網絡時，病毒程式便會開始尋找由西門子公司製造，用來準備核材料的特定離心機。病毒一旦找到機器，便會讓離心機高速運轉，直至壞掉。

駭客取得了Stuxnet，並一一拆解，尋找線索，想知道美國國家安全局的網路能力。事實上，電腦蠕蟲裡的技術並不特別新穎或複雜，具革命性的是點子本身。

基布朗說，這是一種攻擊設備，而不是電腦的病毒，仔細想想，實在太屌了，不過他們應該小心點，等其他人也開始這樣玩，美國的損失必然最大。

特瑞克心念一動，他從未忘記指揮官的指示，但直到現在，他才對自己的計畫有了想法。

他開始研究物聯網。

截至目前為止，特瑞克固定使用嘉年華網站跟駭客朋友通訊，所有駭客都曾試圖駭入嘉年華的原始碼，但無人能夠得逞。如果他們無法破解嘉年華，那麼根據推判，政府也應該做不到。

最接近破解嘉年華的人，又是基布朗，他把一些嘉年華的破解代碼傳給特瑞克，特瑞克看得讚美不已。每條編碼都寫得簡單扼要，近乎詩文。

特瑞克開始拆解所能取得的，每一道丹尼爾·巴柏的編碼，主要是想從中學習。但他也將所知加以運用，就像製造炸彈的人，從拆解其他炸彈客的製品中學習一樣，特瑞克也學著跟隨丹尼爾的腳步。

他用嘉年華的加密手法掩護自己，關掉弗雷瑞斯隧道的排氣渦輪，萬一高層發現那是蓄意的攻擊，而非不幸的意外，線索不會追到他身上，只會導向嘉年華網站。

當他的計畫逐漸成形時，有件事仍令他憂心。就特瑞克所知，他的弱點是，他和聖戰士駭客的人數極少，假如他們同時攻擊五、六個設備，固然會釀成重災，卻不至無法修復。西方世界會立即採取行動，加強其他尚未被染指的數百萬種設備。

特瑞克野心勃勃，不僅要大肆破壞，更要讓義大利徹底瓦解；不僅像指揮官建議的，迫使義大利選民要求美國移除各軍事基地；他更要為家人的遭遇，叫義大利付出代價。有時，在特瑞克最瘋狂的夢裡，他看到自己的成就遠遠超過原先所想像的，看到義大利混亂的局面越過了邊境，蔓延到西方國家。倘若真是如此，他便能擊潰西方國家對科技的仰賴。屆時，聖戰士與西方的軍隊，便能公平地在沙戰上較勁了，他相信聖戰士終將贏得那場戰爭。

於是特瑞克改變計畫，他不只要發動數次攻擊，而是要同時發動數千次，甚至數十萬次的攻擊。這項行動需要更多資金——但無論他要求什麼，指揮官背後的支持者，都二話不說地乾脆付錢。

✣ ✣ ✣

抵達西西里時，入境海關的官員幾乎眼都沒抬地，便揮手讓他通關了。特瑞克並不訝異，雖然國際警察組織自二〇〇九年後，保留了被竊護照的全球資料，但他知道沒有政府會去參考。這是他在網路上找到，並拿來儲備用的眾多資訊之一。

特瑞克在巴勒摩（Palermo）的安靜郊區租了個房間，遠離鎮上的穆斯林區。巴勒摩曾是阿拉伯王國的首都，十二世紀，基督徒來了，把清真寺改成教堂，不過據說你若去挖一名西西里亞人的祖宗八代，還是能探出撒拉遜人[22]的淵源。或許是因為如此，那邊有成千上萬講阿拉伯語的移民，他們主要待在舊城區裡較貧困的區域。

特瑞克抵達後一天，跑去巴勒摩外圍一棟相當破舊的小建物，巴勒摩技術學院。

特瑞克告訴櫃台人員，他註冊了當天早上開課的資訊科技課。特瑞克拿出偽造的身分證件，三十分鐘後，便跟著其他十四名年輕人一起坐在通風不良的教室裡了。老師也是穆斯林，在黑板上畫出網路圖表，結果這位先生犯了幾個錯誤，但駭客禁口不語，還裝出認真聽講的表情。

他打算當本堂課有史以來第二優秀的學生：不能出眾到引人起疑，但又必須遠遠優於其他學生，老師才會為他寫讚譽有加的推薦信。

他把自己的其他活動，留到夜裡進行。

25

他們在維洛納北邊山區的一處小村子見面，那邊盛產野生蘆筍。幾名老人在懸鈴樹的陰影下玩木球，一隻黃貓慵懶地在小咖啡吧外的鐵桌上曬太陽，除此之外，就沒別的了。

荷莉發現，伊安．吉瑞總是選擇在能看到她的臉的地方會面，他從不跟她並肩坐在公園的長椅上低聲交談，或在人群裡漫步。吉瑞有次告訴她，在他的經驗裡，消息人士至少有一半時間會對他們的接頭者說謊，接頭者的職責就是釐清哪一半是謊言，以及說謊的原因，了解原因，往往比他們給你的原始情報更有用。

荷莉心想，不知道吉瑞是否把她當成了消息人士，如果是的話，他可曾假設她對他撒謊。

「荷莉，你的旅程如何？」酒吧老闆為他們送上義式咖啡時，吉瑞問。

「遇到不少事。」她談到被跟監、軍事訓練，以及他們想將她推下斷崖的事。「不過馬拉爾谷海岬已經什麼都沒有了，只剩一些火燒過的殘片和一大堆碎玻璃而已。」

吉瑞點點頭。「我想那邊也應該撤光了，至於你的遭遇……有可能並無關連，畢竟你在機場看到了那些訓練官，如果他們也看到你，很可能對某人發出警告，說出現你這麼個人物。例如，某個富有的獨夫聘用他們幫自己的手下做手攜式武器訓練，此事雖不完全合法，但尚容允許，無須太緊張。」

「或者就像你說的，你提的那些問題，可能打草驚蛇了。」她提醒他說。

吉瑞搖搖頭。「應該沒有。我找了一些舊識談過，他們說令尊的報告確實往上呈遞了，但上層從未採取任何行動。北約一旦不再管理劍黨的組織，那麼嚴格說起來，前劍黨成員從事任何活動，都是義大利的事，不歸咱們管了。不過那份報告似乎也從未轉交給義大利的情治單位。」

「換句話說，我們就撒手不管了？」

吉瑞聳聳肩。「我猜是官僚體系的慣性，加上不特別想調查此案的關係吧。不過，荷莉，你仔細想想其中的含意，那表示你父親絕非受害者，沒有人要滅他口。只有少數幾個低階分析員看過他寫的報告，他們不可能有殺他的動機。你父親以前酗酒……」

荷莉打斷他。「不對，他是在沒有人肯相信他之後，才開始喝酒的。」

「他的血壓太高了。」吉瑞柔聲提醒她：「這是你自己說的——他是中風高危險群，因此中風的可

22撒拉遜人（Saracen）：阿拉伯人的古稱。

能性比被暗殺的可能高多了。」

吉瑞特意誇大「暗殺」兩個字，似乎想暗示其中的荒謬。

「至於令尊報告中提到的共濟會員行為，在事後看來，也是相當清楚的。」他往下說：「劍黨乃由激進反共人士集結而成，這點並不是祕密，劍黨的組織解散後，餘黨還組成各種新的法斯西團體，有些人甚至持續展開暴力行動，不過到了八〇年代末，義大利已徹底掃除他們的活動，那些恐怖團體也全都消失了。」

「所以你是要告訴我別無端生事嗎？」

他搖頭說：「我是要告訴你，根本就沒有事。荷莉，泰德是個好人，也是個好爸爸，每次我看見你們父女在一塊兒，就後悔自己沒生孩子。假如他今天坐在這裡，你覺得他會建議你怎麼做？」

荷莉嘆口氣。「他會叫我別管了。『收拾好繼續上路』，他總是那麼說。」

「泰德是個戰士。」

荷莉思忖片刻。「謝謝你。」

「謝什麼？」吉瑞用一對藍眼溫柔地看著她。

「謝謝你沒讓我變成瘋狂的陰謀論者。」

「我只能盡微薄之力，不只為了老友與同袍，也為新的朋友。現在你打算怎麼辦？」

荷莉望著遠方的山巒。「我大概會回去報到吧。基地的通訊簡報可不會自己寫好。」

「你會應付過來的。」他低聲說道，兩人都知道他指的不是等在她辦公桌上的煩瑣公務。

✣ ✣ ✣

荷莉下山開往維洛納，但她只放了一半心思在路況上，心裡不斷重播跟伊安．吉瑞的對話片段。

……我猜是官僚體系的慣性，加上不特別想調查此案的關係吧……

……只有少數幾個低階分析員看過他寫的報告，他們不可能有殺他的動機……

荷莉來到進入維洛納的主幹道的接口時，耐心地等待車陣中的空缺。

……他的血壓太高了——這是你自己說的……

荷莉大聲地說：「沒有，我沒有說過。我從來沒講過那樣的話。」

荷莉努力回想，她若沒說過，難道暗示過？也許她在之前的談話裡曾經提過？她不這麼認為，但吉瑞為什麼會講得如此順口？

陡然間，她心念一轉，徹底翻覆，原本的白，霎時轉黑。

難道我一直都想錯了？

那份從未轉至義大利的報告——難道只是慣性？或根本相反——是有人故意算計，只讓少數人知道她父親的疑慮？

是美國方面不想讓任何人查探她父親所警示的共濟會嗎？

背後傳來喇叭聲，接著又是一記。司機看到荷莉沒反應，便把車子開上對向道路，從她車旁繞過，司機憤憤地把手抬到下巴邊，做出義大利本地人常有的侮辱性動作，教她滾開。下一部車也做了同樣的事。

荷莉定定坐在原地，什麼都不在乎。

難道會是吉瑞？

26

威尼斯的巴柏府裡，丹尼爾．巴柏抬起頭來，因為喀的一記聲響，打破了府裡的寧靜。

是他待機中的電視機開了，他瞄著螢幕，上面出現白色的大寫字母：

打開你的電腦，混蛋，我已經找你好幾天了。

丹尼爾皺起眉頭，想到是誰後，又忍不住笑了。丹尼爾走到電腦旁打開它，登入嘉年華的管理員留言板。

不錯嘛，你是怎麼弄的？

——智慧型電視啊，超有智慧的，會把你看的節目資料送回南韓的LG總部，好方便他們賣廣告。我花了五分鐘才駭進他們的網路。你他媽的幹嘛一直不上線？

我覺得老掛在線上好像沒什麼幫助。

他沒告訴麥克斯，他一直日以繼夜地做實驗，不知天之既白；或是他所在的房間牆上，覆滿了各種不同的色塊，以利他綜合色塊所代表的數字。根據研究證實，這類方法在解決複雜的數學問題時頗有效率，但他懷疑麥克斯會感興趣。

因此丹尼爾只寫道，怎樣？你一定有重要的事吧。

——有件東西你得瞧瞧，一段錄影。

丹尼爾點進麥克斯上傳的 Mpeg 檔，看到公路隧道裡的車流。影片的粒子相當粗糙——不僅因為拍自監視器，而且還是再次經過拷貝的。影像上寫了一些阿拉伯文，質地十分模糊。

突然間，一輛車子切到迎面而來的貨車車道上，且駕駛絲毫沒有煞車的意圖或閃躲的跡象。貨車雖拚命煞車，但只能做到讓車側撞在隧道牆上。不到幾秒鐘的時間，其他車輛便追撞上來，釀成大禍了。

這是在哪裡？

——天啊，你真的一直沒上線嗎？弗雷瑞斯公路隧道，新聞報得很大。

一開始的標題說的是什麼？

——是聖戰口號。

所以呢？丹尼爾知道麥克斯告訴他此事，必然有更重要的原因。

——可怕的就在這裡，從影片上看得出空氣渦輪並沒有運轉，所以我用 Shodan[23] 在線上找出這幾具渦輪，根據回傳的歷史紀錄，有人在車禍前十分鐘對渦輪動過手腳，此人以我們的加密軟體做掩護，換言之，是某個嘉年華裡的人幹的。

23 Shodan：搜尋引擎，收集有連接網路的設備的IP位址，例如銀行的網路攝影機、車輛、公共場所的wi-fi，或是一座城市的交通號誌系統，均可在Shodan找到相關的IP位址。駭客可藉由IP位址駭入這些設備，去控制、更改系統設定。

27

「還要來點提拉米蘇嗎？李方帝？」

「我吃不下了。」李方帝抗議。他誇張地停頓一下後說：「唉，好吧，我怎麼拒絕得了？做得如此無可挑剔，加餅乾，還摻了一點鹽……」

凱蒂的母親驕傲得臉都紅了。「而且絕對沒放瑪莎拉酒。」

「而且沒放瑪莎拉酒。」他同意說，只有野蠻人才會在威尼斯菜裡放西西里的烈酒，這點是無庸置疑的。「不過我倒是嚐出一點苦艾酒……？」

廚房裡傳來碎撞聲。凱蒂的妹妹克蕾拉火速將寶寶莎維娜交給凱蒂，然後衝過去看還在學步的蓋比瑞打破什麼。凱蒂的母親盡量裝作無所謂，她望著廚房的方向喃喃說：「那個小男生真有用不完的精力。」

凱蒂十分訝異，與她家人的這頓午飯竟會如此順利，李方帝跟她父親聊政治，把她母親的廚藝捧上天，跟她妹婿討論足球，與她外婆調情，而且還為蓋比瑞變魔術，讓小鬼驚異到躲在椅子後。此時李方帝靠向坐在凱蒂腿上的莎維娜，把他的提拉米蘇餵一些給寶寶吃。莎維娜用胖嘟嘟的小拳頭握住湯匙，吸得一乾二淨，然後對李方帝露出甜美的笑容，逗得所有人哈哈大笑。

凱蒂突然生出一股陌生的情緒，她渴望這名男子、渴望孩子壓在她腿上的重量、渴望家人的歡笑聲……這些加在一起，形成某種新的東西。

我的天，凱蒂心想，我想跟他生孩子。

這念頭來得如此意外而令她震懾，凱蒂都驚呆了。

「怎麼了？」李方帝關心地問。

她很快表示：「沒事。我只是在想案子的事罷了。」

案子。如果她生了小孩，就再也不會有什麼案子了，反正不會是像卡山德的那種大案。你無法在同一天下午，又要調查謀殺案，又要到托兒所接孩子。過去幾年，她已數不清自己有多少次在最後一分鐘，放約會對象鴿子，或在像這樣的家庭聚餐中臨陣抽腿了。

在阿姆斯特丹，也許她根本不會調查諸如此類的案子。她一直在逃避這件事，但此時忽然覺得不那麼令人害怕了。

太奇怪了，凱蒂苦澀地想：所有那些在背後罵她是野心太大的臭婊子、狐狸精的男軍官；她儲物櫃上所有指控她想藉褲帶關係往上爬的塗鴉，所有他們對她的阻難……但那些人從來無法逼她悖離自己的職業，或阻斷她從事自己深愛的工作。可是此時此刻，愛情這項最傳統的女性特質，卻讓她甘心拋下一切。

午餐結束後，凱蒂與李方帝步行到聖塔路西亞車站，搭一小段火車回梅斯特雷。火車因為「拒絕大船」的示威抗議而誤點了，該團體反對大型郵輪開進威尼斯。約莫上百位抗議人士，拿著魚網阻斷通往大陸的橋。又飽又睏的凱蒂依偎在李方帝身上，閉著眼睛放空，沐浴在車窗篩下的暖陽裡。下午剩餘的時間裡，他們將悠閒地做愛，然後吃些點心，也許再去法雷托廣場（Piazza Ferretto）的酒吧喝一兩杯開胃酒。不久前的她，曾經非常討厭週日，因為指揮中心僅有少數人辦公，必須等待一整天後，工作才能再次動起來，但她現在不會了，跟法拉維歐在一起，改變了她。

兩人回到威尼斯後，攜手漫步回凱蒂的公寓。她想到另一件事：李方帝是唯一這樣公開與她牽手的男人。她確實有過許多情人，有過美妙的肉體關係，但這個簡單的動作——這個用在其他人身上，總被她視為討厭的動作——凱蒂則保留給自己所愛的人。

當他們來到凱蒂的公寓時，凱蒂看到台階上坐著一個瘦長的金髮身影，熱戀中的凱蒂，愣了一會兒才想出會是誰。

她訝異地叫道：「荷莉！我以為你還在美國。」

荷莉抬頭看到他們。她看起來好憔悴，凱蒂心想。「抱歉沒能早點打電話給你，有人想殺死我父親，我想現在我知道原因了。」

✣　✣　✣

荷莉帶來一張圖表，用三種顏色畫出交叉關係。

荷莉告訴他們：「問題是，CIA矢口否認涉入劍黨活動。每次伊安・吉瑞一提到這件事，就講得好像都是北約的行動，是一項軍方極力不讓情報人員知道的祕密。可是CIA怎會不知道北約就在他們眼皮底下訓練義大利人民當游擊隊？他們怎可能不知道？」

凱蒂瞟了李方帝一眼，他似乎聽得很專心，甚至偶爾鼓勵性地點點頭，但凱蒂從過去在司法院開會的經驗知道，李方帝的表情，只是在整理自己的反對意見罷了，等荷莉講完話，他便可能徹底推翻荷莉的揣測。凱蒂雖然很高興見到老友，但荷莉的話連凱蒂聽起來都覺得荒誕。上次見到荷莉，是荷莉剛從山洞裡被救出來後的幾天。她似乎仍有些緊張，說話激動又極其快速，喋喋不休地努力解釋著。

「萬一北約以爲他們在控管劍黨，但實際上，劍黨已被CIA滲透了呢？也就是說，如果實際上有兩組人馬：一方由北約訓練，以反抗共黨入侵，另一組較少的人，則潛伏在之前的組織裡，並在CIA的指示下，讓這個極端份子的小集團，執行具政治動機的暴力活動？那麼劍黨解散後，CIA不想因此也失去這幫人脈，就合情合理了，所以他們以共濟會做掩飾，將他們重新集結起來。」

「共濟會？」凱蒂重述道。她望著對面的法拉維歐，看他是否跟自己一樣，對這項巧合感到興趣，但法拉維歐依舊一臉的客氣與狐疑。

「是的。」荷莉解釋前劍黨人員滲透到她父親會團的事。

「但你所說的暴力事件，全都不是右翼人士幹的。」李方帝靜靜反駁說：「左派幹下許多暴行，綁架並謀殺阿爾多．莫羅只是其中一例。」

荷莉點頭說：「是啊，沒錯，但那很奇怪，不是嗎？為什麼會是由左翼的赤色旅動手，阻止了『歷史協商』，並有效地終結共產黨共享政權的機會。」她熱切地來回看著李方帝與凱蒂。「若說赤色旅跟劍黨一樣，一直受到相同人士的控制，豈不是更有道理？」

「你是指政治嫁禍？」凱蒂問。她看到李方帝使來的眼色——別鼓勵她。

荷莉說：「我們知道赤色旅被CIA滲透進去了，我父親的報告中有提到。吉瑞也跟我確認說，他是負責此事的CIA探員。不過CIA僅止是滲透而已嗎？會不會實際上還影響赤色旅的選擇目標？莫羅被綁的前一年，赤色旅還綁架了另一個人。」她指著圖表說：「一名七歲的男孩，綁匪在男孩的父母未付贖金後，割去他的雙耳與鼻子。」

這下子連凱蒂都張大了嘴。「你認為吉瑞有可能是丹尼爾綁架案的幕後主使？」

荷莉坦承：「我不知道。但還有什麼方法比這更好，能讓人把赤色旅視為恐怖份子？CIA說不定甚至希望赤色旅能引發極度反感，進而使整體左翼蒙羞。」

「我還以為你很信任吉瑞，你總說他是令尊的朋友。」凱蒂不解地說。

「他是，至少我以為他是，但你要知道，我也只聽到他單方面的說法。我的意思是，我記得小時候，他來過我們家兩、三次，但就我父親寫的報告看來，他們的同事關係更勝朋友關係。也許吉瑞決定與我保持親近是有原因的，也許他一直擔心我父親的報告有一天會被翻出來。我一直自問，假如爸爸真的那麼信任吉瑞，他為什麼要多印一份拷貝，仔細留藏起來，難道當時爸爸對他有所保留？」

「你拷貝的影本呢？」李方帝打斷荷莉的臆測問。

「我給了吉瑞一份，然後從機場影印機電郵一份給自己，可是剛才我試著打開檔案，卻發現檔案壞了。我想他們一定從其他管道追蹤到檔案，然後把它毀掉了。」

法拉維歐揚起眉毛，但沒說什麼。

「這是另一項CIA可能涉入的指標，」荷莉接著說：「否則還有誰能使用那種科技？」

李方帝耐著性子說：「可是為什麼？為何有人要在乎三十多年前CIA的一次行動——如果真有這樣的行動的話？」

荷莉說：「因為那場行動還在進行，我不知道怎麼進行，或為何要進行，可是我去薩丁尼亞時，親眼看到軍人在訓練平民使用武器與爆炸裝置。我想，劍黨一定以某種形式從事活動，我想他們在曝光後，悄悄藉各種共濟會的名義，重新集結，進行暗殺與賄賂貪污。」

李方帝懷疑地問：「難道都沒人知道嗎？一個二十五年前，外國勢力透過暴力來控制義大利政治的龐大組織，一個跟義大利政治史上最大醜聞相關的組織，竟然會沒有人知道？」

凱蒂指出：「卡山德在他的電腦上研究過那個年代，你難道不覺得奇怪嗎？」

李方帝忍不住不可置信低呼一聲。

凱蒂瞪他一眼，希望他能理解，這件事對荷莉來說很重要，如果對荷莉重要，對我也很重要。

李方帝嘆道：「好吧，一個回溯至一九九〇年代及之前的陰謀論，一個能終結所有陰謀的陰謀，假設其中有一分真實，接下來你打算怎麼做？」

「我想看看能從吉瑞任職CIA的那段期間，查出什麼東西。」荷莉說：「先從丹尼爾的遭遇開始查起，當時綁架他的赤色旅成員，還有一名關在牢裡。或許她會願意跟我談，若是不肯，我再去找別人，等我找到一些證據後，再帶證據來見你，你便展開正式調查，看是誰要加害我父親。」

28

「彌撒禮成，帶著心中的平靜，走吧。」神父吟詠道。

「感謝上帝。」信眾喃喃回應。當合唱隊歌聲揚高時，伊安．吉瑞垂下頭。近來他幾乎不太下跪了，他的膝蓋已漸漸承受不住，但神父們跟合唱隊列隊出來時，他仍跟著身旁兩側的人一起行禮。

吉瑞不像其他禮拜者，當教堂的聚眾散盡時，他仍留在位子上。週日彌撒後，聖馬可教堂禁絕遊客的這段時間，是這棟偉大建築最難能可貴的寧靜時段之一。他抬起頭，汲飲羅馬式拱頂的宏偉壯麗，頂上是五個搭在屋頂上的炮塔，塔內全是鍍金的馬賽克，伊斯蘭風格更勝羅馬風。阿拉伯的影響並非出於巧合：威尼斯人一向知道他們的城市是東西方的重要橋梁。

信眾離去後幾分鐘，吉瑞看到他所等候的人了。

「蒙西諾。」他低聲說。

「希望我沒造成你的不便。」凱洛奇神父在他身旁坐下。

「你太客氣了。你有我們共濟會朋友的消息嗎？」

凱洛奇神父點點頭。「雖然情報局已接手了，但憲警的人還在調查卡山德的死，他們懷疑此事跟堤聶黎伯爵及他的計畫脫不了關係。對了，我並沒有駁斥他們的觀點。」

「教廷是不是開始擔心了？」

「這麼說吧，我們這些關心羅馬利益的人，當然不希望看到堤聶黎伯爵成功。」

吉瑞斜他一眼。「可是你卻一直等到梵蒂岡安全地撇清關係，等銀行家被滅口後，才來找我。愛挖苦的人可能會質疑你的時間點。」

神父沒做回應。「美國是否跟我們一樣擔心此事？」

吉瑞想了想。「告訴你們的人……美國會緊盯此事的進展，並在出現問題時表達我們的觀點。」

凱洛奇神父轉頭看著吉瑞，靜靜問：「你在玩什麼可怕的遊戲？」

「不是遊戲，神父，但現在事況很複雜，時機點即一切。我必須知道憲警究竟查到了什麼，以及他們打算如何處理。你能為我查明白嗎？」

「當然，我會去探聽。」

「很好。」吉瑞心想，這就是跟神父打交道的好處：對他們而言，安息日還是得工作。

兩人又講了幾分鐘話後，才各自從不同的出口離開。吉瑞來到戶外，拿出手機撥號，今天還有一件事可以處理。

對方回答：「公關室。我是布里登中尉，請說。」

「麥可，我是基地教育中心的伊安．吉瑞。」

荷莉的上司頓了一下，才想起他是誰。他客氣地說：「是的。您近來可好，長官？」

「我很好，謝謝，非常好……其實我打電話來，是要談一談博蘭少尉的事。你大概知道我偶爾會跟她聯絡，不知你是否認為她真的可以復職了，我覺得她的身心狀態似乎還有些貧弱。」

對方頓了一下。「長官，我跟博蘭少尉一直都沒聯絡。」麥可．布里登說：「也不知道她打算復職，你曉得日期嗎？我會去跟人力資源部談談，處理該幫她打理的事。」

吉瑞表示：「也許是我誤會了，要不然就是她聽了我的建議，決定還是慢慢來。」

吉瑞掛掉電話後，轉頭抬眼，看著聖馬可教堂的正面，這個場景雖早已熟悉，卻總是令他驚豔。若說教堂內部像鍍金的清真寺，它的外觀則與摩爾皇宮相彷：阿拉伯式的尖塔，加上華麗的哥德式花窗，整棟建築層砌著各式顏色的石頭；斑巖與孔雀石，紫水晶與紅玉髓，就像童話故事裡的一樣。

而他的王國將永世長存，吉瑞冷冷地想。

然後猛然點一下頭，狀似道別。

29

「AS-SALAMU ALAYKUM. 神賜予你平安。」一股聲音越過空盪的教室說。

特瑞克抬起頭。「Wa alaykumu as-salam. 神也賜予你平安。」他禮貌地對剛剛出現在門口的人說，然後悄悄伸手按下鍵盤上的「CTRL」跟「W」鍵，螢幕上的一個小視窗便消失了，只剩下較大的視窗，展示出一幅網路布線的圖表。

「星期天還工作啊？」老師走過來從他肩後看著說。

「我週五要做聚眾禮拜（al-Juma'ah），所以現在趕進度。」

「是啊，我在清真寺看到你了。」星期五老師會在他公寓附近的一間現代清真寺做禮拜，特瑞克故意坐到老師一定會看到他的地方。

「我們都該遵循阿拉的律法。」他虔敬地說。

老師點點頭。「你知道嗎，你是個非常優秀的學生，我哥哥有間幫IT產業招聘專才的顧問公司，你若願意，我可以跟他說。如果你的表現保持這種水準，他一定能在你修業完畢後，幫你找到一份好工作。」

特瑞克確實非常願意，因為當初就是衝著這位老師的哥哥才到西西里的。特瑞克在聊天室裡，遇到兩名以前修這門課的學生談到老師，特瑞克立即發現，這點剛好與他的計畫接軌。「謝謝您，您人真好。」

「你不介意旅行吧？」

「一點都不介意。」特瑞克跟他保證說。

老師搭住特瑞克的肩膀。「很好。我今晚就去跟他說。」

老師離開後，特瑞克又多等了幾分鐘，才又將小視窗點出來。*有多少傀儡*[24]*？*他問。

跟他連線的鬼網（Ghostner）用戶答道，*我寄份圖給你*。

一會兒後，特瑞克收到一份截圖，顯示這名用戶已掌控一個約由五十萬家用電腦組成的網絡了。每架電腦的物主雖覺得電腦看起來有點慢，但都是完全正常的，卻實際上他們已成為奴隸，按操控者的要求，或送出垃圾郵件，或對特定網站發出阻斷服務攻擊了。

多少錢？特瑞克輸入問。

——一天五千美元。

如果我想買下來呢？

——你幹嘛買？用租的比較划算。

我有我的理由。

——沒有七十五萬美元我是不會賣的，這可是我混飯吃的工具。

五十萬，反正你還可以爲害更多電腦。

——那得花時間，我的編碼不會偷工減料。

所以我才想買。六十五萬成嗎？最後出價。

——我收比特幣或Ven[25]。

特瑞克立即把錢寄出去。他剛才用指揮官的錢買下的這個傀儡網路，規模並不算特別大。二〇〇九年發現的Mariposa網站，控制超過一千兩百萬部的電腦，二〇一三年查出的Metulji網站，則感染了一千八

24 bots，又稱僵屍，受害電腦一旦被植入可遠端操控該電腦的惡意程式，即像傀儡般任人擺布執行各種惡行。

25 比特幣或Ven：皆為虛擬貨幣。

百萬部電腦。不過那些傀儡網站所用的編碼都不成熟，而他買下的這個網站則相對精密，其中一項，它是多型態的程式，也就是說，病毒可以躲在每部電腦不同的地方，因此極難偵測得到。

其實特瑞克寧可由零開始，親自打造自己的傀儡網絡，而不是買下一個，再予以修改，不過他在這麼短的時間內，有太多事要做了，而且這也不會是他購買的唯一網絡。他跟他的駭客朋友人數雖少，可戰爭一旦開始，他打算指揮史上最龐大的軍隊。

30

「謝謝你過來，司貝契先生，要不要喝點咖啡？」

威尼斯天主教銀行董事長搖頭說：「不用了，謝謝你，請問我是被當成偵察對象來偵問嗎？」

李方帝穿了律師袍，凱蒂則著憲警制服，故意盡可能把這次訪談搞得正式。

李方帝搖頭說：「你在這個階段還不是正式的嫌犯，不是的。」

「那麼我可以請問一下，你們要調查的是何種犯罪嗎？當然了，除了我的同事遇害之外。」

雨果．司貝契淡定地說，一對聰明的棕眸交替看著兩人。凱蒂先前的預料沒錯，此人不會輕易自亂陣腳，不過她與李方帝認為，司貝契也許是少數就卡山德的死能給他們一些真正線索的人。

她告訴李方帝：「司貝契十分客套有禮，而相當開朗。但我覺得他對卡山德似乎很不屑。」

「我們有什麼籌碼？」

「任何董事長最不想要的就是醜聞。無論卡山德在打什麼鬼主意，司貝契一定知道會扯出一大串問題。」

此時李方帝對司貝契點點頭。「必要的話，我們會請金融警察仔細爬梳貴行的資訊，但我們希望不至於走到那一步。」

董事長想了想。「假若我與你們合作，會當做紀錄的一部分嗎？」

「是的，如果你希望那樣的話。」

司貝契長嘆一聲，不再那麼緊繃。凱蒂心想，他看起來突然不再像位金融機構的領袖，而較像充滿煩惱的人了。

「好吧，不過我得警告二位，內容相當技術性，這年頭大部分銀行都這樣做。」他沮喪地笑了笑。「一步錯，步步錯，銀行都不再老老實實做貸款了，而是用貸款來玩花樣。我們讓錢消失又出現，把貸款換成不同的貨幣，鑽稅法漏洞，把錢送到避稅天堂裡，在益形複雜的投機中利用它來當擔保品。」

李方帝拿起一疊紙寫起筆記。「請繼續。」

「我相信你已知道，梵蒂岡銀行是我們其中一位股東吧？」司貝契說。

李方帝點點頭。「知道。」

「他們只占小股，沒有超過百分之三，從這個數字看不出該行與本行的親密關係。一直到最近，本行這端都由亞利桑多．卡山德負責與他們接洽，卡山德很以這份關係為傲，或許他因此受了誘惑，做出一些不明智的決定。」司貝契深思道：「也許反過來說，是卡山德一向不走正途，而將梵蒂岡銀行鬆散的規章結構，看做是金融犯罪的機會。」

「究竟是什麼犯罪？」李方帝淡淡地問。

司貝契抬起一隻手。「我保證待會兒就會提到，但我應該先告訴你一些背景資料。你大概在報上看過消息，教宗方濟各上任後，梵蒂岡銀行承受極大的整頓壓力——也就是說，要他們在財務透明、洗錢等等之類的項目上，遵守國際標準。」

凱蒂表示：「我是讀過一些報告，一般認為那是一大進步。」

「的確，但問題是，有些過去的……我們且稱之為『企業』，是梵蒂岡銀行不願意透明化的，尤其是直到最近都還很夯的，一種稱為信用違約交換的爭議性金融工具。」

凱蒂瞄著李方帝，兩人之前還爭論過該不該帶一位金融專家加入這次的訪談，最後決定在弄清問題之前，僅他們兩人知道就好。這會兒凱蒂忍不住想，他們是否錯判形勢了。

李方帝說：「請繼續，但請了解，我們在這方面不具任何技術性知識。」

「我會盡量簡單說明。信用違約交換，基本上就是一種防止機構或國家無法支付欠債的保單。對於像梵蒂岡這種小型邦國，以歐元做為貨幣，但實際上又不屬於歐元區的，算是異類，因此持有一定數量的歐元交換契約，也是合情合理；尤其全球不景氣期間，義大利政府很有可能債務違約而造成歐元狂跌時。

「不過信用違約交換之所以如此具爭議性，是因為投保人並不需要真正持有債權。情形有點像用鄰居的房子買火險，看鄰居的房子幾時才會真的遭祝融之災——變成了賭博。後來，持有一些信用違約保險單，已質變成很不一樣的東西，變成一大筆押賭義大利會違約，歐元會狂跌的賭款了。當然，梵蒂岡銀行並不是唯一有那種想法的人，許多世界最大的對沖基金（hedge funds）也同樣押賭。貝魯斯柯尼曾私下說，希臘的債務違約對他們來說，其實並沒有那麼恐怖，因為他們也把歐洲將了一軍。如果他能繼續掌權，梵蒂岡的違約保險價值幾乎肯定會持續上揚，孰料他因為跟未成年的肚皮舞者買春，被判罪趕下台了。」

凱蒂點點頭，大概沒有人會忘記貝魯斯柯尼辭職的情形，群眾在他的辦公室外大聲合唱哈雷路亞，並希望在一個月內通過撙節方案。

司貝契繼續說道：「因此當梵蒂岡手上剩下一堆銀行家所說的不良資產時，有些列在帳面上的東西價值雖然極大，實際上卻是龐大而沒有底限的債務。就技術而言，他們也許破產了。類似的狀況，歐洲各國政府也創造出所謂的『壞賬銀行』來持有這些債務，以免把其他公司也拖下水，但梵蒂岡不能那樣做，因此只好退而求其次——找某個人來承接債務違約保單。」

「你嗎？」法拉維歐問。

司貝契點點頭。

「可是貴行為什麼要接手這些資產，假如它們都是不良資產的話？」凱蒂不解地問。

司貝契說：「我們不會接手，可是我們——我——當時什麼都不知道，只有跟梵蒂岡接洽的卡山德才知情。他設立了一間空殼公司，由梵蒂岡銀行與本銀行各擁一半股權，梵蒂岡銀行把他們無法處理的保單，賣給那間位於列支敦斯登的公司，公司再將保單轉售給另一間在不同避稅天堂的空殼公司，換手後，梵蒂岡銀行的股權減為四成，我們銀行則增為六成。然後依此類推……經過多次交易後，資產就全部歸到我們名下，並從梵蒂岡銀行的資產負債表上消失了。」

李方帝在筆上振筆疾書地問：「他的回報呢？我想卡山德一定可以從中撈到不少油水。」

「梵蒂岡銀行投資另一批由卡山德操刀的空殼公司，算是給他的報酬。」

「錢還在那兒嗎？」

司貝契搖搖頭。「卡山德拿這些資金做高風險投資，可惜他的投資段數不如他的騙術高，他賠慘了。」

「你怎麼會發現這些事？」凱蒂問。

司貝契皺眉說：「卡山德為了幹這些勾當，在銀行內開了幾千個代理帳戶。老實說，我還是不明白為什麼。每個戶頭都編了號，也有透支貸款、支票簿等等東西，但帳戶卻沒使用過。總之，我們事務部有位助理發現異常，請我注意，我一查，看出卡山德幾年來一直違反銀行正常作業程序，等我取得證據後，便把他叫進辦公室裡對質。」

「他有什麼反應？」

「他大言不慚地吹噓，說這些交換合約是某種複雜金融策略的一部分，不久便會為銀行帶來豐厚的分紅。我告訴他是癡人說夢話，歐洲現在已經度過難關了，僅有極少數存有幻想跟唱衰的人士，還在押寶另一方。」他嘆道：「我知道應該將他解聘，可是我也知道把他解雇後，銀行也會跟著被拖垮。你不能只是坐視不管，應該要告知監委，由他們進行調查，但那樣一定會嚇壞本行的存戶，導致我們被更能承擔風險的大銀行併吞，我辛辛苦苦拚來的一切，也就付諸東流了。我想，卡山德也是看準了這一點——這些資產太過不良，我沒得選擇，只能隱瞞。」

李方帝問：「然後呢？你隱瞞了嗎？」

司貝契搖搖頭。「我告訴卡山德，說他被停職了，然後召開緊急董事會。」

凱蒂回憶道：「就是你跟我提過的那場董事會，卡山德生前，你最後一次見到他的會議。」

銀行家點點頭。「但那並不是我最後一次跟他說話，第二天早晨我打電話，把董事會的決定告訴他，叫他立即走人。卡山德驚慌極了，說他知道有個計畫能保全雙方，天曉得他是什麼意思。總之他說無論發生什麼事，銀行都可以全身而退，他需要更多時間，只要再幾個星期，然後一切就都沒事了。我告訴他休想，然後便終止談話了。老實說，我對此人的行為十分不齒，他連面對自己捅的婁子的勇氣都沒有。」

凱蒂回頭檢視自己的筆記，試圖理清事況。「所以貴行的股東——董事會——一定非常憤怒。如果銀行破產，他們會賠錢嗎？」她看了李方帝一眼，說：「會不會因此而有殺害卡山德的動機？」

「銀行不會破產。」司貝契說。

凱蒂皺眉道：「你剛才不是說……」

「我是說，幾乎可以確定銀行會被拖垮，但沒說鐵定會倒。我之所以召開董事會，是希望其中一位股東能提供我們解救的辦法。」

法拉維歐問：「結果有嗎？你們有找到白色騎士[26]嗎？」

司貝契點頭道：「其中一位股東，堤聶黎伯爵，同意挹注超過五億的歐元——萬一遇到最糟狀況，亦足以補足我們所有的債務。事實上，他等於是把我們買下來了。」

堤聶黎跟卡山德及銀行，果然都有一腿，凱蒂一直相當確定這點，但經由司貝契的一番話確認她的推想後，凱蒂又感受到那股熟悉的興奮感了。「之前我問你卡山德的事時，你並沒有跟我提到這件事。」她指責說。

司貝契一臉羞愧。「請原諒我，上尉，不過我當時很為難，不確定能對你透露多少。堤聶黎口頭上雖然同意提供必要金援，但我覺得，這件事似乎很容易因醜聞與警方的調查而告吹。」

26白色騎士（white knight）：指友善投資方。

凱蒂恍然大悟，說：「原來打電話給他的人是你。難怪他會知道我要去葛瑞茲島，因為你警告過他。」

「我必須告知他卡山德死亡的消息，所以自然也提到憲警把此事當謀殺案偵辦。」

「他當時如何反應？」李方帝問。

司貝契皺皺眉。「我打電話是去安撫他的，我以為告知卡山德的消息時，可以用『幸好解決問題』，而非『出了問題』的語氣去講。」

「然後呢？」

司貝契緩緩說：「堤聶黎的答覆是：『那樣就少一個小問題要處理了，不是嗎？』反倒像他在安撫我。」

李方帝和凱蒂互換眼色。

凱蒂問：「有沒有可能，這是卡山德和堤聶黎兩人之間弄出來的詭計？我們幾乎可以確定，他們是同一個地下共濟會團的成員，卡山德會不會是故意拉低銀行的價值，讓堤聶黎能便宜地接手買下？然後等卡山德再無利用價值後，堤聶黎便將他幹掉？」

司貝契表示：「我也有想過。問題是，堤聶黎並非低價購買，而是投注大量金錢給一個背負毫無價值債務的機構，他若沒有必要，為什麼要那麼做？」

✣　✣　✣

「他是一位可敬的男士。」司貝契離開後，法拉維歐說。

凱蒂點點頭。「我們很容易會忘記，不是所有經手錢的人都有銅臭味。也許十幾個司貝契，才會出現一個卡山德。」

凱蒂站起來走到窗邊，底下有一艘俗稱「老鼠」的平底貨船，噗噗地沿河道航行。貨船甲板上疊著老高的雜貨：一罐罐的蘆筍和罐頭番茄、玻璃碟子，以及能保護潟湖脆弱生態的無磷酸鹽洗潔劑。單手掌舵的船夫，有著在這些擁擠水道上行船一輩子的威尼斯人的老練。

凱蒂說：「司貝契顯然不知道卡山德與情治單位有關連，不知卡山德所說的脫逃計畫，是不是指狗急跳牆地出賣地下共濟會團的陰謀，以求自保？」

「有一點可以確定的是，此人顯然毫無忠誠度可言。」李方帝走過來站到凱蒂身邊，他的手臂擦過她的，凱蒂心中一蕩，法拉維歐的貼近，總能刺激她的腦內啡，讓她愛意萌生，慾火蠢動。「就像堤聶黎，顯然也不是那種會猶豫的人。」

「這件事可有任何層面能與荷莉見到的軍事訓練扯上關係？」凱蒂問。

李方帝扭身面對辦公室緊鎖眉頭。「我只能勉強接受堤聶黎接手司貝契的銀行，有他的複雜陰謀，甚至相信卡山德原想出賣堤聶黎，結果反而送掉自己的性命。可是軍事訓練？冷戰時期的計畫？你的朋友是在捕風捉影，我們自己的調查已經夠複雜了，無須再亂添奇思異想。」

凱蒂沒說話，李方帝與荷莉似乎從一開始就不對盤，讓她頗為懊惱。李方帝覺得荷莉太過歇斯底里，他直截了當地叫荷莉拿到證據後，再來討論她的推論，但語氣擺明了覺得荷莉不可能很快找到。

凱蒂等荷莉離開後，才耐心地點出荷莉剛剛想到一種可能性，而這份可能，粉碎了她所有的世界觀；她必須一一重新檢視以前的忠誠與原則。

與此同時，荷莉驚詫地發現，凱蒂與李方帝的感情並不單純。後來她打電話給凱蒂，不可置信地問：

「你是怎樣？老是要跟老闆睡覺？我才離開一陣子，一回來你就故態復萌了，跟阿爾多．皮歐拉犯過那樣的錯還不夠嗎？」

「這次我不算是跟老闆睡。」凱蒂指說，聽到荷莉暗指她重色輕友，凱蒂有點無奈，尤其她講的是事實。

荷莉反駁說：「只是跟你的檢察官睡覺罷了。人家在法庭上會怎麼想？那會破壞掉我們整件案子。」

「我們的案子？我們的案子根本還沒成立。你要我怎樣？甩掉他？那對你調查令尊的事根本沒有幫助。」

「我只是覺得你可能會被感情沖昏頭而已。」荷莉鬱鬱地說。

你就不會嗎？凱蒂心想，但嘴上僅說：「給李方帝一個機會，好嗎？」

對李方帝，凱蒂則說：「給荷莉懷疑的空間好嗎？至少暫先如此，即使她沒找到什麼，聽她說一說，我們也沒損失呀。」

「為了你，我的愛，不過你已經讓我追查一個瘋狂的陰謀論了，我們可不可以別再錦上添花了？」

「當然好，反正現在我們獲得證實，堤聶黎與卡山德和銀行有關，我想該是加緊施壓的時候了，讓他以為我們掌握了更多東西，而且準備結案了。我讀過他是拿破崙翼樓（Ala Napoleonica）重新開幕的贊助人之一，我打算去好好驚擾他一下。」

31

羅維戈（Rovigo）小鎮的女子監獄，就在火車站後方的破敗郊區裡，那是一棟可怕的高牆建築。荷莉讀到，監獄牆壁是在一九八二年，四名犯下恐怖主義罪行的女囚，在等待受審時脫逃後，才蓋到那麼高的。同謀者在牆上轟了一個洞，把機關槍扔給裡面的女犯，拚命掃射，讓守衛無法靠近。其中三人後來又被逮獲了，但其中一人十幾年後才落網。

此人叫卡蘿．黛塔洛，正是荷莉到此探訪的對象，黛塔洛也是參與綁架丹尼爾．巴柏的赤色旅黨人。黛塔洛有許多前同志後來都認罪了，並為換取減刑而供出其他人。黛塔洛或許因為最後被逮，或因為仍執守年輕時的理想，而沒有出賣同志。根據荷莉從網路看來的資料，黛塔洛在獄中受訓，擔任律師的專職助手，目前正在宣揚反對監獄人滿為患的問題。

獄中充滿消毒水及大鍋飯的難聞氣味，巨大而飄著回聲的走廊，宛如繁忙的火車站。荷莉被帶到一間僅比牢房大一點的小會客室。

幾分鐘後，被帶進來的女子嬌小得令人詫異，她站在過胖的女警旁邊，弱小得幾乎像個孩子，你很難相信她曾經拿過烏茲衝鋒槍掃射，或朝警方扔擲汽油彈。

「謝謝你同意見我。」荷莉伸出手說。

卡蘿．黛塔洛逕自坐下，沒跟她握手。「我從來不拒絕會客，跟外面的人談話能讓我腦筋清醒，不過我可告訴你，我若要拒見任何人，美國軍官應該會高居榜上。」

「能請問原因嗎？」

對方聳聳肩。「義大利有一百多處美軍設施，按人數比例，較世上任何國家都多。義大利也比任何國家支付更多的維護費，超過百分之三十的營運費，加上一般稅收減免，還有美軍離開後，規定支付的所謂

『改善』費。你們簡直是吸附在我國經濟上的水蛭。」她想了一會兒，說：「不對，不是水蛭，水蛭用香菸就能燒掉了，你們更像癌細胞。」她平靜地說，一對黑眼定在荷莉頭後的牆上。荷莉突然覺得她的說話模式，跟丹尼爾有點像，都有種奇異的淡漠與單調。

「也許我們看法並不相同。我想找你談談你幹恐怖份子時的一件事。」

黛塔洛糾正道：「那是我以前的職業，我現在把激進主義運用到不同目標上了。」

荷莉不耐煩地說：「以前就以前吧。我指的是丹尼爾．巴柏的綁架案。」

孰料一提到這個名字，黛塔洛的泰然自若似乎便煙消雲散了。「為什麼問這件事？」她率直地問。

「你是指，我為什麼想談這件事嗎？那很重要嗎？」

「當然重要。」黛塔洛很快恢復自信的態度。「每個來找我談話的人，都各具私心，想證實他們的推論、投稿給編輯、寫論文需引證……。你若告訴我打聽巴柏綁架案要做什麼，咱們倆都能省點時間，我自會跟你直說，我是否準備幫你忙。」

荷莉看著她，只說：「我是丹尼爾的朋友。」

黛塔洛眨眨眼。「我……我……他還好嗎？」

「還沒從你們對他做的事情中復原過來。」她似乎沒必要拐彎說話。

對方又是一頓。「在我們執行的所有行動中……那樁綁架案從頭到尾都是災難。」

「怎麼說？」

「你必須了解，我們自認是訓練有素的革命家，而非罪犯。我們綁架階級敵人，例如企業主管、法官、北約的將領等等。如果贖金在指定時間內給付，人質就會活命返還，否則撕票。我們沒有理由驚擾大眾，他們大多能理解，實業家與政客除非受到逼迫，否則永遠不會捨棄權力。人民的自由，代表資本主義者霸權的死亡，選擇共產黨或毀滅：那是個很簡單的選擇。」

「為什麼找上丹尼爾？」荷莉問，對說教十分不耐。「為什麼要綁架一名七歲的孩子？」

黛塔洛有點遲疑地回答：「當時我們的領袖在獄中，我們的組織被不曾握過實權的人掌控，我的單位由一名叫克羅迪歐的同志領導。那當然不是他的真名。我們大家全用化名，我的是瑪莉亞，還有另一位同志叫鮑羅。克羅迪歐跟鮑羅之間的關係有點緊張……有時他們會互相挑釁，就像小孩子一樣，看誰最敢衝。

「理論上，巴柏家族是理想的標的，他們富有、是貴族，而且當時對愛快羅密歐的汽車極感興趣，那時該車廠尚為義大利政府所有。愛快羅密歐是我們策略的重要一環，如果我們可以成立工廠的工會，然後把工會激進化，就能取得一個政治的施力點。

「就政府而言，把汽車股份賣給馬堤歐．巴柏是項明智的做法。馬堤歐年輕時雖花名在外，但他非常偏愛左傾、改革的工業關係，工人都很喜歡他。克羅迪歐認為，綁架馬堤歐．巴柏的兒子，便能逼他出售他的股份，以籌措贖金。」

「可是事情後來並沒有那樣？」

「從一開始，每件事就都搞砸了。別誤會我的意思，那時我已殺過不少人。有時暴力是必要之惡，但這次的對象是個孩子，一個恐懼的孩子，而且他……很脆弱，這一點很顯而易見。他不像他們後來在法庭上說的患自閉症，這孩子只是有些異於常人。事實上，我常跟他聊天，大概是想讓他知道，我們並不殘忍，只是信念堅定，有我們犯案的理由罷了。時間一週一週地過去了，贖金遲遲不至，我努力讓那孩子想些別的事。」

「我想在那種情況下，應該挺不容易。」荷莉淡淡地說。

「其實很容易。我們都喜歡數字遊戲。例如神奇方塊之類的。」看到荷莉沒聽明白，黛塔洛伸手要荷莉的筆，然後在她的筆記本上畫圖。「把方塊中任何一列、一排或斜角的數字加起來，都會得到相同的數。丹尼爾很愛玩這個……他漸漸發現可以將方塊擴大，並維持同樣的特質。我告訴他，班哲明．富蘭克林曾經把方塊分格成六十四個格子，於是丹尼爾花了好幾天時間，想贏過富蘭克林。或者我們會玩猜年齡遊戲，例如：『再過十五年，我會是十五年前的歲數平方，我現在幾歲？』」她邊回想邊笑。

「很好。是誰下令將他毀容？」荷莉冷冷地問。

對方僅稍頓了一下。「事態變得很艱難，我們知道警方遲早會找到我們，但丹尼爾的父母仍不願意付款……我們必須做點什麼，對他們施壓。」

「是誰下的命令？」荷莉追問道：「還有，是誰動手的？」

「那時我們團體內部關係很糟，克羅迪歐慌了，鮑羅一直說我們得擬出新的計畫，大家吵來吵去，吵一些無關緊要的蠢事。」黛塔洛首次露出尷尬的表情。

「什麼樣的事？」荷莉明白了。「噢，你。」

黛塔洛點點頭。「鮑羅出現前，克羅迪歐與我談了將近一年的感情，那不算正常狀況，我們的人在團體外找伴，會有安全上的風險。不知怎麼的，我覺得自己有責任跟他們兩個人睡，他們爭執要如何處理孩子，跟這點也有些關係。」

荷莉平靜問：「然後呢？是誰動的手？」

「當時我不在場。我對這件事深惡痛絕，他們開始討論後，我就出去了。」她搖搖頭。「也許我若留下來，就……但我想應該不會有不同吧。」

「他們兩個人後來呢？」

「克羅迪歐被前來拯救丹尼爾的義大利特種部隊殺死了，鮑羅逃掉了，我也逃開一陣子，但後來遭到背叛……我們組裡所有其他成員在那次突擊中，不是被殺就是被捕。當然了，我們拒絕用律師，因為他們都是國家指派來的，可想而知，審判對我們絲毫不留情，我們全都被判了無期徒刑。」

荷莉緊盯住她問：「我若告訴你，你們的團隊被CIA滲透了呢？你會覺得訝異嗎？」

黛塔洛搖搖頭。「我很久前便得出同樣的結論了。」

「為什麼？」

「就像我說的，這樁綁架案從頭錯到尾，讓我們在工人眼中信譽掃地。把自己搞得像犯罪，不比幾年前綁票蓋德家男孩的納達蓋塔幫（Ndrangheta）強到哪裡，且進一步污蔑激進的左翼份子整體。誰是得利者？絕對不是我們。」

荷莉說：「你似乎挺輕鬆的，你認為CIA若摻合其中，你的責任便沒那麼重了是吧。」

黛塔洛啐道：「別以為你知道我在想什麼。我已經為自己的行動付出代價，終生跟殺童犯關在一起了，因為我的同志對那男孩所做的事，連被關在此處的人都感到不齒。」她指指周邊。「看到這房間有多小了吧？我跟另外兩個女的一起住在同樣大小的牢房裡，她們都不會說義大利文。我們輪流站起來，她們拉屎時，我什麼聲音都聽得清清楚楚。這就是我的日子，我接受自己的罪有應得，但我並不比那些在政治光譜另一端的人更爛。」

荷莉等了一會兒。「結果誰是雙面間諜？鮑羅或克羅迪歐？」

黛塔洛仰天長嘯。「這還不明顯嗎？一定是逃走的那一個，那個繼續又去綁架阿爾多‧莫羅，那個我愛上的人，那個告訴安全單位我躲藏在哪裡的鮑羅。」

32

拿破崙翼樓坐享威尼斯的絕佳地點，位於環伺聖馬可廣場三邊的建築群中央的一面。兩側的廊柱，最初是用來框住聖吉米尼亞諾教堂（San Giminia）的正面，這是最美的文藝復興時期教堂之一，拿破崙將教堂毀去，因為覺得威尼斯教堂過多，二來也希望把約瑟芬皇后帶到威尼斯，他知道皇后會想要一座舞池。

凱蒂走向皇宮台階時，忍不住懷疑，是什麼樣的自信，會讓一個人在這麼短的時間做出如此重大的決定。是狂妄、冷酷，或兩者皆有一些？拿破崙的軍隊占據威尼斯不到九年，但威尼斯在那段期間完全改變了。運河被鋪蓋成大道，整片整片的區塊被改建成規劃整齊的花園，並毀去威尼斯貴族的政治束縛，解散數十座男女修院，改成醫院、監獄與行政辦公室。憲警隊的聖匝加利亞教堂總部的前身，就是女修道院，這只是今昔相織的另一個具體例子。

平時凱蒂並不特別喜歡聖馬可廣場，拿破崙對它有個知名的稱呼，「歐洲的客廳」。不過最近這裡的感覺更像歐洲的高中生休息室，擠滿一群群百無聊賴，四處亂晃的學生，加上販售髮辮、夜光溜溜球、假刺青給他們的小販，以及所有到威尼斯做戶外教學時會遇到的廉價商品。不過今晚，連她都不得不承認，威尼斯看起來壯麗無比。為了皇帝寢殿的重新開張，有人在廣場上安排了兩側點著火炬的走道，引領賓客走向他們的目的地。火炬一旁有樂團演奏，還有紅毯與六、七名拿閃光燈拍攝不停的狗仔。

凱蒂穿著剛為開幕式採買的衣服，一件梵蒂岡設計師 Laura Biagiotti 設計的禮服；及膝的細棉布洋裝，可以搭配腰帶，顯出優雅，或任其性感地飄逸著。今晚凱蒂繫了腰帶，搭上來自 Malefatte 的晚宴包——這是一間設在女子監獄裡的皮件公司。不過相較於其他走紅毯的女人，凱蒂的穿著顯得寒傖。許多人穿著晚禮服，有些戴了面具；她們全身上下的珠寶絕對超過她一年的薪資。另一方面，大部分人至少長她十歲，她們挽著的那些中年男子，各個散發著精明自信，位高權重的氣勢。今晚，威尼斯的富豪階級都來參觀與亮相了。

凱蒂走上宏偉的台階，繁複華麗的欄杆、壁柱及出自歷史的場景；凱蒂忍不住注意到，全都是知名的勝仗，無疑是為了討好這位法國的征服者。台階頂端的謁見室裡，穿制服的侍者為凱蒂遞上一杯氣泡酒。酒瓶上那飛捲的漂亮T字，是堤聶黎自己的商標。酒很好喝，泡沫細膩輕柔，飄散著桃子與忍冬的香氣。

凱蒂四處張望，試著把名字與臉孔連結起來。這時手鈴搖響，侍者開始請賓客進入舞池。一位滿頭灰髮的男子走上講台開始說話，他自我介紹，是負責修復本建物的教授，並感謝贊助人士支持這項計畫，他說到最後才提到堤聶黎的名字，並誇張地對人群比著手勢，做感恩戴德狀。四周的客人紛紛騰出空間，讓這位矮壯的贊助人微微欠身行禮，接受眾人的鼓掌。

「我們可以說，拿破崙在威尼斯將永遠受到爭議。」教授接著表示：「但他在這裡的短暫時間，使威尼斯重生，他挖掘運河，重建碼頭；清理貪腐垂弱的政府，以及無能的教會；他趕走像寄生蟲般依賴正常人而生的吉普賽人與乞丐。更重要的是，他認為北義本身自成一個國度，與義大利半島的其餘部分截然不同。」

此話一出，掌聲益發響亮。

教授最後朝著沿牆而設的展示櫃揮手說：「我們要特別感謝堤聶黎伯爵，與我們分享他私藏的拿破崙大事記。請好好享受今晚的活動。」

當眾人又開始閒談後，凱蒂慢慢走到其中一個展示櫃。堤聶黎的收藏包括文件與古董：拿破崙皇帝的一綹頭髮、寫給妻子的信、上戰場時佩戴的肩帶，甚至還有一副死亡面具[27]，上面仍沾著死者的頭髮。再往前走，一只藍盒子裡，有個乾枯的小物件吸引住她的目光。說明卡上註明是拿破崙的陰莖，醫師在他死後當即截下來，那玩意兒看起來就像一片牛肉乾。

「你似乎很感興趣，上尉。」她旁邊有個聲音說。

凱蒂轉過頭，堤聶黎伯爵就站在她身邊。她指著那盒皺巴巴的東西說：「那個嗎？一點也不，難怪人們要稱他是迷你將軍了。」

「但他也是位傳奇的情人，也許那正足以表示，身高不代表一切。」

你當然會這麼說了，凱蒂心想：堤聶黎的個子幾乎不到她的肩膀。凱蒂指指布滿牆壁的壁畫說：「感覺上似乎有吹捧之嫌，不是嗎？他真的值得這一切嗎？」

堤聶黎想了想。「拿破崙不僅是史上最偉大的軍事領袖，也是最偉大的政治家之一。他最天才的地方，是理解權力本身並沒有價值，權力唯一的價值在於它能容許你得到什麼。對於那些想跟他一樣留名青史的人來說，拿破崙是很可借鏡的研究對象。」

「是嗎？那麼你究竟從他身上學到什麼？」

堤聶黎頓一下，彷彿暗示他知道這是兩人之間的遊戲，一場他樂在其中的遊戲。「我特別喜歡他說過的一句話：『在戰爭中，寧可有一名壞將軍，也不要有兩位好將軍。』換言之，正確並非總是必要的，但大膽則永遠必要。這樣有回答你的問題嗎，上尉？」

凱蒂緊盯住他問：「所以你才會買下天主教銀行？就銀行的財務狀況而言，有些人會認那是相當大膽的作法。」

即使堤聶黎很訝異她知道那麼多，表面上也並未顯露，他只是聳聳肩。「這是一筆投機生意——事實上，還帶了些感情因素，我不希望見到這個曾經風光一時的梵蒂岡機構陷入困境。」

「那咱們就希望它不會再失去任何資深合夥人了吧。」

堤聶黎微微一笑。「你知道嗎？上尉，讓你這種人才做這些小調查，實在是大才小用了，你應該在威尼斯行政部門裡擔任要職才對。想像一下，你若成為憲警代言人，對女憲警會產生多大的示範作用。」

「聽起來像是個樣板。」

「不妨考慮看看。」凱蒂發現堤聶黎把這職位說得像完全在他手裡捏燒的陶器。「老實說，我有點訝異在這裡看到你。當然是驚喜了。不過就我所知，卡山德先生的死亡調查已被轉到其他部門了。」

「你的消息很靈通嘛。」

堤聶黎沒有否認。「我突然想到，既然現在你已不再參與調查，我可以毫不避諱地請你吃晚飯了。」

聽到如此厚臉皮的話，凱蒂差點笑出聲。「我不認為那樣恰當，你呢？」

他同意說：「是不太恰當。但應該會很美好。」堤聶黎靠過來。「我想聽聽你的看法，做為憲警軍官

27死亡面具（death mask）：以石膏或蠟將死者容貌保存下來的塑像。

及威尼斯人，你認為我們該如何清理本城的髒亂，不過我承認，我也會很享受你這位女性的陪伴。」

凱蒂吃了一驚，唯一想到的反擊是：「我還以為你們共濟會員對女性沒什麼興趣。」

「我告訴過你，上尉，我對共濟會的興趣僅止於學術，他們是有用的棋子，如此而已。」

凱蒂原本希望今晚到此能給他施壓，結果顯然失敗了。有人拍拍堤聶黎的肩膀，急切地想與這位大人物一談，堤聶黎轉過身，連頭都不回地沒入了人群裡。

33

入夜了，駭客真正的工作才開始。

他知道沒有所謂完全安全的網路連線，他必須信任自己，能在國際安全單位注意到他之前，了無蹤跡地逃之夭夭。

即便如此，他還是盡可能地做各種防護，在技術學院裡——學校在夜裡總是空無一人——他先上登入TOR，然後進入提供匿名IP位址的虛擬私有網路伺服器，最後再登入嘉年華，再從嘉年華登入一個叫Shodan的搜尋引擎。

Shodan十分獨特，搜尋的不是網站，而是讓用戶搜尋與網路連結的設備。Shodan的創造者是一名二十九歲，名叫約翰·梅瑟里（John Matherly）的程式設計師，他曾說，自己的目的是為了讓大家知道，物聯網變得有多麼龐大而不安全。梅瑟里的假設是，如果他能展示大多數設備的安全過於鬆懈，便能逼顏面掃地的廠商收回自己的產品。

可是各家廠商硬是不理會Shodan，或最多生產更昂貴的升級新品。

迄今為止，有人惡作劇地——他們連駭客都稱不上，因為沒必要駭入什麼——用Shodan遙控洗車器的開關、侵入交通控制系統，以及透過自己的監視系統，對驚慌失措的警衛破口大罵。

但此時駭客心裡所想的，不只是一場惡作劇。

他把其中一個參數設為「國家：義大利」，另一個是「建築：副檔名為MIPSEL」，然後展開搜尋，直至找到他要的東西。

他點進IP位址，調整設定，然後離開去做別的事。等他回來時，螢幕上的數值表示，他剛剛將倫巴底區（Lombardy）某座發電廠的溫度調高一度了。

駭客立即重設自動調溫器，恢復原來的樣態，然後寫一小道執行編碼，添到自己的檔案裡，關掉連結，再繼續搜尋。

駭客用Shadon在義大利四處亂逛，選擇目標。佛里烏利（Friuli-Venezia）的一間醫院、米蘭的地鐵系統、拉齊奧（Lazio）七千個與警方相連結的防盜鈴、阿布魯佐（Abruzzo）的防洪系統。

駭客逛著逛著，看到一個不需要密碼或登入的無線寶寶監視器廠牌。正當他在考慮這是否有用時，發現該公司其中一項產品上，出現一名睡著的寶寶。

駭客看到寶寶的父親走入房間，年輕的爸爸穿著短褲，臂上刺滿刺青。他蹲到睡著的孩子身邊，溫柔地在寶寶額上親一下。

「好好睡，小寶貝。」他用英文低聲說。

嬰兒動了一下，張開一雙眼睛，然後開始大叫。

「慘了！」做父親的咕噥一聲，乖乖伸手從床上抱起孩子。

特瑞克忍不住大笑起來。年輕父親一愣，然後不可置信地瞪著寶寶的監視器，他把孩子抱在肩上，走出鏡頭，特瑞克聽到他在嬰兒的號哭聲中呼喚妻子。

「珍妮！嘿，你過來！」

他老婆邊進來邊罵他吵醒孩子，男人指著監視器說：「那玩意兒剛才嘲笑我。」

「魯非，你在說什麼？」

「監視器啊，我剛才聽見它笑了。」

珍妮穿著極短的平角內褲和無袖上衣，沒戴胸罩。當他們兩人望著寶寶監視器時，特瑞克忍不住喊了一聲：「哇！」

「我操！」男人大喊一聲往後跳開，寶寶號哭得更凶了，他那位比較有腦的老婆伸手到監視器後扯掉線頭，特瑞克的螢幕登時黑掉了。

特瑞克止不住笑地把寶寶監視器從他的清單上刪除，然後繼續漫遊。

他在查看耶魯大學網絡連結新鎖的能力時，再度想起那個家庭。假若他的計畫能夠成功，他將毀去那家人視為理所當然的大部分生活，甚至可能殺掉他們。他有何感想？

他從未近距離殺過人，但他覺得就算毀了那名寶寶，他也不會比在電玩遊戲中幹掉一名敵人更難過，這更加強他展開攻擊，一舉殲滅科技的決心。

一個公平的戰場。

他離開耶魯的新鎖，花更多時間檢視超市的供應鏈。這些供應鏈比大部分的網路更精密，例如，客戶購買一顆梨時，架子上的掃瞄器便會把資料傳回超市本身的存貨系統，如果接下來十二個小時，梨子的存量很有可能售罄——依據複雜的因式分解運算及各種變數所得出的結果，如競爭商店的梨子價格、購物者週末會消耗更多新鮮水果、可能使顧客放棄平日購買的水果的香蕉特惠，以及倉庫西瓜存量過多必須出清——系統便會自動跟分布於全國各地的大型中央配送中心訂購更多梨子。若有很多人購買許多梨，配送中心的儲量控制軟體便會把相對數目告知果農，大型熟成倉房裡的噴霧器便會調整氮氣與二氧化碳濃度，加速催熟。

這種配送系統的效率奇高，亦極其脆弱，事實上，這表示數千萬的人，不到一週的時間，就可能挨餓了。

歐洲大多數的大型超市，會使用加密系統來搬遷他們網絡中的資料。他們與寶寶監視器的廠商不同，安全維護對他們有強大的商業利益，因其銷售資訊對競爭對手可能十分有用，但特瑞克清楚這些超商並不明白，全球的資料加密標準，乃由一批美國軟體工程師設計，他們早已被國家安全局的探員滲透了，這是一項稱為 BULLRUN 行動的一部分環節。那些探員故意在首尾程式中巧設弱點，讓國安局能偷偷監視各個公司。

特瑞克開始利用 BULLRUN 留下的安全漏洞，設法侵入供應鏈裡。這是一種非常細密耗神的工作，特瑞克並未留意時間的消逝，當門口傳來道早安聲音時，他驚跳了一下。

特瑞克火速縮小工作視窗，抬眼一看，不知怎地，黑夜已轉成了白日。「早安。」

「你這麼早到啊。」老師微笑說：「這麼用功？」

「是啊。」

「我跟我哥哥談過，都安排好了，我會把細節轉傳給你。當然了，你得從基層做起，不過你若態度良好，工作勤奮，一定會過得很不錯。」老師走過來，傾身靠近特瑞克。「他說美國人很喜歡給小費，就算是最蠢的事，如修復他們的wi-fi，或教他們如何收取電郵，他們也會賞你一堆美金。」

老師看著螢幕底處工作列上，特瑞克縮小的視窗。「這是什麼？」特瑞克還來不及回答，老師已伸手拿滑鼠點開視窗了。

特瑞克駭入義大利最大超市Esselunga的主機，並侵入控制貨物儲量的伺服器。他很快說：「沒什麼，我只是好奇而已。」

老師震驚地看了特瑞克一眼。「你知道這是在侵駭嗎？這是有刑責的，你有可能被捕。我們都有可能被捕——他們可以追到這裡。」

「這很安全，我用的是TOR……」

老師瞪著特瑞克。「TOR？為什麼？你還駭進其他什麼地方？」

「沒有。」特瑞克撒謊。

老師柔聲道：「聽我說。我自己年輕時也幹過一些傻事，我明白那種吸引力，覺得自己懂得比他們多，何不為所欲為？他們的安全做得如此鬆散，畢竟是他們的錯，對吧？」老師搖搖手指。「錯了。網路跟真實世界一樣，有私人財產，擅自亂闖的懲罰是非常嚴重的。今天上課我們就會談到這點。」

當其他學生抵達後，老師帶頭討論電腦倫理。特瑞克盡可能做出羞愧狀，像個拜師學藝而一時衝昏頭的孩子。

「駭客還會造成其他什麼傷害？」老師在談話最後問。

一名學生舉手說：「駭客可以殺人。」

老師揚起眉毛。「可以舉個例子嗎？」

「例如弗雷瑞斯公路隧道。」

特瑞克渾身一顫，怎麼會有人知道那件事？

學生說：「有段影片，在車禍之前拍到了空氣渦輪。人們說那是駭客入侵造成的。」

特瑞克趁其他人在研究網路規定時，偷偷查了一下，那名學生說得沒錯：弗雷瑞斯的影片被放到網上了，還有一些很蠢的標語。目前影片只放在少數幾個聖戰士的網站，可是那些網站正是西方安全單位會監視的地方。

也就是說，美國國家安全局一定會看得到，就算沒有那些光纖電纜，他們竊聽的能力也已經夠令人畏懼了。位於塞普勒斯、百慕達、英國、紐西蘭和直布羅陀監聽站的電子耳、電子眼，說不定現在已朝他的方向轉過來，企圖將他的數位足跡，從全球其他數十億的電腦使用者裡揪出來了。他相當確定，他們無法立即追出他，但他不能冒這種險。

特瑞克躲在教室後其他學生看不到的地方，悄悄登入一個約會網站，進入他數個月前設好的帳號，寫了道訊息給指揮官，然後存成草稿。

特瑞克登出後，又用不同的名字登入，發訊息給一名位於摩洛哥的穆斯林女孩。女孩從來沒有從這個網站收到任何約會的邀約，由於她用面紗遮去全臉，所以並不令人意外。指揮官將會收到訊息，知道有份草稿在等他，並登入特瑞克使用的另一個帳號，然後以同樣的方式做回覆。

特瑞克關掉視窗後抬起頭，教室對面的老師正用困惑的表情看著他。

同學開始做練習時，老師留在自己的電腦旁不斷敲鍵，他不時瞟向特瑞克，表情變得益發的不解。他在查看我，特瑞克心想，跟蹤我的行跡。

特瑞克不知道自己能多快完成須在此地做好的事，看起來，他大概得趕工了。

34

丹尼爾．巴柏沿著嘉年華窄小的運河人行道跟蹤穿斗篷的女子。他待在後方，剛好可以看到她的位置。不過這僅是出於謹慎而已，因為丹尼爾可以利用管理特權，讓自己隱身，麥克斯亦然。

——就是她，Domino9859。麥克斯說，他使用只有丹尼爾看得見的私人模式對話。

你確定嗎？

——確定。麥克斯的管理員特權，也讓他能搜尋嘉年華用戶的登入活動。就是這傢伙改變弗雷瑞斯隧道渦輪的設定，不過她在真實生活裡是誰，我當然就不知道了。

Domino9859正往里爾托橋過去的聖保羅區走去。數個世紀以前，威尼斯的創建者指定了這個區塊，讓妓女能袒裸胸部地四處走晃，以證實她們是道地的女性，而非易裝癖者；約莫七百年後，那條規定仍形塑了今日此地的狀況——不管是真實的威尼斯還是它的數位版本——因為狂歡者尋求的是享樂，而這裡正是派對的核心地帶。

這是丹尼爾下台後第一次進入嘉年華，街道上比他記憶裡的更加擁擠，陽台上垂掛著各式競選海報，還有更多由往來運河上的遊艇拖曳著，丹尼爾看不懂海報上的標語：「解放嘉年華」、「老手聯盟」、「馬上退稅」。

當他們穿過人群時，一個穿著未經客製化的披風與面具的新用戶化身，突然尖聲喊道：看我！看我！他撕掉衣物，裸身站在那裡，詭異地扭動身體。丹尼爾發現他戴著某種肩帶，上面寫著：「我投給流動股」。

什麼東……？丹尼爾嘀咕說。

——是舊生在測試投機者，舊生會給他們一個流動證章，他們若是接受了，就會拿到惡作劇的編碼。麥克斯解釋說。

「投機者」？「舊生」？這些都是丹尼爾不熟悉的用語。

——「投機者」是那些希望能拿流動股去換現金，才加入嘉年華的人。「舊生」認爲，只有像他們那種在你宣布下台前便加入會員的人，才有資格投票。不過根據所有意見調查，最成功的黨派是退稅黨，他們提供直接交易：每一票五枚比特幣，等選舉結束後，以整體用戶付的稅來支付。仔細想想，那是個相當不錯的做法，沒有人會只想納稅而分不到甜頭。

你警告過我，會發生這種情況，丹尼爾難過地說，可是我沒聽進去。

——連我都沒有想到會這麼糟。

他們前方的Domino9859轉進一個庭院，然後拾級而上。兩人尾隨著，來到一處雅緻的涼廊，約莫有五、六名男女站在那裡閒聊。

——看起來像某種晚會，麥克斯說。

Domino9859脫掉斗篷，丹尼爾發現她的項上戴了條頗像鐵環的獨特帶子，她左手邊的另一名女子擺出懇求的跪姿，將一根木棍呈遞給一名坐著的男子。

我不確定我們應該待在這裡，丹尼爾寫道。

他雖這麼說，還是忍不住看Domino9859趴到男人大腿上，讓男人拿著短槳開始抽打她的屁股。丹尼爾聽到木頭抽在肉上的拍擊聲；每打一次，鮮嫩的皮膚就變得更紅，但丹尼爾必須提醒自己，那並非真正的皮肉。這是角色扮演，不是真實的世界，可是虛實之間的分野，竟如此容易被遺忘。

他們四周不斷上演類似的景況，兩名男的輪番擊打一名女子的化身，另一個人則被三個男人粗暴地帶走，對她又戳又虐。另一名被人拿著九尾鞭抽打，皮鞭每抽一次，便引發一記淒切的痛號。

這沒道理呀，丹尼爾說。

——嘉年華裡有許多事都沒道理可言。

不是，我是指聖戰士的駭客，絕不會去做這樣的事。

——呃，如果你想在她不知情的狀況下檢查她，此時乃最佳良機。麥克斯說。

丹尼爾轉換成另一種檢視模式，栩栩如生的3D繪圖，嘉年華用戶平時看到的各種化身及建築物，被網站繪製的架構線圖與一道道編碼取代掉了。雖然大部分的人都看不懂，但就像音樂家讀譜時能在腦中聽見音樂一樣，丹尼爾在快速搜查時，亦能從眼前的編碼中看到每個場景。

丹尼爾將Domino9859的化身獨立出來，逐條檢視線圖，他覺得很過意不去——比看著她的性幻想演出更不好意思。編碼包含了她所有的數位足跡，雖然已加過密，卻是她的隱私。

丹尼爾終於找到他要的東西了，一個極細微的異常處，細微到若非刻意尋找，必然會忽略的異狀。那是一道蠕蟲程式，一種侵入使用者電腦，悄悄潛伏其中的病毒，在遇到特定事件或命令時才會將它喚醒。

一般蠕蟲程式會與傀儡網路——用來送出垃圾郵件的被駭電腦的網路——相連。

現在丹尼爾知道究竟怎麼回事了，Domino9859 並不是駭客，但她的電腦被某個駭客感染了，於是她成了駭客的代理伺服器，在不知情的狀況下執行駭客的命令。由於嘉年華的用戶名稱隱藏了她的真實身分，因此沒有辦法在真實世界裡追出她的電腦位址。

——你弄得如何了？麥克斯私底下問。

快弄好了。

丹尼爾把那道蠕蟲程式拷貝起來，稍後研究，然後切回正常模式，並讓自己現身。

我得跟你談一談，他對 Domino9859 說。

——你是誰？她問，一邊繼續幹她的勾當。

我是管理員。我想你電腦被病毒攻占了，如果你願意把眞實身分告訴我，我可以寄給你一些工具，消除硬碟裡的病毒……

丹尼爾發現自己在跟空氣說話，因為 Domino9859 已經消失了。

——她下線了，麥克斯說。

我還以爲她會感激我們幫忙。

——你憑什麼認爲她是女的？

那倒也是：在嘉年華裡，性別只是個人的選項，也許對 Domino9859 而言，揭露自己真實的身分，比電腦中毒還要恐怖。

這眞的是個大問題，丹尼爾說。

政府當局多年來找盡藉口想關閉嘉年華，迄今為止，任何合法的挑戰都告失敗，但過去用來對付嘉年華的反恐法，比反色情及反毒法嚴竣許多。

我們該怎麼辦？

丹尼爾當初決定出走嘉年華，就是因為類似的問題，他相信絕對的隱私權，對丹尼爾和這一小票網路還用撥接數據機時代便已經當駭客的人來說，這是一種基本信仰。可是這項理論上毫無過失的原則，在付諸實務時，似乎變得越來越困難複雜了。

丹尼爾可以確定的是，如果知會政府當局，他們一定會關閉嘉年華——但那並不能阻止這名駭客。唯有他，丹尼爾，才有凌駕這位駭客的技能，此事應該在嘉年華內部，在這塊丹尼爾比任何人都熟知的領域裡解決。

丹尼爾並未改變離開嘉年華的決心，感染蠕蟲的事，更證實了看管嘉年華絕非兼差即可了事。不過在他徹底抽離嘉年華之前，必須解決這項最後的威脅。

35

一點剛過，凱蒂走進可隆巴（La Colomba）。這不是她平時常去的那種餐廳：客人幾乎清一色是穿深色訂製西裝的灰髮男子，而侍者則穿著正式制服，打著蝴蝶領結。可隆巴引人注目的是四周的牆壁，而不是裡邊的客人。一個世紀前，這裡曾是藝術家留連的地方，餐廳老闆有時會接受小幅畫作充作餐費。畢卡索、威特瓦（Vedova）、基里訶（de Chirico）及莫朗迪（Morandi）等，都曾是以這種方式付費的人，餐廳牆上掛滿了價值連城的藝術作品。

她看到了她的東道主，坐在角落一張隱密的桌子，凱蒂走過去時，對方站起來親吻她兩邊面頰，他的手指半愛撫半客氣地沿她的背往下滑。

維瓦多．摩瑞堤拉起她的雙手往旁一分，以便仔細從頭到尾地打量她。「凱蒂上尉，你看起來比以往更漂亮。」

「謝謝。」她穿了一襲短到膝上的黑色打褶小禮服，雖然正式，但比她平時上班的穿著更有女人味。

他柔情地看著凱蒂——不是從他那張拉過許多次皮的臉部表情看出來，而是從他眼裡頑皮的光芒得知——然後對侍者招手，兩人一邊坐下。「我點了一瓶 Valentini 紅酒，當然啦，我希望能把你灌醉一點。」

維瓦多．摩瑞堤是個政客、八卦王，且無可救藥地酷愛調情，這三項理由，讓他不可能成為朋友，可是凱蒂跟他偏偏又有某些情誼。待會兒吃飯中途，他一定會挑逗她。他們老是約在高級飯店的餐廳見面，這並不是出於巧合。凱蒂知道，摩瑞堤已經在樓上訂好房間，以備不時之需了。凱蒂也知道自己拒絕他時，摩瑞堤一定會哈哈笑著，大器地接受拒絕，並說她犯了天大的錯誤。凱蒂也知道，自己若真的接受他的提議，那必然會是飯店裡最上等的房間。凱蒂忍不住地喜歡這位老傢伙，雖然她絕對無意接受他的追求，但若他不再有所表示，凱蒂可能會有些小失望。

摩瑞堤也是凱蒂所認識的最廉潔的政客，加上他對政治謠言嗅覺敏銳，因此凱蒂在打探堤聶黎時，第一個便想到他。

兩人點了餐。摩瑞堤點醬汁沙丁魚，凱蒂是小蝦和稍後要共享的、潟湖捕來的烤鱸魚。凱蒂知道八卦消息必須有來有往，便告訴摩瑞堤她跟李方帝的關係，一則是摩瑞堤會很感興趣，二則她無法告訴其他任何人——當然不能對荷莉說——她還選擇性地講了一點她去李方帝辦公室的趣聞。

她最後說：「所以他對著門喊：『告訴法官，我快來了。』結果你知道怎樣嗎？他就真的來了。」

摩瑞堤笑到拿手帕擦淚，然而話題進行到調查時，摩瑞堤便嚴肅起來了。

摩瑞堤說：「我從未料到，你要求我打探一下堤聶黎伯爵是否有政治野心時，竟會是一項這麼艱難的工作。事實上，若不是我最心愛的憲警女上尉來找我，我可能在跟人談過幾次話後，便斷定他沒有政治野心，不再追究了。可是我不想讓你失望，便堅持查探下去，沒想到這個城市竟然還有一些我不知道的祕密。」

「比如說？」

摩瑞堤坦白地說：「那男的在極短的時間內，用金錢為自己買來許多影響力，速度之快，我前所未見。他拿錢砸每個人，從市議員到你們憲警，而且他追求的不僅是地方上的影響力，羅馬有四名參議員受他直接控管。」

「為什麼？他到底想幹嘛？」

侍者停下來幫他們倒酒，摩瑞堤等兩人又獨處後，才繼續往下說。「表面上看起來，是想搞分離主義。」

「分離主義？你是指，像威尼托聯盟（Liga Vèneta）嗎？」

數十年來，威尼斯居民一直傾向與義大利分離，最近一次兩百多人的民調中，幾乎百分之九十的人支持獨立，而威尼托聯盟的分離主義人士，或稱LV，則是該地區目前的最大黨。

摩瑞堤同意道：「就像LV，是的。按現在的氛圍，分離主義的時機可能終於來了。蘇格蘭差點就獨立了；克里米亞成功了；加泰隆尼亞希望能成為下一個……獨立運動的力量越來越強大了，而傳統政治的冷漠與各種醜聞，則令人不敢恭維。」

她反駁說：「但威尼托的分離主義黨派全都各具目的，LV希望我們成立全新的國家，但留在歐盟裡；北方聯盟（Lega Nord）希望我們成為帕達尼亞新區裡的一部分；還有的標榜自由主義，有的要共和政體，有的贊成聯盟……」

摩瑞堤說：「沒錯，不過若能出現一名真正的領袖，一位能統合各種黨派的人士。那又會如何？」

「那就是堤聶黎的角色了，他視自己為領袖，是新一代的拿破崙。」她沉思道。

摩瑞堤點點頭。「當然了，另一項大的阻礙是欠缺公投。意見調查是一回事，但票箱裡的多數票又是另一回事。聯合國憲章第一條保證人民有自決的權利，一旦有了代表人民意願的鐵證，便很難拒絕了。」

摩瑞堤靠向前說：「我有可靠消息，堤聶黎在羅馬的參議員打算提議，對威尼托脫離義大利一事，今年秋天舉行正式公投。」

「所以真的會公投嗎？」

「好玩就好玩在這兒，當然不會。威尼托又不像蘇格蘭或加泰隆尼亞，我們是義大利最富裕的區域，羅馬瘋了才會容許我們舉行公投，因為分離主義人士一定會贏，羅馬便會喪失國家一大筆稅收，所以那些混蛋必然會千方百計的阻撓。」

凱蒂瞄他一眼。「你說得好像你也贊成脫離似的。」

摩瑞堤聳聳肩。「我跟所有北義的人一樣，不希望我們的稅收被拿去支持破敗的南方，而我們自己的學校和醫院卻得不到應有的資助。不過我個人覺得必須改革，逼其他地區做到收支平衡，才是解決之道。」

他們的食物送來了，摩瑞堤跟他同年紀的男人一樣，講究傳統飲食，此刻他們面前的食物是最經典的威尼托菜。Sarde in saor——冷沙丁魚加醋、葡萄乾與松子，這是在冰箱出現以前，為了保存鮮魚而演化出來的一道菜。外地人通常不太喜歡，但對於從小吃慣這道膠糊又重鹹菜餚的威尼托人而言，則是家鄉味。凱蒂點的schie也是那種口味上需要適應的菜，產自潟湖邊緣的泥蝦看起來沒啥份量，配在底下的白玉米糊，口感跟麵條或麵疙瘩極為不同，黏實而飽厚。蝦子看起來雖然不怎樣，卻相當新鮮多汁，每口都爆出鮮鹹的海味。

凱蒂好奇地問：「之前我問你，堤聶黎想要幹嘛時，你說『表面上看起來，是搞分離主義』。為什說『表面上看起來』？」

摩瑞堤兩手一攤。「他一定很清楚不會舉行公投，所以必然別有居心。」

凱蒂想了一會兒。「假若提出公投，遭羅馬否絕呢？」

「你是說，如果人民的希望被點燃又熄滅嗎？有些人會說羅馬違反第一條規定，情勢肯定會變得緊張。」

「所以這是片面宣布獨立共和國的好時機嘍？堤聶黎手下的共濟會員，都準備接掌要職了嗎？」

摩瑞堤尋思道：「有可能，但後勤上還是很有大的挑戰。例如，你得說服商界停止對羅馬繳稅，由於政府可以直接從他們的戶頭扣款……」

她追問道：「可是如果你有自己的銀行呢？一間很不錯的梵蒂岡銀行？」凱蒂當即想到另一件事。「難怪他要卡山德開那麼多戶頭，他希望在第一天就做好準備——在他一宣布威尼托成為獨立共和國，或隨便什麼名稱時，就說明每個行業都已經設妥帳戶，等著讓他們用了。」

「就算如此……但以前也有人試過要脫離義大利，即使在義大利垂危時，獨立都很難了，何況現在又沒有什麼危難，對吧？」

「除非他打算創造危機。」侍者收走兩人的空盤，凱蒂灌了一大口白酒，冰鎮的白酒濃郁香醇。「死去的共濟會員卡山德，在網路上查詢一九七四年的『白色政變』。當時的計畫是讓政府宣布進入緊急狀態，然後利用它來奪權，不是嗎？也許卡山德看出白色政變與堤聶黎計畫間的類似性了。」

他同意說：「這種事往往都是這樣幹的，煽動者要求取得權力，解決某些迫切問題，等危機一過，又拒絕放棄權力。希臘、泰國、巴基斯坦、貝魯特……都是遵循類似的模式。你說堤聶黎很崇拜拿破崙？」

凱蒂點點頭。

「拿破崙就是在霧月十八日政變（18 Brumaire）中，黃袍加身取得實權，而威尼斯共和國的倒台也是場政變，只是名義上不那麼說罷了。」

「那就說得通了，堤聶黎在極力效法拿破崙的手法，他親自跟我說過，他一直在研究拿破崙。」

摩瑞堤凝思道：「如果是真的，事情就嚴重了。不僅對威尼托，對義大利亦然。沒有我們威尼托，義大利只怕不到一年就會破產。」

直到此時，凱蒂對堤聶黎伯爵的計謀才恍然了悟。「沒錯——銀行的交易，也是計畫裡的一部分。」

「什麼交易？」

凱蒂解釋：「他以低價買下威尼斯天主教銀行，因為銀行帳上有梵蒂岡銀行轉給他們的、一堆毫無價值的信用違約交換。但那些保單並不像表面那樣一文不值，就像你剛才說的，假如威尼托獨立成功，義大利違約主權債務的機會便會升高，那些保單的價值將隨之飆升。堤聶黎贊助獨立活動並不是為了政治理由，或不單純是為了政治，他這麼做是為了賺大錢。」

「你覺得他會用什麼方法來製造這場危機？有想到可能會是什麼嗎？」

凱蒂坦承：「我毫無概念，不過無論是什麼手段，我想應該會很激烈，堤聶黎不是那種做事做一半的人。」

36

荷莉公寓牆上的圖表越畫越大。

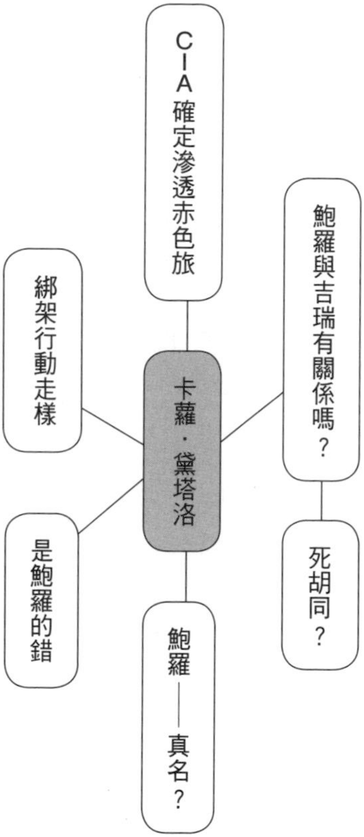

荷莉決定反過來想，看看吉瑞跟這件綁架案的關係，網路上都找不到他的資料，這點並不令人意外，畢竟那是很久以前的事了，而且這位間諜在任職期間，有正當理由保持低調。

不過荷莉卻看到了漢娜・普魯斯特的名字。普魯斯特是CIA米蘭分部的行政助理。她能幹、勤奮，但大部分人絕不會把她跟「間諜」一詞聯想在一起。二〇〇三年，當上面要普魯斯特協助美國總部派來的小組時，她已經當二十幾年的助理了。

CIA小組是到米蘭逮捕一名叫阿布・奧瑪的激進穆斯林教士，經過數週的籌備計畫後，他們在一條安靜的街道上攔截此人，將他綁起來扔進廂型車後，載到阿維亞諾的美國空軍基地，再以飛機運至埃及，由CIA下令安全單位刑求他。這只是九一一之後數十起，也許是數百起類似的引渡事件之一。

這一次之所以有別於其他，是因為有位堅定的義大利檢察官，決定控訴CIA官員涉入綁架。由於大部分的逮捕小組在義大利一完成任務便閃人了，而且都使用假名，因此被缺席定罪，並不是什麼天大的事。可是對普魯斯特而言——在義大利居住二十多年，嫁給義大利人，現在被迫逃往美國，連到荷蘭探望生病的母親都不行——就非常不同了。CIA拒絕確認或否認有這項行動，因此她無法要求外交豁免權，而她也拒絕確認自己只提供行政及翻譯的服務。為了控告雇主，普魯斯特辭職，結果她的政府退撫金也沒了，沒多久，她唯一的工作只剩下讓記者採訪了。

阿布・奧瑪的故事被全球媒體報導到極致了，但荷莉覺得，一名二十年的CIA員工，可能知道一些對她有用的消息。她聯絡上一位最近採訪過普魯斯特的記者，請他把普魯斯特的資料告訴她。為了避免驚擾雙方，荷莉使用私人的電郵。

幾小時後，荷莉收到普魯斯特的回覆，訪談費一千美元。

荷莉用PayPal付錢。

謝謝你，我不喜歡收錢訪談，但這是我唯一的收入，不過請你理解，我無法，也不會討論任何與行動機密相關的事。你希望用Skype或嘉年華訪談？

Skype，荷莉寫道。她還是很不習慣跟嘉年華網站上戴面具的化身談話。

交換一些細節後，荷莉看到一位坐在小山羊皮休閒椅上的矮胖中年婦人，婦人身邊蜷著一隻貓，貓咪坐在繡著「狗有狗主，貓有貓奴」字樣的墊子上。

荷莉自我介紹是位作家，想寫一部關於CIA在義大利的書。

普魯斯特輕哼一聲。「又是這種書？」

荷莉表示：「這本書的角度有些不同，我正寫到對CIA義大利分部，最資深的探員——伊安．吉瑞的好評。我想你一定認識他吧？」

對方頓了一下，是Skype傳輸不順嗎？不對。普魯斯特再次開口時，語氣戒意甚濃。「伊安．吉瑞，他還在工作崗位上嗎？」

「嗯，他當然已經從CIA退休了，目前在埃德里基地教育中心兼差。」普魯斯特面無表情地聽著，「我只是想找些背景資料，他是什麼樣的人，負責過什麼行動……」

「我與吉瑞的交集並不多。」

荷莉瞄著自己的筆記說：「我知道。我猜吉瑞應該是在一九六〇年代末到義大利的，當時的分部主任叫鮑伯．葛藍，就我蒐集的資料看來，葛藍將吉瑞收到他的麾下。」

普魯斯特搖搖頭。「不管是誰告訴你的，反正這資料錯了。我在那邊聽到的是，葛藍與吉瑞是對頭，不是上對下的關係。」

荷莉眉頭一攏，吉瑞一直以來給她的印象是，他雖對某前輩的做法有意見，但他們關係很親。「所以是吉瑞試圖收爛攤子，但鮑伯．葛藍不喜歡？」

「又錯了，就我所知，CIA蘭利總部對葛藍在任時的情勢頗為擔心，義大利社會黨主動與共產黨分享權力……」

「那件事我知道，叫『歷史協商』。」荷莉打斷。她希望普魯斯特能聚焦在史書中找不到的資料上。

「蘭利那邊做何反應？」

「他們相當驚慌，後來別人跟我說，高層認為葛藍太婦人之仁，所以派吉瑞過來解決問題。」

「那究竟是什麼意思？」

普魯斯特聳聳肩。「我只知道那些年裡有幾百場行動，代號名稱從A到Z都有。」

「是否包括滲透劍黨網絡的行動？」

對方沉默一會兒。「我就算知道，也不能跟你討論。」

荷莉把對方的回應記在心裡，準備爾後再分析。「我們暫先假設有，但我還是不明白，劍黨一般被視為義大利政治右翼人士，但伊安．吉瑞唯一公開的行動紀錄，是涉入滲透左翼赤色旅的行動。CIA探員為什麼要參與兩方的行動？」

「我說過，我不知道任何細節，我只曉得『歷史協商』失敗後，蘭利方面認為吉瑞才真正有績效，因此鮑伯便漸漸被逼退了。」

所以個人的野心與美國的策略目標恰好一致，吉瑞達成上司們的願望，並從中獲利，但那究竟是什麼目標？更重要的是，用何種方法達成？

「所以，美國想讓歷史協商失敗，而吉瑞辦到了。可是為什麼需要殺害發覺這件事的人？」荷莉說。

「殺害？」普魯斯特皺眉問：「殺害誰？」

「達比基地的泰德．博蘭少校，他和一位義大利鄰居剛巧找到證據，指出劍黨被當成挑釁的網……」

普魯斯特瞪著她。「等一等，你姓博蘭。」

「博蘭少校是我父親。」

普魯斯特輕聲地說：「噢，我的天。你就是那個博蘭。」

荷莉突然戒心大起。「哪個博蘭？你知道我父親什麼事？」

「我什麼都不知道。」普魯斯特斷然搖頭說。

「吉瑞是否為了保護自己的行動，而企圖殺他？那是CIA授權的嗎？你若知道什麼——任何事都……」

普魯斯特往前靠向螢幕，螢幕上出現一句話。

通話結束。

37

丹尼爾花了許多個鐘頭，檢視他在Domino9859裡找到的蠕蟲病毒，由於病毒是用嘉年華網站的特定程式語言編寫的，因此任何能追蹤編碼者的資訊都加了密。不過有一部分無須解密便能看得出來，丹尼爾在設計加密時，故意把數字符號排除在外。在任何編碼中，以數字符號編寫的數字很容易追蹤，因為沒有掩飾的數字會繼續按不變的數學法則去跑，因此大部分密碼系統都會要求發件人以文字寫出數目，如五、二十五等等。

在這個嘉年華的蠕蟲裡，有一組 10-12-1437 的數目。

丹尼爾相信這數字一定別具重要性，例如，Stuxnet 蠕蟲包含 06-24-2012 的數字，那是指令的一部分，要病毒在二〇一二年六月二十四日開始自我刪除。

丹尼爾覺得 10-12-1437 也是指令的一環，而這次的情況，應該是下令病毒攻擊，數字雖未編成碼，但是駭客仍然把他的意圖隱藏起來了。

除非……

丹尼爾到網路上做了些搜尋，他知道這名駭客是激進的穆斯林。

丹尼爾很快發現，西曆每年始於基督誕生之日，而穆斯林則是以月亮為準的陰曆。依照穆斯林月曆，今年是一四三七年，這個月是 Dhu al-Hijjah，本年的第十二個月。這是最受庇護與吉利的月份，是朝聖的時機，也是 Dhu al-Qa’ada，真實之月的尾聲。

假如最後六個數字表示年與月份，那麼10是表示日期嗎？

丹尼爾發現，Dhu al-Hijjah 月的第十日，在穆斯林的月曆中格外重要，因為是 Eid al-Adha，宰牲節。

今年的宰牲節在九月十一日，用另一種方式書寫則為 9/11，美國紐約世貿中心被攻擊的周年日。

那一定是蠕蟲的攻擊日，離現在剛好七天，而且巧合的是，就在嘉年華內部選舉前的幾個小時。

丹尼爾相信，弗雷瑞斯隧道的攻擊事件只是一場測試，但一個星期後，嘉年華所有中毒的用戶，都會成為僵屍大軍，他們的電腦會被駭客所控制。

丹尼爾還在思索其中的含意時，他的螢幕上跳出麥克斯的對話視窗。

——弄得如何了？麥克斯問。

只弄個大概而已，你呢？

——我一直在計算有多少蠕蟲。他們相當確定Domino9859不是唯一中毒的用戶，卻沒辦法知道病毒擴散得有多嚴重。丹尼爾要麥克斯隨機抽取三百名化身做檢查，看看他們是否也中毒了。

結果呢？

——我的三百份採樣中，有五十二個人中毒。

丹尼爾盯著螢幕，超過百分之十七！怎麼可能，如果把麥克斯的採樣升級成註冊用戶的數目，保守估計約有五十萬嘉年華用戶中毒。

怎麼會發生這種事，而我們竟然都不知道？

——我也那麼想，所以我又重新計算了一遍。

結果呢？

——等我算完時，已變成五十八了，數目一直在增加，丹尼爾。總之，我們還沒想出辦法，病毒在我們用戶的電腦間跳染。

一定是透過嘉年華內部的社交活動擴散的，每次嘉年華用戶一有互動，無論時間多麼短暫，都會用到一道小的交換編碼。病毒必然有個小小的自我複製惡意程式，依附在中毒用戶的鍵擊上。基本上，這個駭客利用被他感染的嘉年華客戶去感染其他人。丹尼爾忍不住欣賞起這種絕妙的手法。

他發現這名駭客盤算的並不是一般的阻斷服務攻擊，當你把所有線索串在一起——弗雷瑞斯隧道的攻擊、聖戰士的口號、精密編寫的蠕蟲、日期——你只能得到一種結論。

這是一場網路戰爭，而嘉年華網站便是兩軍交鋒之處。

38

李方帝工作到很晚，凱蒂正在煮risotto alla sbirraglia，義式燉飯加雞丁與胡蘿蔔，每瓢熱湯都得攪動，否則便無法變得濃稠，而他們又想趕著在保鑣回來之前上床溫存。凱蒂直到兩人做愛完，四肢交纏地躺著，李方帝用指背輕撫她的肩頭時，才把自己知道的事情告訴他——看來堤聶黎伯爵的目的是想讓威尼托獨立，並從這項政治理念中撈取個人利益。

「不過維瓦多．摩瑞堤說，一定不會只是提議公投然後又否絕公投那麼簡單而已，那樣雖可能冒犯威尼托人，卻不足以令他們脫離羅馬。摩瑞堤認為，堤聶黎打算讓國家陷於緊急狀態。」她遲疑地說：「馬賽羅檢察官曾經說過，情報局要調查卡山德，因為與恐怖主義有關，難道那只是一種託詞，其實是某種恐怖攻擊？」

「你不是一直堅持，情報局是共濟會陰謀裡的一部分嗎？」

她坦承：「我是啊，也許我想錯了。我們對堤聶黎的事知道得越多，就越覺得他似乎想脫離羅馬，而非與他們交好。」

李方帝警告：「我們還是沒有任何證據。但話又說回來，現在我們大概有足夠線索，可以懷疑堤聶黎與卡山德的遇害有關了。他有明確的動機買下天主教銀行，因此也有動機除掉任何妨礙此事的人。」他看凱蒂一眼。「這件事很難辦，尤其我必須百分之百確定，我的決定未受到私人情感的左右。」

「我懂。」李方帝心不在焉地撫著她的手臂，弄得她春心盪漾，凱蒂伸手一環，揉著他的腹部，感受他膚下一塊塊的肌肉。

李方帝決定：「我再考慮一晚，明早第一個告訴你。」

凱蒂回應地親吻他的下巴，沿下顎吻向他的耳垂。她可以感覺他被撩起，凱蒂的手往下探得更低了。李方帝的手機抗議似地在床頭几上嗡嗡閃著，他咕噥著伸手去拿。

他看著螢幕說：「他們到了。媽的。」

凱蒂不須多問是誰，那些保鑣就像這場關係裡的大老婆：代表責任與安全，並把他從她的身邊喚走。

李方帝把腳晃到地板上，伸手去拿襯衫，凱蒂撫著他的背部，多享受幾秒鐘觸摸他肌膚的快感。

李方帝靜靜地說：「我剛才說，必須百分之百確定沒有私人感情因素……」

「怎麼了嗎？」

「這是雙方面的，也就是說，我有一定的壓力，得從你的觀點去解讀事況，但又同時覺得必須低調行事，保護你的安全。如果我們不理會摩瑞堤跟你說的話……絕不會有人怪罪我們沒去追查。」

「我知道。」她喃喃說。

「這樣我們在幾個月內就能調到阿姆斯特丹了。」

凱蒂沒說什麼，她沒告訴他若現在放棄調查，她便很難尊敬他，因為那不是真的，她相信李方帝會做出正確的事，在這種情況下，誰能說得準什麼才是正確的事？

「問題是，不管怎樣，我都不該受到影響。」他站起來，然後再次彎身跟她吻別。「我會第一個讓你知道。」

39

荷莉的圖表如今又生出一堆子圖了。

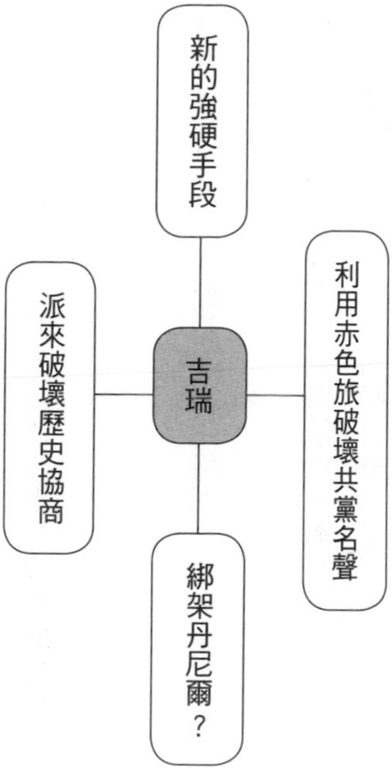

荷莉想起卡蘿．黛塔洛在監獄訪談室裡的談話，又添上：

但請別告訴我，我比那些在政治光譜另一端的人惡劣。

接著：

他是否對右翼的劍黨幹了同樣的事？普魯斯特拒絕回答那點。死胡同？

但荷莉發現，這條線並不是死路；不完全是。一般網路也許不夠力，但她可以使用某種搜尋力強大數倍的東西。

當晚深夜，荷莉跑到埃德里基地。雖然已過午夜，美軍基地裡還是難得安靜，大門的憲警告訴她，很高興看到她回來，女士；荷莉從停車場走回服務的民事聯絡部大樓時，遇到其他幾名認出她的同事。不過最重要的是，她的老闆麥可．布里登並不在。荷莉的辦公桌跟數個月前離開時差不多，乾淨整齊，但疊了一堆信件。

她把通行卡塞入電腦的讀卡機裡，電腦便開了。輸入許可碼後，荷莉便能進入國防部自己的網路NIPRNet，以及CREST，CIA的紀錄搜尋工具。由於要找的資料超過二十五年了，荷莉只能希望容易找到。

荷莉輸入「吉瑞，伊安」。

一時片刻，什麼都沒有，只得到以下回應。

搜尋中。

接著：

輸入錯誤。沒有相關資料。

荷莉皺著眉頭試用國安局的 SIPRNet 系統，那邊也毫無所獲。最後她登入 JWICS[28]。SIPRNet 排除列為「機密」等級的資料，借給全球四百萬可信賴的盟友讀取；JWICS 則是 FAEO，For American Eyes Only，只給美國人看的。

吉瑞，伊安。798**項紀錄。請定義你的搜尋？**

荷莉輸入「行動」，找到七十四個紀錄，她點進第一項。

輸入錯誤。你沒有取得這項資料的許可，請與你的網路管理員或指揮官聯繫。

28 JWICS：聯合全球情報通信系統，the Joint Worldwide Intelligence Communications System的縮寫。

她又回頭打「人事處、地點、基地位置」。

54條紀錄。

荷莉打開第一份，發現只簡單記述CIA官員吉瑞在一九七四年曾派任國外。她打開下一份，也是同樣的資料，但在一九七九年。

荷莉心生一念，利用一般網路，把所有鉛年代發生的暴行與刺殺事件，按時序表列，然後把地點標示出來。

一九六九年十一月十九日，警察安東尼奧·埃納魯馬在米蘭一場極左示威的暴亂中遭刺殺。此事立即引發公眾撻伐，許多評論員對左翼人士多所譴責。

一九六九年十二月十二日，四顆分別放置在米蘭與羅馬的炸彈，炸死十六個人，九十人受傷。一開始赤色旅被指控主導這場米蘭大屠殺，但後來官方承認並未找到證據。

一九六九年，年輕的伊安·吉瑞剛抵達義大利，駐派於米蘭分部。根據JWICS的說法，他被派去所謂的「紫水晶」行動。一九六九年末，同樣的紀錄指出他固定到羅馬，從事一場叫「巨浪」的行動。日期剛巧就在米蘭大屠殺爆炸案發生之前。

一九七二年五月三十一日。威尼斯北部，彼特諾三名警察遭到屠殺，雖然指控的矛頭指向赤色旅，但十年後，一名右翼激進份子坦承炸彈是他放置的。

到了一九七二年，吉瑞已派駐到威尼斯，由他主持代號為「鐘屋」的行動，五月末，鐘屋所有紀錄突然終止。

一九七四年五月二十八日。威尼斯西邊布特西亞，走廊廣場爆炸案，八死，一百人受傷。

一九七四年五月，威尼斯分部再度一陣忙亂，出現所謂的「翡翠行動」。

一九七七年夏，吉瑞繼續駐守威尼斯，當時丹尼爾．巴柏遭赤色旅綁架。然後吉瑞在一九七八年搬到羅馬。

一九七八年三月十六日，天主教民主黨領袖阿爾多．莫羅在羅馬遭赤色旅綁架。

這是巧合嗎？還是表示會有更險惡的事？

冷戰結束後，劍黨組織被迫終結，赤色旅也沉寂下來。直到約十年後，他們才突然又冒了出來。劍黨上次的刺殺行動是在二〇〇三年，不久之後，伊安．吉瑞便從ＣＩＡ退休了。

恐怖份子在義大利本土殺人時，美國則呼籲盟國加入全球反恐戰役，這難道又是一次的巧合？荷莉興奮到全身起雞皮疙瘩，或許我還沒取得證據，但我正在拼湊出一個梗概。

她往後靠坐凝思，接著從口袋拿出隨身碟，下載所有資料。

一道訊息跳出來。

安全警告。唯獲授權方能下載機密資料，任何情況下，機密資料不得從ＮＳＡ的設備中移除。

她點擊「繼續」。

✣　✣　✣

是口袋裡那極輕的隨身碟害她走回車子時感覺如此不安嗎？每個陰影裡似乎都躲著一個人在監視她；每架監視器似乎都朝她的方向轉過來。背後傳出喇叭聲，荷莉聞聲驚跳，但那只是一群駕著快車離開基地，興致高昂地深夜出遊的男生。

她右轉離開基地，沿德拉佩斯大街（Viale della Pace）慢慢開著，一邊檢視照後鏡。後面沒有人跟來，荷莉腦中不斷聽到父親最愛的那首詩：

本季的水仙，
從沒聽說，

那去年被砍倒的，
有何改變，有何機會，又歷經何等的苦寒；
她綻放著大膽的容顏，
天真無知地，
以為連續七天的開放
將成為永恆。

那是一種警告？預言？或只是點出要害：知情會帶來恐懼？

荷莉回到維琴察的市中心，把車到平時停車的地下停車塔。她下車時，聽到後邊傳來腳步聲，橡膠鞋底擦著粗糙的水泥地。荷莉慌張地扭過頭，本能地去拿辣椒噴霧劑，這是自隆加雷山洞事件後，她隨身攜帶的物件。

「Hai qualche monetina?」

只是一名來討錢的年輕乞丐，荷莉搖搖頭，乞丐開始向前逼進，侵入她的活動範圍，對方喃喃乞討，直到荷莉亮出噴霧劑，才連忙退開。雖然無事，荷莉走回大樓時，腎上腺素仍在飆升。

她進入大樓，走廊上十分安靜，但一樓工友艾伯托的房間門則開著。荷莉聽到聲音，當她按下小電梯的按鈕時，艾伯托咧嘴笑著匆匆走出來，手裡拿了一杯格拉巴酒。

「唉呀，博蘭小姐！有人在等你。」

這裡從來沒有任何人來找她，更別說是這麼晚了。她正想告訴艾伯托他弄錯了，卻見一道瘦長的人影，移到艾伯托背後的走廊上。

「晚安，荷莉。希望你不介意，這似乎是最容易找到你的方式。」伊安．吉瑞說。

✣　✣　✣

兩人擠在窄小的電梯往五樓爬升，荷莉看著牆面，不去看吉瑞的眼。她可以感覺吉瑞正若有所思地打量自己，但他選擇沉默，直到兩人進入她的公寓。荷莉看到吉瑞的眼神瞟向網絡圖，他很快地抬了一下眉，但轉頭看她時，則什麼都沒說。

「你怎麼會到這裡？」她開門見山地問。

吉瑞柔聲說：「荷莉，我明白你為什麼要懷疑我。」

「什麼意思？」

「你一直在調查我，也許你在想，我是不是跟令尊的遭遇有關。」他用一對藍眼坦率地定定望著她。

「真的，我可以理解你為什麼會那樣想。」

他將格拉巴酒放到桌上。「我該告訴你真相了，荷莉，你聽我說完，然後再決定我是不是你所想的怪獸。」

✣　✣　✣

最後荷莉同意跟吉瑞喝杯酒，兩人坐到她那遠眺貝里西山的小陽台上，前方是維琴察閃爍的燈火。

吉瑞說：「我要告訴你的事情極端機密。一九六八年，我首次被派到義大利，上面給的命令很簡單：

阻止共產黨攬權。蘭利那邊覺得義大利出現新的挑戰，需要用新的手段……他們告訴我，萬一情勢需要，甚至會給我政治掩護，推翻米蘭分部的主任鮑伯．葛藍。」

「換句話說，你是拿了指令來踢館的。」

他點點頭。「不過奇怪的是，我並不需要那麼做，我的到來似乎像給鮑伯通了電，他急忙提出許多新的行動、特殊方案……光是阻止他別走極端，我就忙翻了。老實說，我們在義大利的工作，很容易便會重蹈希臘與南美的老路，華府也沒有人希望我們步上後塵。」

吉瑞沉默片刻，整理自己的思緒。「我很早便看出來，赤色旅會是個大問題。他們很凶悍，組織嚴謹，且紀律分明。我決心破壞他們的影響力……就在那時，我碰巧遇到一位名叫馬里奧諾．卡迪羅的好手。

「卡迪羅是天生幹情治工作的料，他對臥底工作的適應能力如同鴨子入水：你幾乎可以說他愛之成癡。他是個崇尚權力與暴力的危險右翼極端份子，雖然老把振興天主教會的榮譽與權勢掛在嘴上，但我認為，權力與暴力才是他真正信奉的神祇。他循一般管道，透過北約被召入劍黨，並給予軍事訓練，但他根本沒有耐心，不等共產黨的坦克車越過多洛米蒂山脈，他便已開始參加行動了。

「事實上，他決定擅自滲入敵軍。我遇到他時，表面上他是低階的赤色旅友人，兼職的無政府主義者，幫赤色旅製作炸彈、走私軍火等等。我原以為可以吸收他，沒想到第一次試探性地談完話後，我就知道其實他想利用我了。

「這傢伙完全獨立行事，他成功地取得赤色旅領袖的信任，並希望我協助他打入組織核心。他跟我保證，等占上位置，必會協助我徹底毀掉赤色旅。

「這簡直好得不像真的，我有好幾個月都疑心重重地尋找有無陷阱，他卻有辦法一再地證實自己。那時他已經開始用鮑羅的假名了。」吉瑞看著荷莉，看她是否想起那是綁架丹尼爾的其中一名綁匪。看到她記得後，吉瑞才又接著說：「他用那個身分，加上我們的一點幫助，在恐怖份子中竄升得很快。但在面對所有的雙面間諜時都會遇到一個問題：他們給的情報，你要用到何種程度，才不至於敗露他們的身分。諷刺的是，他們給的情報越有價值，你就越不敢冒險據此行動。」

「所以你什麼都沒做？」

「唉，我們盡量了。袖手旁觀並不是什麼滔天大罪，荷莉，不過我們若想瓦解赤色旅並保護鮑羅的身分，就必須聰明行事了。

「最重要的是，我們必須阻止莫羅的歷史協商，阻止他把共產黨引入聯合政府的計畫裡。我們想出的策略十分巧妙，不過我告訴自己：雖然巧妙，但也相當恐怖。我們發現，我們若能說服莫斯科相信歷史協商會讓義大利共黨脫離莫斯科的控制，為天主教民主黨所用，莫斯科自己便會命令赤色旅設法解散了。我們相信，我們可以利用鮑羅來實現此事。

「後來證明，鮑羅告訴他們一些珍貴情報，暗示歷史協商只是一種緩兵之計；而有些故意從天主教民主黨內部洩露出去的訊息，更強化了這種錯覺，結果我們在極短的時間內，便幸運地讓一名探員打入恐怖組織的核心，讓該組織致力執行與我們相同的戰略目標。」

荷莉嘲諷地說：「恐怖組織都變成你們的資產啦？那怎麼可能會出錯？」

吉瑞點點頭。「當然了，問題是，現在沒有什麼能阻攔鮑羅追求自己的右翼目標了。他執行的每項活動，無論何其野蠻，都能讓莫斯科的主子們對他的殘暴留下印象，讓赤色旅同事看到他純粹的意識形態，使蘭利看到他身為雙重間諜的價值。葛藍和我根本無法控制情況，鮑羅率性而為，我們其他人只能陪著。」

「那麼丹尼爾的綁案呢？」

「我們一開始是從報上讀到的。」

「所以你才會對丹尼爾感到罪惡，沒有你，他根本不會被毀容。」

吉瑞低下頭。

「此事與我父親又有何干？他在這件事裡是什麼角色？」

他聳聳肩。「赤色旅暗殺阿爾多．莫羅後，我發現我們必須不計一切阻止鮑羅。愛挖苦的人也許會說：主要倡議者既然都死了，歷史協商很快便會胎死腹中，我們已經達成我們的目標了。我發誓，如果鮑羅是得到指令去暗殺莫羅的，那必然是莫斯科下的命令，不是我們。無論如何，我們努力協商要收拾爛攤子。收拾所有一切，甚至是鮑羅，但他不知怎地聽到了風聲，又溜回他出身的舊劍黨網絡裡了。有很多右翼的義大利邊境官員、情報官員等，巴不得能幫忙他。他們鼓勵鮑羅逃走；我想他先是去阿根廷，後來去了日本。

「但鮑羅並未潛沉太久。我說過，恐怖主義對他而言好比毒癮；美俄雙方也許很滿意權力分享的計畫已經告終，但對鮑羅和其他法西斯主義份子來說，那只是一塊踏腳石。後來鮑羅回來重拾以前在劍黨幹的勾當，但現在改借赤色旅或某些右翼恐怖組織的名義，來宣布他的暴行。」

「然後安德洛帝就揭發劍黨的存在了。」

吉瑞點點頭。「對他們來說是一大挫敗，不過就像令尊發現的，他們不改其志，很快地找到重新集結的辦法，或者滲透既存的共濟會，或自組非法團體。這件事我在你父親寫那份備忘錄之前就知道了，因為鮑羅回義大利後，我便一直試圖追蹤他。但我從你父親的報告裡，首次得知他們在達比基地有社團。」

「所以當我爸爸去找你時……」

「我跟你說我只跟他表示謝謝，然後就把報告往上呈了。那是在撒謊，荷莉。」他平靜地說。

「我知道。」

吉瑞舉起一隻手。「等一下，我想你大概就是因為這樣，才做出錯誤的結論。當你提及時，我還以為往事莫須重提對大家都比較好。請原諒我，我太自私了，我把自己的罪惡感看得太重，反低估了你知道真相的權利。」他遲疑了一下才說：「事實上，我曾要求令尊去查看還能發現什麼。」

荷莉瞪著他。「你徵召他？派他回去那個毒蛇窟……？」

吉瑞說：「對不起，我誤判形勢。但請你理解，他所描述的事，在在有鮑羅的行跡，組織的架構跟赤色旅同出一轍，只是對象為共濟會，而非革命小組罷了，而且當時我沒有別的人可以用。」

荷莉思索片刻。「我父親的任務究竟是什麼？」

「劍黨已經相信你父親這位北約軍官一定能體會他們的理念。我想，如果他能表現得夠熱切，便能接近他們的首腦及義大利或北約官員支持的那些人，到時我們便可以殺進去，一舉逮捕他們——不僅是鮑羅，而是整個的網絡。」

「他應該是去找最初警告他的那位鄰居，柏卡多先生，要求他讓他們倆都參加那個團體了。」

吉瑞點點頭。「他慢慢探出一些成果了。我們在電話上小心翼翼地談過，但他聽起來很有把握。他暗示說他保存了某些紀錄，例如名字、日期、細節……所有能讓查案的軍官拼湊出真相的細項資料，可惜他還沒能把資料給我就中風了。」

「他在報告中提到一位叫凱撒的人。」

「是的，我猜凱撒就是鮑羅，或鮑羅捏造出來的人物，讓人以為他跟某高層，甚至更有權勢的人士有連繫。如果有人質疑鮑羅的命令，他只要說是凱撒同意的就好了。」

荷莉默不作聲，仔細盤整談話的內容。

吉瑞溫柔地說：「所以啦，我不僅對丹尼爾心懷罪惡，對你也是。坦白說：當我看到有機會能支持你申請轉調義大利時，便抓緊時機。我想做補償，也想看看泰德的女兒長大後的樣子，我從沒想過我們也能變成朋友。」

如果我們算朋友的話。

吉瑞剛才告訴她的話，並非虛言。應該沒有人能編出與事實細節如此相符的故事吧，然而還是有個什麼，令荷莉無法對吉瑞說她相信他。

吉瑞看透她的心思。「你一定會想要更多的證據，荷莉。相信我，我已跟當年有聯繫的人全打聽一輪，設法找出任何可能說服你的證據了。可惜事過境遷太久，而且我擔心，越多人提起幾十年前就該封藏的行動，他們就越可能決定幹掉我們其中一人或兩人。」

荷莉想了想。「你說我父親保留了某些紀錄。」

「沒錯，我相信他有。」

荷莉輕聲說：「你希望我去找，對吧？這不僅是為了說服我，因為即使經過這麼久，你還是想知道究竟出了什麼事。」

「是的，我想知道。」

荷莉緩緩點著頭。「我會去找，那些紀錄若能找得到，我一定會找，到時我們就能知道真相了。」

40

在西西里的特瑞克被自己的手機鈴聲吵醒了，他立即伸手去拿，知道他號碼的僅有一小撮人，除非事況緊急，他們都不會打來。

特瑞克瞄著螢幕，以為會看到00 218開頭、從利比亞打來的號碼。奇怪的是，螢幕上並沒有顯示號碼，也未註名「封鎖」或「未知來電」，就只是空白一片。

「哈囉？」他猶豫地回道。

對方雖然也說英文，語氣卻詭異地單調、機械化。

「你──必須──立即──離開。」

他發現原來是語音轉換，致電者不是口說，而是用打字的。「你是誰？」

「一個──朋友。你──遭人──背叛了。」

「是老師嗎？是他嗎？」

對方停頓良久，特瑞克可以聽到鍵盤的敲擊聲，接著那聲音又說：「那些召募──你的人──受雇於──異教徒。你──有──逃脫──計畫嗎？」

特瑞克心中飛轉著各種疑問，指揮官是叛徒？這會是真的嗎？但特瑞克知道，在他們發動的這場影子戰爭裡，人們會因為許多正當或不正當的因素而變節，因此他只答說：「是的，我有計畫。」

「去──做。」咔的一聲，那聲音消失了。

41

睡覺是不可能了。

經過幾個小時後，荷莉放棄入睡，回到自己車上。在黎明前的黑暗裡，自由橋上荒無人跡，威尼斯的燈火隔著淡淡的海霧放光，荷莉僅能透過薄如描圖紙的霧氣，隱約看到卡納雷吉歐區的天際線。

她把車子留在特隆契多島，走十分鐘的路去巴柏府。這個時段的威尼斯，就像埃舍爾（Escher）筆下的迷宮般吊詭、荒涼：她不止一次地發現她的路被前方彎繞的運河阻去。

荷莉扯動獅頭信箱旁的黃銅鈴手把，訝異地看到門幾乎立即打開。丹尼爾的打扮與平日無異：T恤、布鞋、牛仔褲。手裡還拿了根叉子。

「你想做什麼？我正在吃午飯。」他說。

「丹尼爾，現在是凌晨四點。」

「聖保羅（São Paulo）就不是。」他解釋。

「這跟聖保羅有什麼關係？」

「沒關係啊，我只是在說明，時間是人為的概念。你是想找我聊天嗎？」

「呃，我大老遠跑來，當然不是想聽你談人為的概念。」

「我們沒什麼好談的，荷莉，我們已經分手了。」

「我知道。但那不表示我們就老死不交談吧。」她不耐煩地說。

丹尼爾遲疑了一會兒。「那你最好進來。」

他帶荷莉到巴柏府後邊的拱頂舊廚房，荷莉知道丹尼爾是位絕佳的廚師，能一絲不苟地遵照複雜的食譜烹調，但今天他吃的是威尼斯人稱之為 salsa aurora 的簡單冷食：一種用炸甜椒、番茄、節瓜及桃子切片混成的甜酸麵。

看著丹尼爾吃飯，荷莉發現自己也餓了，便伸手去拿叉子。她邊吃邊說：「我知道你一向覺得我瘋了才會信任伊安．吉瑞。如果你在六個小時之前問我，我一定會說你也許是對的，但現在我不那麼確定了。」

她講述先前與吉瑞的談話。丹尼爾聽著，臉色越來越沉。

丹尼爾說：「但這正是他會幹的事。我很多年前就看透了，吉瑞最大的本領就是編故事。他那些天花亂墜的故事，似乎能提供你在人世間最想要的東西，尤其當他知道你的狀況是你希望自己相信他，否則這一切就太難想像了。」

荷莉驚愕地望著他，這實在太不像丹尼爾會說的話了。

他解釋道：「我看到他對我父親的眼睛撒魔粉。我不是指我被綁架以後我父母心裡很好過，但不知怎地，每次他們談話開口閉口都是『伊安．吉瑞說……』或『伊安同意……』。家父去世後，吉瑞成了基金會的主要託管人，他說服我老爸這是唯一防止我賣掉藝術藏品的方法。但我相信，假若那套說法行不通，他一定會編出其他的謊言。」

「我聽過你指責他。你先前去找吉瑞談話時，他要我等在他家的屏風後，聽聽你有多不講理。」

丹尼爾難過地說：「是他把我們湊在一起的，不是嗎？你和我……一直都是他計畫的一部分。」

「不是的。」荷莉堅定地說。「那是我自己的決定，而且我並不後悔。問題是，我一直想知道有沒有辦法能證實吉瑞對各種事件的看法正確與否，我覺得你似乎是唯一能幫得上忙的人。」

「我？怎麼幫？」

「這全得歸結於你的綁架案上，如果鮑羅貞的像吉瑞和卡蘿．黛塔洛兩人所說的，是綁案的首腦，那麼也許你曾經看到過什麼，能證實他們的說法？」

丹尼爾搖搖頭。「你知道我對綁架的事什麼都不記得了。反正除了頭幾天，我什麼都不記得。」

「這件事本身就很奇怪，你不覺得嗎？我在網路上查過，心理創傷造成的失憶幾乎都是暫時性的。」

「相信我，我父母已經試盡一切辦法了，多年來我遍訪名醫，大部分醫師都認為跟我的……」他遲疑了一下才說：「跟我另外的問題有關。」

荷莉說：「但那是另一回事。我跟卡蘿．黛塔洛談話時，她告訴我，她以前會跟你玩數字遊戲。她說你似乎有一點奇怪，甚至脆弱，但並不算自閉。」

「我爸媽也這樣認為，他們覺得綁架引發了，或在某種程度上加劇了我原本的問題。」

她堅持說：「難道你看不出其中的含意嗎？如果你根本不是什麼高功能自閉症患者，而是創傷造成的類自閉問題……真正的自閉症是無法治療的，但理論上，類似自閉症候的問題則能夠治癒。例如，有報告描述前東歐共產國家孤兒院的孩子，小時看似有自閉行為，長大後則與常人無異。」

他糾正：「只有一部分如此，是那些很早便離開孤兒院的孩子。那些報告我也讀過，可是就算以前我的情況適用，現在也無關連了。」

「我一直在做研究，發現有種叫做 EMDR，眼動身心重建法（Eye Movement Desensitisation and Re-processing）的新技巧。似乎沒有人了解 EMDR 究竟為何或如何奏效的，但研究顯示，這種方法與催眠混用時，對創傷後失憶是最有效的治療。」荷莉頓了頓，提起以前治療過她和丹尼爾的精神病學家。「我已經跟尤瑞厄神父談過了，他相當熟悉這種技巧。」

「我很想幫忙，真的，可是我現在沒空做這件事。」丹尼爾用手耙過頭髮，荷莉第一次發現他看來有多麼疲憊。「嘉年華……出了點問題，病毒的問題，我快要找到解決辦法了，但難度很大。」

事實上，他開始明白他跟其他管理員的清理工作，規模有多麼浩大了。丹尼爾寫了一個能移除蠕蟲的軟體，但必須一個用戶挨一個用戶地逐一移除，同時間卻有更多用戶受到感染。這是病毒跟巫師們之間的賽跑；目前他們還居於劣勢。

「如果你的問題至少有個治癒的機會，你難道不願意接受治療嗎？」

「我為什麼要變得跟別人一樣？我很喜歡我現在的樣子。」

「你不會變得跟別人一樣，你依然會是丹尼爾，還是聰明絕頂，還是有些奇怪。天曉得，說不定你會變得更像你自己，本領比現在高強。」她態度堅持地說

丹尼爾沉默片刻。治療或許能釋出他的能力，而不是予以抑制，倒是他從未想過的觀點。那位麻省理工學院的教授寫得很有道理：他最棒的成果，都是他意想不到的。如果他想得到不同的結果，就得做點不一樣的事。

荷莉察覺到丹尼爾的猶豫，便接著說：「丹尼爾，你至少試一試吧，這對我的意義非常重大。我得查明我爸爸遇到了什麼事，而我現在毫無進展。」

荷莉知道，很多人認為丹尼爾．巴柏不吃懇求這一套，但她從不相信他是那樣的人。丹尼爾的情感或許異於常人，但他是有感情的。

「好吧。我會試試，反正我沒有損失。」丹尼爾終於表態了。

42

凱蒂的電話鈴聲在清晨五點半響起，凱蒂摸索著找電話，看到李方帝的名字出現在螢幕上。「怎麼了？」

「我發出逮捕令了，你去把堤聶黎伯爵帶來問話。」他說。

「罪狀是？」她伸手拿筆記。

「謀殺、圖謀顛覆國家、組織非法集團，以及陰謀操控金融市場。我們會給他安許多罪名，讓他忙於接招。」

「你不會後悔的。」她振筆疾書地說。

「事實上，我有可能會後悔，不過我確信這是該做的事。還有，凱蒂，小心挑選陪你去的憲警，在你敲他家前門之前，我不希望堤聶黎伯爵知道任何消息。」

李方帝一掛斷電話，凱蒂便撥給阿爾多·皮歐拉。他也立即接聽了，而且凱蒂發現，他語氣中的希望與期盼，跟她在接李方帝的電話時一樣。

「凱蒂嗎？怎麼了？」

「我需要組一隊零共濟會成員的人馬。」她解釋自己的問題，並把手機夾到耳朵下，以便邊說邊穿衣服。

「咱們半小時後在聖匝加利亞教堂見，我們把哈帕迪和卡山德的名單檢視一遍，跟能用的軍官做交叉比對。對了，帕尼庫奇如何？他滿不錯的，我敢發誓他不是共濟會的人。」

「好主意，我現在就打電話給他。」

「還有芭娜絲柯呢？我們可以相當確定她不是共濟會員，因為她跟你一樣，第一個條件就不符合了。」

凱蒂說：「她雖是女生，但我相信我們還沒搭上船，她就會跟她叔叔通報了。」

對方一陣沉默。「我覺得你錯了，不過這是你的案子，你說了算。」

「謝謝你。」凱蒂心想，更何況她打算火速衝到堤聶黎家，船上可沒空位給一名會暈船的軍官。

✣　✣　✣

十二人的小組從葛瑞西河的浮動碼頭隆隆駛離時，威尼斯仍浸淫在霧氣中。水霧稍後便會蒸散，但此時卻賦予威尼斯一種詭異、半透明的虛幻感，水與岩石在寒冷濁悶的灰色調中難分你我。

他們沒開警笛，一行人接近葛瑞茲島時，下令連警示燈都關了。她看了一眼手錶，六點二十分，島上的員工似乎不可能還在睡覺，不過他們若能逮到還在床上的堤聶黎，那就更理想了。

大夥綁纜繩時，凱蒂發現葛瑞茲島上沒什麼船，當憲警們魚貫走上修剪整齊的草坪，逼向宅院時，唯一有動靜的，是個像雷達天線似地，朝蒼蒼綠草轉動噴水的灑水器。

「要按電鈴？還是破門而入？」帕尼庫奇問。

「兩個同時做。」

帶頭的憲警推開門說：「沒有必要，門已經開了。」

偌大的宅子裡陰森靜謐，一幅拿破崙的肖像傲慢地俯望這群闖進寬大走廊的傢伙。

「堤聶黎伯爵？」凱蒂喊道。還是沒有人來應門。

「有沒有可能這裡沒人？」皮歐拉低聲問。

他說對了，眾人散開衝往一樓各個房間時，發現堤聶黎或任何員工都不在家。

「上尉？」

其中一名憲警呼喊凱蒂，她循聲來到餐廳，桌上擺了一份簡單的餐點：一些水果、幾片火腿和生牛肉片、裝在冰桶中未開瓶的汽泡酒。凱蒂走近時，蒼蠅從肉片上騰起環飛，發出憤怒的嗡鳴。凱蒂從冰桶中拿起酒瓶，瓶子已經幾乎不涼了，冰老早就融化了。

「食物就這樣丟著似乎很奇怪。」那名憲警畫蛇添足地說。

凱蒂再次看著餐桌，是擺給兩人用的，但兩個盤子都沒碰過。凱蒂突然有種預感，她命令道：「去搜樓上，搜查每個房間。帕尼庫奇，你跟我來。」凱蒂往外頭走，奔過花園的碎石路。

帕尼庫奇追上來問：「我們要去哪兒？」

「去魚池。」她喘道。

巨大的海水池似乎也被遺棄了，凱蒂低頭看著最近的一個，只能看出銀色浪動的鰻魚群，叢聚在水面下某個東西的底下。她沿著古老的石牆走動，以便看個仔細。凱蒂來到魚群聚集的正上方，找來一塊石頭往水裡一扔。

一大群鰻魚登時竄開，一名男子的臉朝上望著她。那是一張飽受破壞的面容，四周全是如蛇髮女妖般搖擺不已的尾巴……凱蒂看到鰻魚以利齒咬進堤聶黎的面頰，接著五、六條鰻魚又鑽向前，咬住他的嘴唇下巴，撕扯一番。

凱蒂扭身對帕尼庫奇大喊：「水閘門，去把門打開！」帕尼庫奇會過意，狂奔去執行凱蒂的命令。凱蒂四下環視，尋找更多石塊，卻都找不著。她罵聲連連地跳進水裡，池水有些冰冷，還有些油膩，說不上是因為屍體還是鰻魚的關係。有些較小的鰻魚火速竄開，但個頭較大的則較凶猛，立即占去小鰻騰出的空間，用力鑽向牠們的大餐。凱蒂一陣拍打踢踹，將魚兒趕開，一條細長的東西從堤聶黎的襯衫袖子裡溜出來；另一條從褲管鑽出，他襯衫底下胸口處一團騷動，顯示有另一條著了慌；須臾之後，鰻魚從他打開的領口游出來，優雅地像條打好的銀領帶般跑掉了。水位正在往下降，帕尼庫奇已打開水閘了。凱蒂不停地拍著水面，衝著鰻魚大飆國罵——後來她才發現自己根本不必白費力氣，因為鰻魚壓根聽不見。不久水位已低過蠕動的魚群，鰻魚滑溜著，摔進下一個池子裡。

差點成為威尼斯征服者的堤聶黎伯爵，像場惡夢似地從褪去的池水中浮現，在凱蒂腳邊露出他那張慘遭掠奪，破碎的臉。

✣ ✣ ✣

法醫哈帕迪說：「幹得很好。再遲一個小時，他們就會把他死亡的線索全給滅了，不過你可別對法醫證據抱太多期望。」

凱蒂點點頭，她現在穿的是白色的微纖維連身防護衣，不再是自己的溼衣服了。哈帕迪雖然小心，不敢妄下論斷，但堤聶黎顯然是被人殺害的：他胸口上的兩個彈孔，罪證確鑿。

第二批檢驗小組正在檢查堤聶黎從女修院教堂改裝的房子。在教堂飾旗上有凱洛奇神父先前所指認的符號，其他地方則有共濟會成員的隨身用具。這裡很可能就是卡山德遇害的地點：搜索小組的紫外線燈在石板地上照出淡淡的血痕。

凱蒂覺得，不管是誰殺害堤聶黎，凶手反正鐵了心，絕不留下證據。

「我們得借一步說話，上尉。」

凱蒂抬起頭，阿爾多．皮歐拉就站在十公尺外，他背後，是情報局葛孟多上校短小精悍的身影。

✣　✣　✣

「我猜你也是來命令我們停止這項調查的吧。」他們走回宅邸時，凱蒂恨恨地說。

葛孟多回道：「恰恰相反，我有一些證據，相信對你們很有用。」

「什麼樣的證據？」

「一個竊聽器。」他說著，拿出一部迷你錄音機和一對耳塞式耳機。「你用這個聽會比較清楚，因為音質不是很好。」

她把耳機塞進耳裡，按下「播放」。先是有些干擾，接著她聲到堤聶黎的聲音，「有話快說！」

接下來的說話聲，詭異地有如機器。「晚——安——堤聶黎——伯爵，我們——需要——會面。」

「你是誰？」

「一名——利害——關係人，我——知道——你的——計畫。」

「我沒興趣跟你討論我的任何計畫。」堤聶黎一口回絕說。

「那麼——計畫——就不會——成功。」

堤聶黎聲音中的戒心更重了。「你若有話想對我說，就直說。」

「這個——電話——被義大利——情報單位——竊聽了，我——一小時後——去見你。」

「一個人嗎？」

堤聶黎明明在問這位來電者是否獨自前來，但對方偏不那樣回答。「是的，只有——你。把你的——手下——支開。」對方咔一聲掛掉電話了。

凱蒂摘下耳機。「這是幾點鐘的事？」

「昨天晚上九點。」

「你什麼事都沒做嗎？」

他指指搜查小組。「當時我正在忙另一項行動，直到今早才警覺到。看來你搶在我前頭了。」

凱蒂瞇起眼睛，接著葛孟多一嘆。「上尉，我知道你一直懷疑情報局涉入堤聶黎伯爵的計畫，我在此跟你保證，絕無此事，我還答應你全力配合，聯手調查。」

「你為什麼會以為我有那種疑慮？」

葛孟多淡淡地說：「馬賽羅檢察官授權我們竊聽你跟堤聶黎伯爵的電話。還加上李方帝先生的。是這樣的，我們一開始對你也很懷疑，就像你懷疑我們一樣，因為卡山德跟我們說過一些話，我們不能冒任何險。」

「他究竟告訴你們什麼了？」她暫先不去想竊聽她和李方帝電話的人會聽到兩人最私密的事。

「你大概知道亞利桑多．卡山德是個厚顏無恥的機會主義者了。他看清堤聶黎伯爵為什麼認為銀行那些毫無價值的信用違約交換將來會變值錢後，便決定加入伯爵的組織，試圖從中撈取更多的利益。而當他自己污錢的事被銀行董事發現後，便跑來找我們，表示願意背叛堤聶黎和他的共謀者，換取自己一條生路。他的合作當然不是出於愛國，而是想換取免於被起訴的條件。」

「你同意了嗎？」

葛孟多搖搖頭。「我們跟他說，他得更接近那些陰謀者，才有資格跟我們談條件。堤聶黎似乎還是選擇不信任這種自私自利的傢伙。」

「所以堤聶黎的威尼托獨立計畫現在會如何？」

「拜你之賜，我們從卡山德的電腦取得名單了——幾乎可以肯定就是他的地下共濟會兄弟。我們會把他們全抓起來，確保他們了解這項計畫不再進行下去。」他猶豫了一下。「不幸的是，堤聶黎的計畫中，有些環節很難滅除。」

葛孟多陰沉的語氣，令凱蒂忍不住皺眉。「為什麼？」

「獨立政變——如果我們可以這樣稱它的話——雖然不會發生了，但引發政變的事件……卻是另一回事。」

「什麼事件？」

葛孟多平靜說道：「堤聶黎在籌畫一場暴行，對威尼斯展開恐怖攻擊。他打算在事前予以阻攔，並以它為藉口，宣稱羅馬再也無力保護威尼斯了。這個信號一出，便集結地方人士，宣布進入緊急狀態，緊接著舉行地方的獨立公投。」

「你們能阻止嗎？」

「我們以為可以——昨晚我就是在忙這件事。我們掌握了一個名字：一個激進的穆斯林，目前在西西里讀書。卡山德一直按照堤聶黎的指示匯錢給他，可是我們派特攻隊去逮捕他時，卻遲了幾個小時。看來有人給他通風報信，讓他溜掉了。」

「他會逃去哪裡？」

「不知道。他有可能偷偷離開義大利，那樣的話，也許便不再構成危險。不過在我們確知之前，還是把威脅維持在紅色警戒。」

「有任何線索嗎？」

「只有一條線索。此人在離開前不久，教他的大學老師被殺了。當地警察覺得是仇殺，但少數能協助我們指認恐怖份子的人，此時竟然死了，也實在太巧了吧。」

43

丹尼爾搭計程車到克莉絲蒂娜修院，尤瑞厄神父就在威尼托鄉下的這間私人醫院工作。此區盛產氣泡酒用的葡萄，每吋土地都覆著一排排整齊的葡萄樹。

醫院原本是修道院，十分隱密，若非路邊那塊不起眼的牌子，很輕易便會錯過醫院高長的鐵門。長長的車道兩邊，穿棕色修士道袍的男子與藍色修女服的女子，照管著醫院自種的葡萄園，或匆匆穿梭於占地甚廣的建物之間。不過眼力好一點的人，會發現匆促而行的都是女生，許多男生則一副吃了藥的倦怠模樣，因為前者是護士，後者是患者。尤瑞厄神父的精神病治療對象，主要是一小批聲名狼籍，犯下性虐待的神父。他相信其中有些人可以治癒；更重要的是，他相信他們所有人都能獲得救贖。他的醫院設在如此偏遠的地方，不僅只是為了避開爭議，對尤瑞厄而言，沉思、告解與祈禱，跟精神治療和冥想一樣有益處。

尤瑞厄神父還治療少數幾名有其他問題的患者，例如，他輔助丹尼爾改善同理心的能力。

丹尼爾被帶到他的診間時，神父說：「很高興你來見我。我們有好一陣子沒見了。」

丹尼爾聳聳肩。「我覺得沒必要繼續我們之前的治療。」

「因為治療方式沒效嗎？或者是因為治療有效？」精神病學家問。

丹尼爾冷冷地說：「因為我發現你對有效的定義也許與我的不同。我想改變自己或許太遲了，但如果能記起綁架期間發生的事，而釐清一些沒有答案的問題，那就不一樣了。」

尤瑞厄神父請丹尼爾躺下，然後在他耳朵擺上一副輕巧的耳機，並在手裡各塞了一個小小的蛋型脈衝器。

「左耳若聽到咔喳聲，或左手感覺到脈衝時，我要你向左看。」他指示道：「當聲音和脈衝來自右邊，則看右邊。一開始我會引導你的眼神移動，之後你就自己做了。如果過程中覺得太痛或難過，我會停下來，帶你到心靈的安全角落，一個沒有人能傷害你的地方。明白了嗎？」

「明白了。」

「很好。現在專心看著我的筆端。」尤瑞厄神父拿起一支自動原子筆，按了筆端兩下。「我要你輪流地繃緊再放鬆身體每個部位，先從腳趾開始。繃緊……然後放鬆。就是這樣。」

等全身都放鬆後，丹尼爾覺得腦筋清明，但身體昏沉，他全副精神都鎖在尤瑞厄神父的筆端上。

尤瑞厄用低沉平靜的聲音說：「現在我要把筆移到右邊了，然後移到左邊……很好，現在我要你回想被綁時的一段感官記憶。那時的你，七歲，被他們關在房間裡……有可能是一個影像、聲音或任何東西。」

丹尼爾聽到自己說：「我記得牆磚之間的線條。記得磚塊的排列模式，我會去數每塊磚之間的直線。」

「有多少直線？」尤瑞厄神父繼續左右挪動著筆。丹尼爾感覺手掌裡小小的脈衝節奏，和從一個耳朵傳到另一個耳朵的咔噠聲，像節拍器一樣地穩健。

「四百一十七條。」

「很好，你在房間裡可以聽到什麼？」

「山羊的聲音，外頭有山羊，有時我也會聞到牠們的氣味。我們是在某處偏荒的鄉下。」

「誰把你關在這裡？」

「我知道有三個人的名字，克羅迪歐、鮑羅和瑪莉亞。克羅迪歐應該是負責人，不過另外兩人會跟他討論所有事情後，才由他做決定。」

「你在這裡待多久了？」

「一個星期。他們把我帶到這裡時曾說不會待那麼久，我爸媽只要把錢寄來，他們就會放我走。瑪莉亞說不用再等太久了，她那樣說都好幾天了。」

尤瑞厄神父垂下筆，但丹尼爾的眼睛依舊左右地轉。

「綁匪中你最喜歡哪一個？你信任誰？」

「克羅迪歐似乎還不錯，鮑羅我就不確定了，瑪莉亞人不錯，有時她會過來陪我一起坐。」

「你們都談些什麼？」

「談他們的信念，為何而戰，他們反對像我父親那種有錢人，他們希望有個人人平等的社會，一個沒有人因家庭背景而凌駕別人的社會。」

「我要把帶往你一個星期後。丹尼爾，現在是什麼狀況？」
「他們在吵架。」
「吵什麼？」
「我爸媽為什麼還不付錢。克羅迪歐很憤怒，他對我吼：『你是什麼爛屁孩？他們為什麼不要你回去？』丹尼爾嚥著口水，『他……他……他……他……』」
「沒關係，丹尼爾，我知道你不喜歡被人吼，克羅迪歐還說了什麼？」
「他說他們要殺掉我。」丹尼爾大聲喊道。他嚇了一跳，手中脈衝器一掉，他拱著背，抬起手，慌亂地扯掉耳機。
「你現在安全了。」尤瑞厄神父說，確保自己的聲音未回應丹尼爾的驚惶。「一個平靜安寧，他們沒有辦法傷害到你的地方。」
他又花了五分鐘時間去安撫丹尼爾，然後才讓他從恍惚中清醒過來。
「沒有效。」丹尼爾疲累地坐起來說。
尤瑞厄神父表示：「正好相反。就第一次來說，效果絕佳，只是你抱持不合理的期待罷了。」

44

凱蒂走下義大利航空的班機，來到巴勒摩，迎向西西里特有的氣息。上次她到西西里是幾年前的事了，當時正值春季，空中彌漫著濃郁的橘子與杏仁花香。今天，太陽如此毒辣，跑道似乎都冒著白煙，熱氣飄騰，遠山彷彿搖晃了起來；但這裡的香氣依舊濃烈，一股混著茉莉花、柑橘、飛機廢氣的強烈氣味，及長角豆樹的非洲辛香。

一位本地國警主管在航廈裡等她。「嗨，我是圖里．魯索。」他簡潔地行舉手禮說。

兩人坐進他車中，朝城裡開去時，魯索才詢問凱蒂到訪的原因。

「老實說，我不知道憲警為什麼會對這件案子感興趣。」一名摩托車騎士毫無預警地插到他們前面，魯索生氣地比劃著按喇叭，但沒打算叫對方停車。「更別說是情報局了，這是件仇殺案，就這麼簡單，我們一天就結案了。」

「結案？你的意思是說，你們逮到人了？」

「沒有。」魯索坦承道：「我的意思是，我們已結束調查，公文也弄好了。那些線索再清楚不過了，受害者是位穆斯林，我們發現他時，他氣管下方的頸動脈被人切斷了，通往心臟的頸靜脈也斷了，兩側都斷了。」他瞄著凱蒂，看她是否聽明白了。

「所以呢？」

他直白地說：「那是清真屠夫宰殺牲口的方式。因此是仇殺，這沒什麼好訝異的，巴勒摩現在的種族歧視一觸即發，官方公布的失業率是百分之二十五，但真正的數字還要更高。我們同時還有阿拉伯人、阿爾巴尼亞人、吉普賽人……等族群相處不睦的問題，那還沒把『茄子』納進來哩。」

「什麼？」

他放聲大笑。「你們義北的人不那樣說嗎？茄子。我們稱非洲人『茄子』。塞內加爾、加彭、象牙海岸、剛果、索馬利亞、賴比瑞亞……咱們這邊沒必要看報紙，我們光看從船上下來的非法移民是啥顏色，就知道哪裡在內戰了。我們應該阻止難民進來，可是在政客們開始正視這件事前，我們能怎麼辦？」

魯索的歧視性言語令凱蒂很反感，但他的意見與凱蒂有時在聖匝加利亞教堂附近憲警常去的酒吧裡聽到的言論並無太大差異。「有任何東西被竊嗎？」

「看不出來。」

「電腦呢？」

魯索睨眼看她。「那是情報局的事吧？」

凱蒂坦白說：「我們在另一樁調查過程裡查到死者的名字。你很清楚是怎麼回事，每條線索都得查證。」

事實上，扎巴・克里米老師遇害，是情報局手中唯一的線索，他們在他死前不久，發現他一直在網路上搜查弗雷瑞斯隧道慘案與聖戰士關聯的資訊，他在查不出什麼結果後，又添上一個名字海菲茲・波塞，以及「竊取身分」幾個字。

他們很快發現，海菲茲・波塞是被竊護照上的名字。葛孟多告訴凱蒂，調查弗雷瑞斯慘案的探員也開始覺得有可能是網路攻擊了。

不過除非必要，這些事凱蒂都不會跟魯索分享。因為義大利國警辦案素來常辦錯方向，葛孟多決定此事越少人知道越好。

凱蒂告訴魯索：「我需要所有檔案與犯罪現場照片。還有，我想親自檢查犯罪現場。」

「沒問題，檔案在後車廂裡，我們直接過去。」

魯索雖這麼講，但凱蒂懷疑他會稍微繞點路，帶她經過巴勒摩市中心。「這樣你就能看到這邊的真實狀況了。」他說得對，凱蒂確實嚇一跳。威尼斯跟大部分的義大利城市一樣，市中心便是城市的文化核心帶，是夜生活及時髦商店的重鎮。巴勒摩的市心卻是一大片破敗的聚居區，一處半廢棄的非洲露天廣場，震天價響的非洲音樂與一排排臨時搭湊的攤販，取代了任何義大利的風貌。

魯索沿著街道慢慢開車。「我不能在這裡停車。通常我們到這裡都是三部車一起來。」他指指一條小巷。「這邊大概只有幾百個非法移民一直住在這裡，其他人一拿到居留證就搬走了。」

凱蒂斜瞄他一眼。「他們是怎麼拿到居留證的？」

魯索聳聳肩。「他們全都想去富庶的北部。這麼說吧，我們並不鼓勵他們留在此地，如果因此必須對官員賣居留證的現象睜隻眼閉隻眼，那也就算了。」

「他們會對你們造成很大困擾嗎？」

魯索聞言大笑。「不至於吧……非洲人對這個地區的形容是很 tranquillo（安靜）。明白為什麼嗎？」

「不明白。」凱蒂覺得這裡一點也不安靜。

「因為沒有人會來打擾他們，沒有人會跟他們要文件，電力公司的人也不會來仔細查看他們的電力從哪兒來，當他們偷觀光客的皮包或手機時，也不會有人追。所以這裡凌晨三點雖有點嘈雜，但所有他們在乎的事，都很平靜，不聲張。」他按按喇叭，趕走一票擋路的年輕男子，他們懶懶散開，對他瞪眼。「我們這裡有句話，Fatti i cazzi tuoi. 你懂嗎？」

她說：「我懂，管好你自己的老二。」

「就算他們其中有人被殺了，也別期望有人會挺身跟警察告密，他們全都在忙著照顧自己的老二。」

✣ ✣ ✣

他載凱蒂穿過市鎮，來到一處被他稱為「ZEN」[29]的地方。凱蒂以為他是在諷刺，直到她看見指往Zona Espansione Nord（北方新市鎮）的標示，才知道並沒有。這裡比市中心擁擠，但卻更荒涼。高聳的公寓群覆滿了塗鴉，四周全是垃圾場和一堆堆發出惡臭的廢料。

「信不信由你，如果你是移民，這裡算相對不錯的地區了。」魯索下車後說著，開始鑽過垃圾。「公平點說，垃圾示威不是他們的錯，是議會的錯。原來政府雇來監督垃圾工人的官員，竟然比實際收取垃圾的員工還要多。有人想設法改善，員工便全迅速罷工了，所以啦，要嘛有雙乾淨的手，或嘛有乾淨的街道，不能魚與熊掌皆得。」

他們在其中一棟高樓的第五層——魯索連電梯是否運作正常都懶得看了——直接找到一扇拉上警方封鎖線的門。「反正門還在。」他開心地掏出鑰匙。

進屋後，凱蒂訝異地發現這是間宜人的公寓，雖然有些破舊——但光是那片北望的海景，便能補足其他不足了。走廊上有一疊防護衣與手套，以及一本警察日誌。凱蒂套上連身衣，魯索則為兩人簽到。凱蒂發現魯索自己並未穿防護衣。

他指著陽台說：「屍體就是那裡找到的。我們跟樓下的人談，他們說血水從外牆流進他們家廚房裡，

29與禪字的英文同音。

不過他們還是表示沒看見或聽見任何動靜。」

凱蒂翻看檔案裡的照片，就像魯索形容的一樣，不過從血跡的情況判讀，屍體被移到陽台時，受害者似乎還在淌血。

她走過去站在屍體躺放的地方，望向大海，她現在站在陰影裡，所以克里米死時，面朝著東南方。

凱蒂掏出手機，點出谷歌地圖。

「他死時面朝麥加。凶手把他的位置擺成那樣，而且不是大概而已，方向非常精準。你還認為是仇殺嗎？」她拿給魯索看。

他聳聳肩。「好吧，也許可能另一個穆斯林幹的，跟他有過節的虔誠教徒，但這不會有什麼不同，凶手戴了手套，清除任何能陷他於罪的證據，這狡猾的混蛋甚至還上網查詢。」

「什麼意思？」凱蒂不解地問。

「我們的現場調查人員抵達時，發現受害者平板電腦上的網頁是如何清理犯罪現場。」

「他沒有戴手套。」凱蒂緩緩地說。

「怎麼說？」

她再次拿出自己的手機。「你看。我剛才用手機搜尋麥加的方位時，得先脫掉手套——否則觸控面板無法運作。他在使用平板電腦時，一定得把手套脫掉，他很可能是事後才擦拭乾淨的，即便如此，還是可能有一部分或模糊掉的指印。」

魯索勉強答道：「很好。我會教專家再把平板電腦撲一次粉。」

凱蒂搖搖頭。「我回威尼斯時，會把電腦一起帶走，越少人碰它越好。現在我想我最好走一趟巴勒摩技術學院。」

✣ ✣ ✣

技術學院不過是破敗的市政大樓裡的六、七間房間，學生們大多不是義大利人：有中國人、中東人及少數的非洲人。

凱蒂跟扎巴．克里米的一名學生談話，學生確認了她對死者的印象：老師是位溫和虔誠的人，很擅長自己的工作，甚至在課程結束後，會透過他在ＩＴ人才顧問公司工作的哥哥，幫學生安排工作。

一名技術人員在克里米的教室裡修電腦，凱蒂問他在做什麼，他告訴凱蒂，有個學生下載了一份叫Boot and Nuke的免費軟體，結果把他們連接網路的每部電腦硬碟全刪光了。

凱蒂可以感覺線索就快消失了，兇手溜進這裡，然後再度開溜，不留下半條線索。那太不尋常了。大部分人都會留下一些行跡，但這傢伙若不是非常幸運，就是極度聰明。

她轉頭對魯索說：「這邊最近有沒有任何奇怪的活動，任何可能與電腦駭客有關的事？」

「沒有。」他立即回道，但接著：「呃……」

「怎麼了？」

「也許沒什麼，不過……上個星期，巴勒摩有個生意人差點撞毀他的寶馬。他說車子裡的電腦功能突然失靈，在時速六十公里時，突然把引擎關掉，還鎖死方向盤，簡直太瘋狂了。」

凱蒂的興趣來了。「車子是不是連接網路了？」

「你怎麼會知道？那是一部新型車款，有內建移動寬頻將資料上傳網路，總之，警方吃案說他胡扯，免得被起訴粗心駕駛，還得把案子呈給檢察官。我是因為最近有人在飲食部裡把這案子當笑話講，才聽說的。」

就像弗雷瑞斯公路隧道，凱蒂心想。他在做小規模測試，把技術練精。「如果有類似的事情發生，請告訴我好嗎？還有，我最好與死者那位在人力公司做事的哥哥談一談。」

45

「莉維亞？莉維亞．柏卡多嗎？」

十幾歲的孩子們紛紛從教室走出來，老師抬起頭。「什麼事？」接著她愣了一會兒，才意會過來。「我靠！荷莉．博蘭？不會吧！」

「真的是我呀，」荷莉告訴她，看到自己兒時的朋友已成為人師，而且竟然在學生面前口吐粗話，令她心中大樂。「你有十分鐘時間嗎？咱們去喝杯咖啡。」

莉維亞看了一下手錶。「我待會兒得去指導會話課，而且這裡的咖啡難喝死了，不過我們可以坐到外頭。」

「孩子們為何在學校？」荷莉問。

「噢，這是暑期學校，地方議會幾乎要破產了，所以放假期間便租了學校大樓。大部分老師都很樂意賺點外快，何況，這些外國小孩通常都滿乖的，不像本地小孩有吸毒問題。」

「比薩有毒品問題？」

「義大利每個地方都有毒品問題，告訴我，你在這裡幹啥？我最後一次聽說時，你還在美國上大學哩。」

「我現在住維琴察，」荷莉解釋自己跟隨父親的腳步從軍。「事實上，我就是想談談我們倆的父親。我正在調查……所有壞事發生的那段期間。」

「為什麼？」莉維亞老實地問，一邊帶荷莉來到一座小操場邊，然後拿出一包香菸。

荷莉用最隱晦的方式解釋，她覺得兩人的父親可能因與共濟會有關，才會遇險。「我知道你爸爸死於車禍，可是我在想，那件事可有任何疑點？」

莉維亞苦澀地哈哈笑了起來。「是可以那麼說。」

「哪方面有疑點？」

「我媽跟所有人說是出車禍，因為她希望我們幾個孩子那樣以為。可是媽媽去世前對我坦認實際的情況。爸爸的遺體是在蒂勒尼亞（Tirrenia）海灘上被發現的，死的時候喉頭被割開了。」

荷莉瞪著她，這跟凱蒂那位受害者被發現時的情形太類似了，不可能是巧合。

「她不想讓我們知道真相，但我認為，媽媽覺得應該保持緘默，所以便假裝只是出了車禍。」

「但你父親確實是共濟會員？」

莉維亞點點頭。「我在清理爸媽的遺物時，找到一些他們佩戴的那種怪徽章。」

「所以你還是住在以前的公寓嗎？」

莉維亞吐了口煙。「是的，87A，怎麼了嗎？」

「我覺得我爸爸應該有保存某些紀錄或筆記，某些他和你父親發現的事證。我們可以去看看你的公寓嗎？說不定真的在那裡，而你從沒看到？」

莉維亞聳聳肩。「你若想去就去。一個小時後過來，咱們順便一起吃午飯。」

✣　✣　✣

若不是因為別的原因而來，在莉維亞的公寓共享午餐應該是充滿樂趣的。荷莉都快忘記比薩人即性雜燴的本領有多麼高強了，把昨天的麵包撕成大塊，撒點水，加上兩顆切成粗塊的番茄，撒點鹽巴和從未加標示的瓶子裡倒出來的油，然後配上羅勒葉，就變成 panzanella 沙拉了。莉維亞還從冰箱裡挖出一本薄薄的防油紙，裡頭是十二片帕爾瑪火腿，當然也少不了紅酒 Sangiovese，而且又是個沒有標示的瓶子。莉維亞說，紅酒跟橄欖油都是在街上菸草店打的。「我不問這些東西從哪兒來，這是國家機密，不過品質向來很讚。」

兩人邊吃邊暢談過往。荷莉大部分的同學都還住在比薩或比薩附近。「艾西雅・埃巴杜現在是同性戀了，她跟一名女健身教練同居。堤席亞諾和愛莉德結婚了，還有湯瑪士・麥齊和蘇菲亞・湯堤諾在一起五年，然後他就跟一名澳洲離婚婦人跑啦。」荷莉不止一次地想過，自己若留在這裡，沒有加入美國陸軍，她的人生會是什麼模樣。她曾以為回義大利就是回了家，但事實上，對比薩人而言，任何在托斯卡尼以外的地方，都是異國。

莉維亞終於問道：「所以我們到底要找什麼？鞋盒？檔案？一箱的文件？」

荷莉老實說：「不知道，我猜可能是某種檔案夾或筆記本吧，但什麼都有可能。」

「好吧。我們可以試試幾個地方。」莉維亞不甚確定地說。

公寓很小，二十分鐘後，她們就全翻遍了。

「以前掛在這裡的那張照片跑哪兒去了？」荷莉指著一處凹壁問。

「我們家被闖空門了，他們沒偷多少東西，但所有東西全給砸碎了。」

「什麼時候的事？」

莉維亞回想說：「應該是爸爸死後不久的事，我會記得，是因為他們拿走一些老爸的東西。老媽當時氣壞了。」

「什麼樣的東西？」

「媽媽好像說是他書桌裡的私人物品，我記不清了。」她聲音一停。「你覺得這事可能有關連？」

「不知道。但確實很巧，不是嗎？他被殺了，接著公寓被人闖空門？」

「那樣的話，我們是不是該假設他們找到他們要找的東西了？」

「他們並沒有再回來，所以不是找到了，就是東西根本不在，令他們很放心，我看我們永遠也不會知道了。」

46

伊安．吉瑞悄悄溜進卡納雷吉歐區陰暗的聖阿波斯托里（Santi Apostoli）教堂裡，然後左顧右盼一番。他要見的人尚未抵達；但吉瑞沒期望看到，因為他總會在跟消息人士見面時，提早三十分鐘到。

吉瑞等候時，塞了些硬幣到旁邊小教堂控制燈光的計費表裡，接著提埃坡羅（Tiepolo）的《聖露西的最後聖餐》（The Last Communion of St Lucy）便從黑暗中躍然而出了。吉瑞還在細看名畫時，教堂大門微微一開，一個清瘦微駝的人影在明亮的日光中形成一幅剪影。吉瑞瞄著自己的錶，另一個人也早到了。

他在祭壇的欄杆旁等著，後者跟他點頭打招呼，然後兩人很有默契地一起轉頭看著畫作。

吉瑞終於開口說：「我想你應該知道聖露西的故事吧？她本是富有的年輕貴族，曾發誓獨身守貧，可惜她被許配給一名貪財的男子，逼她下海為娼，當她仍苦苦反抗時，男子便將她的眼睛挖出。你可以看到她的眼睛就擺在前景的那個盤子裡。」

另一人只是低聲咕噥。

「博蘭少尉在尋找她父親的紀錄。」吉瑞又說。

「那樣好嗎？」

「我認為，最好先讓她看看能找到什麼，如果有所斬獲，她會帶來給我看的，到時我們再考慮怎麼處理。」他頓了一下。「將軍，重點是，這段期間內，她絕對不能出事。最糟的結果，就是讓她出意外，留下追到一半的線索，讓一名勤奮的檢察官繼續去追查。就我所知，她在薩丁尼亞時就差點出意外了，我們絕不可再重蹈覆轍。」他語氣雖輕，語氣卻充滿憤怒。

另一人聳聳肩。「她太好管閒事了，沒出事算她運氣。」

「不許有意外。」吉瑞堅持說。

另一名男子無奈表示：「好吧。就等她找到檔案，或確認檔案並不存在，但不能再拖了。說到檢察官，我想你應該聽說法拉維歐・李方帝現在正在調查另一件事的消息了……他們應該不會查到什麼，對吧？」

「線索向來都會有，但我懷疑他能做出任何結論，我們已經處理了。」

「那我們就沒什麼好怕了。」被吉瑞稱為「將軍」的男子不耐煩地轉過身。那是個尊稱，因為他已退休多年了。以前他是劍黨網絡中最具權勢的人士之一。

「要害怕還會缺事情嗎，將軍？」吉瑞在他背後輕喊，聲音在空中迴盪。「義大利法庭一年比一年嚴苛而難以左右，那些沒有外國護照或政治庇護的人，最好記住這一點。」

將軍停下步子，轉身走回吉瑞所站的地方。「你是在威脅我嗎？」

「別動博蘭家的女孩，相信我，我們有十足的理由，此時不宜招惹不必要的注意。」

「也許她比你想像的更不可靠、更不好用。」

吉瑞扭頭看著聖露西的畫作。「你記得故事最後一段嗎？她的眼睛被挖出來後，他們想把她硬扛進妓院，但她竟然變更強，十個男人都動不了她。」吉瑞頓一下。「千萬別小看女人的堅毅，將軍。」

47

扎巴・克里米的哥哥阿斯蘭在陶爾米納（Taormina）有間辦公室，就在海岸線往下的地方。凱蒂只聽過此地是一處風景絕佳的觀光勝地，吸引世界各國的人士前來。魯索拒絕陪她過來，但至少借給她一部車子。凱蒂從巴勒摩上高速公路，然後下來走蜿蜒的小路到一片海拔數百公尺的崎嶇高地上。高地兩邊是宜人的柑橘和檸檬林，其間分布著歷史久遠、樹幹多節、修剪整齊的橄欖樹。幾乎每個路邊的停車帶都有個農夫坐在陰涼處，販賣擺在破舊三輪貨車後的哈蜜瓜和西瓜。雖然暑氣炎炎，遠處埃特納火山（Mount Etna）巨大的錐頂仍覆著皚皚白雪。

她一直聯絡不到死者的哥哥。他的手機關了，辦公室也沒回電。凱蒂找到位於賈迪尼．奈克索斯（Giardini Naxos）郊區的住址後，很快就明白原因了。他的公司只是間貨櫃屋，屋子上了鎖，窗戶加了鐵條；凱蒂從窗口望去，看到兩張擺了電腦的書桌，一部裝在牆上的冷氣機，以及一大幅世界地圖。

「你終於來了。」

凱蒂轉身，看到一名三十多歲的黑膚男子朝自己走來。「克里米先生嗎？」她問。

男子停下來皺眉說：「他是死掉的那位。」

凱蒂表示：「我知道。很遺憾你失去他，我剛從令弟在巴勒摩的公寓過來，我與當地的國警合作……」

男子說：「等一下，你是說，扎巴．克里米也死了？」

凱蒂表示：「是的。誰也死了？扎巴是你弟弟對嗎？」

男子搖搖頭。「我不是阿斯蘭．克里米，我是他的生意合夥人。阿斯蘭兩天前車禍去世了，我是剛剛聽你說了，才知道他弟弟也死了。」

✣ ✣ ✣

「他們是做ＩＴ人力資源的。」當天晚上凱蒂在電話上對李方帝說。「尤其是讓合格的人員上船工作——賈迪尼．奈克索斯是大型郵輪去陶爾米納的停靠點，他們徵人時甚至多半無須面談，他們會看一個人的條件，檢查他們的推薦信，然後便把履歷表傳給船公司了。」

「知道我們的嫌犯現在用什麼名字旅行嗎？」

「不知道。阿斯蘭．克里米處理所有他弟弟傳來的推薦者，你猜怎麼著？阿斯蘭的電腦也被清空了，他的事業夥伴正在聯絡所有客戶，看他最後幾天是否有派遣任何人出去，可是得花點時間等待回覆。」

「所以……？」

「所以看來葛孟多上校說對了，咱們的嫌犯應該已經離開義大利了。」

「你現在打算怎麼辦？」

「回威尼斯，這邊的國警可以繼續追查剩下的線索。況且，我想你了。」

他輕聲笑道：「我還在猜你會不會那樣說呢。」

「是真的。」她抗議說，凱蒂知道她不太敢對自己跟李方帝承認，她有多麼需要他在身邊。她會努力完成工作，可是在西西里的這段時間，她的心卻隱隱作痛。「你呢？」

「我不像你，我會很大方地承認自己戀愛了。」他感到好笑地說，但隨即回到正題。「你知道嗎？我開始覺得，你那位朋友的瘋狂想法，也許不是空穴來風。」

凱蒂過了一會兒才明白他指的是荷莉。「哦？」

「堤聶黎的死，不只是一個持槍歹徒幹的，凱蒂，那是一場襲擊。他們找到兩艘充氣艇留下的痕跡，靴子踩在泥地裡的足印，步態一模一樣，他們還用爆炸裝置破壞屋子的監視系統。其中一架監視器在爆炸前錄下部分影像，有四名戴黑色絨帽的男子朝屋子奔去。」

「換言之，像軍事行動？」

「看起來的確很像。」

「會是誰？」

「還看不出線索，這段期間，我們逮捕了卡山德名單上所有的人，你猜怎麼著？沒有人承認參與堤聶黎的社團，但我們在其中一些人身上，找到印有『奧丁的十字架』符號的名片。不過跟卡山德及堤聶黎的遭遇比起來，檢察官的強硬問話實在是小菜一盤。我還是認為你的朋友說得對，不認為那真的是一場為期五十年的大規模陰謀，不過看來，確實有不少人以為他們可以集結起來，拒絕跟我們談話。」

「你要小心。」凱蒂擔心地說。

「我一向很小心，不過你要知道，凱蒂，我們只剩下法律了。在面對貪污、組織犯罪、外國勢力的干預、貪婪的政客、只在乎維護自己退撫金的官僚，以及比上述所有人加起來更爛的政府……法律或許並不完美，卻是我們全部僅有。」

「如果像我們這樣的人能奮力維護法律的正當性的話。」

他同意。「是的。我不會改變離開威尼斯的決心，凱蒂，這將是我最後一件案子，但我不會退縮，等辦完案子之後……我們去阿姆斯特丹，我保證。」

「阿姆斯特丹。」凱蒂低聲說，這聽起來越來越像個避邪物、一個能提供和平與保護的神話了。或者，那是一個在危難中產生的安全詞語。

48

回到威尼斯的荷莉為自己斟了杯酒，思量各種選擇。茶几上是一張在她信箱裡找到的紙條。

我幫你爭取到一些時間了，但我不知道有多長。

是吉瑞。可是要這段時間做什麼？她手上的線索根本不清不楚。

荷莉突然想到，她忘了跟最該談這一切的人談了，她看看時間，佛羅里達的夜晚時間還早。

「嗨，老媽。」荷莉的母親接電話後，母女倆聊了幾分鐘，荷莉才談到她打電話的原因。

「你知道我在爸爸的舊提箱裡找到的那份文件嗎？我不確定有沒有跟你講過這事，但我想，那份文件跟柏卡多先生的死有關。爸爸有沒有提過跟他一起工作？跟柏卡多先生一起從事調查或計畫什麼的？」

她母親沉重地說：「噢，荷莉。你沒扯上那些事吧？」

她的耳尖一豎。「哪些事？」

「你爸爸說，柏卡多先生遇到很糟糕的事，也許不是像他們講的那樣出車禍。我並不知道細節，可是你爸爸在那之後就把所有時間花在工作上了。他說他想查明是怎麼發生的，說要『仔細檢查帶子』。」

「帶子？什麼帶子？」

「我不知道。他在家裡不談工作。他們單位的人也都不談，即使聚在一起，只講縮寫和代碼，例如Autodin和OL9。還有某種老是壞掉，叫tropo的東西。」

「爸就是那時開始酗酒的嗎？」

「好像是，他沒辦法睡覺，喝酒是唯一能幫他放鬆的辦法。」

「他可曾帶過什麼東西回家？任何筆記本或錄音？」

「據我所知沒有。」

「會不會有那一類的東西，跟他過去軍隊的物品放在一起？」

「皮箱嗎？我把所有剩下的東西都拿給資源回收服務了。他們兩星期前來過，敲門說他們有特別價，當我告訴他們，你爸是退役軍人後，他們把價錢降得更低了。你說你已經把重要東西都拿走了，所以……」

「別擔心，媽。」反正荷莉不認為她父親會在家裡留存第二份文件，更別說是一盒帶子或其他紀錄了。

「不過請告訴我：爸爸中風前幾天，有沒有什麼異狀？任何不尋常的事？」

「呃，我不太想得起來，時間太久遠了。不過我倒記得他不再那麼常去上班了，他說……」她母親若有所思，彷彿剛想起這件事。「他說他得做決定。」

「決定什麼？」

「我不知道。無論是什麼，反正有包含威士忌。他中風後，我就全忘了。」

「你覺得他會不會是發現誰殺害柏卡多先生了？」

她母親不確定地說：「也許吧。但我不認為那會是天大的難事，對吧？他可以報警就好了，不必灌酒。」

荷莉說：「是啊。他一定會報警的，他就是那種人。」

只有一種罪行才會令她父親如此揪結，荷莉心想：一種由他的同胞所犯下的罪行。

母親似乎看穿荷莉的心思。「答應我，荷莉……」

「什麼，媽？」

「如果他做了什麼——什麼不忠不義的事——答應我，你不會犯下同樣的錯。」

荷莉說：「我不確定爸爸犯過錯，我認為，也許他是唯一發現真相的人，所以他們才會如此忌憚他。」

49

尤瑞厄神父指示說：「跟以前一樣，丹尼爾。當左耳聽到咔嗒聲，左手感覺脈衝時，就往左看。當聲音和脈衝來自右邊，就往右看。準備好了嗎？」

「好了。」丹尼爾說，聲音似乎傳自遠方。

尤瑞厄神父以筆尖引導丹尼爾的眼神片刻，他覺得很困惑，沒想到丹尼爾如此容易受到催眠。所有的文獻都指出，亞斯柏格症患者——意即高功能自閉患者——幾乎對催眠免疫，也許是因為他們的心智強於解析吧。丹尼爾未能輕易被歸類到亞斯柏格的患者族群裡，令神父不禁懷疑，對於丹尼爾的病情推測，也許要錯綜複雜許多。

「你現在在哪裡？」他低聲問。

「在一個房間裡，同一個房間，我一向會去的那個房間。」丹尼爾的語氣透著孩子的橫蠻。

「發生什麼事了？」

「他們在大吵，鮑羅與克羅迪歐，這次不是對著我喊，但吵的是關於我的事。鮑羅說他們得採取行動，搬遷地點，要求較少的贖金，反正任何能把事情解決掉的都行。『如果我們留在這裡，就死定了。』他說，然後……」

「然後什麼，丹尼爾？」

丹尼爾喃喃說：「他拿了一把槍，對克羅迪歐揮舞著，我好害怕。接著他走向我，揪住我的頭髮，把我的頭往後扯。他說……他說他們應該減少損失，一槍斃了『他』。『他』指的是我。接著克羅迪歐說：『好，那就動手吧。』然後……然後……」

「然後怎樣？」

「瑪莉亞大聲叫他們住口，克羅迪歐衝出去，瑪莉亞過去拿走鮑羅的槍，她吻了他。一開始我以為她在抱他，但他們躺到地上開始纏扭，纏扭並親吻。」

「然後呢，丹尼爾？」

「她說：『別在孩子面前這樣。』他們就去另一個房間了。可是他們門沒關，我還是看得到他們。兩個人脫去衣服，四肢交纏又吻了起來。」丹尼爾在驚嚇中醒來。「幹那檔事，」他用正常聲音厭惡地說：「跟動物一樣。」

「你能想起任何別的事嗎？」

丹尼爾想了一會兒，搖搖頭。「我可以感知到一些模糊的片段，但它們在我的視線之外，我一試圖捕捉，它們便消失了。」

尤瑞厄神父注意到丹尼爾混亂的說詞與疲累的語氣。「就像我一開始時說的，ＥＭＤＲ，眼動身心重建法要花好幾次時間才能奏效，你的進展相當不錯。」

「你還告訴我，這是唯一的治療辦法。但那不是真的，對吧？我做過一些研究，還有ＥＣＴ，電擊療法（Electroconvulsive shock herapy）。」丹尼爾說。

尤瑞厄神父搖搖頭。「ＥＣＴ在精神病的治療中，被視為最不得已的辦法，以電流刺激腦部痙攣，無異拿大鍾子去敲一部壞掉的電腦。」

「醫生們也不了解ＥＭＤＲ是如何奏效的。」

「ＥＭＤＲ至少很安全，至於你找到的關於ＥＣＴ和健忘症方面的文獻，其實只是形同臆測罷了，因為會去做ＥＣＴ的患者，幾乎都有暫時性失憶的問題。理論上，忘掉的記憶可能隨其他記憶恢復，但這項理論僅在一小批人身上試用過，大部分的醫學倫理委員會還不打算準備拿潛在的問題來冒險。」

丹尼爾平靜地對他說：「你若不幫我做ECT，我就自己來。」

「什麼意思？」

「黑暗網路上有一些網站，可以找到所有資訊。倒不是我想求助他們，我寧可在這個有醫療設備的地方做ECT。」

尤瑞厄神父氣到幾乎答不出話。「你以為你是第一個跟我耍心機的病人嗎？我在這裡遇過的男人，幹過的壞事遠超乎你們所理解。你休想控制我，丹尼爾。」

「我沒有要控制你的意思，但我決定嘗試這裡的每一項治療。」丹尼爾淡定地說。

50

荷莉再次開往南方。通常這段路程會很令她開心，平坦的波河平原過了波隆那後，漸次變成高聳的山群，小小的山城依附在峻峭的高山山腰上，做為保護。但今天荷莉根本無心多看。

她正在思索母親的話，Autodin 與 OL9，還有某種老是壞掉，叫 tropo 的東西……這番話攪起她模糊的記憶：她父親與朋友之間，在四周只剩孩子時，防備心略釋的對話。

荷莉來到隱匿在比薩與海岸間大片寂靜松林裡的達比基地，在大門口出示自己的通行卡。「知道您要去的地方怎麼走嗎？女士？」值班的士兵客氣地問。

「資源回收中心，直接往海灘過去，然後左轉經過飛彈筒倉，對吧？」

「是的，女士。」士兵行舉手禮。

資源回收中心是設在松林裡的大飛機棚，六輛卡車整齊地停排在棚外，每輛都精準地與建物排成四十五度斜角。

「你想幹嘛？」有個聲音戒心重重地喊道，荷莉轉身看到一個灰色的身影僵硬地向她跛行過來，對方繃緊的制服下，挺著一個大肚腩，柯薩潘上士大概再一、兩年就退休了，但他依舊兢兢業業地管理資源回收單位。「女士。」他想一想，又補了一句。

「上士嗎？是我呀，荷莉．博蘭。」

他瞪了荷莉一眼，眼神似乎帶了一絲笑意。「原來是你。好啦，你想幹啥？」

「你好好用腦袋想一想，上士。」

他咕噥道：「我要是有腦子的話，還會待在這裡嗎？」

「我想找很久以前的東西，我老爸那個年代的人，已經沒有誰能讓我去問了。」

「是啊，是沒有了。」上士同意說。他指指停機棚裡四散的十公尺高文件。「你不會是要把那些文件偷帶出去吧？因為上次你那樣一搞，害我惹麻煩了。」

她跟上士保證：「我現在想找的東西不會在這裡。問題是，我不知道那東西會在哪裡，我要找一些紀錄，也許是帶子，一些我爸爸放在安全的地方的東西。」

柯薩潘想了一會兒，但荷莉覺得他不是在搜索枯腸，比較像是掙扎著要不要告訴她什麼。接著柯薩潘搖搖頭：「我想不出來。」

荷莉好奇地問：「我父親在達比基地究竟是做什麼的？我知道他負責一個跟 Autodin 有關的單位，

Autodin 應該是代碼，但究竟是什麼？」

他嘀咕說：「現在的小鬼，以為你們什麼都知道，其實你們啥也不懂。Autodin 不是代碼，是自動數據網絡，Automatic Digital Network 的意思，那是整個美軍的安全通訊系統。以前我們還沒有電郵，而電腦跟卡車一樣大時，那就是我們傳播訊息的方法。」

「自動數據網絡怎麼運作？」

他聳聳肩。「他們說是透過微波，不是家裡微波爐的那種，而是在空中四處彈射的微波。你想要寄份安全電報，就把訊息帶到小屋，由操作員幫你打入電腦裡，當時沒有衛星天線或網路，一切都靠 tropo 傳輸。」

「tropo 是什麼？是不是同一套系統的一環？」

他點點頭。「對流層散射（troposcatter），是發射器，能把所東西連結在一起。達比基地的 tropo 是發送到整個義大利的網絡集線器。」

「所以我父親可以取得所有往來於華府的電報嘍？甚至來自其他基地的電報？」

「消息是一定會傳經達比基地的，但我可沒說你老爸有去查看。他幹嘛亂看？大部分訊息都是機密。」他小心翼翼地說。

荷莉回想母親的話，去查看帶子，他是那麼說的。「那麼ＣＩＡ呢？他們是否也使用相同的網絡？」

「當然了，就只有那麼一個自動數據網絡，而且由軍方維護。」

「所以我父親就是因為那樣才跟劍黨扯上關係，他要檢視他們的作戰通訊訓練。」荷莉發現父親的職位十分特殊：處於美國國際祕密通訊網絡的核心。像他那樣的人若要開始挖消息，絕對不會缺門道。「自動數據網絡系統後來怎麼樣了？現還在使用嗎？」

柯薩潘搖頭說：「自動數據網絡系統在二〇〇〇年就退役了。大部分人對它能撐那麼久已經感到不可思議了，不過那套系統打造得非常牢實，那時他們幾乎把它當備胎用，不過最後還是不值得再為它保留維修人員了。」

「所以那套設備也不見了？」

他再次遲疑。「差不多算是。其中一個儲藏棚裡還留有少部分的零件。」

「我可以看一看嗎？」

上士搔著頭。「有何不可，我帶你過去。」

荷莉原本要用走的，可是上士爬上一輛乾淨到不行的軍用吉普車的駕駛座上。

「這個地區大部分是軍火儲藏區。」他邊開邊說，指著一排半掩在林子裡、一眼看不到盡頭的建築。「洲際飛彈 ICBM 跟冷藏的軍需品，我們的冰庫裡現在就存了八千噸的高爆彈。」看到荷莉的反應，上士咯咯笑了。「你會習慣的，任何在這裡發生的事，他們都認為會比廣島的爆炸更慘，但其實不會，我們的程序超多的。」

「有多少？」她扭頭看說。

「機棚嗎？一百二十四座，記得波灣吧？每顆飛彈和子彈都來自其中一個棚子，加上卡車、配給、工程材料、帳篷……這邊的任務挑戰，是要能在四十八小時內派出五千名軍力，帶著他們所需的一切，到世界各地打仗，連一條乾淨內褲都不能少。到了。」他把車開到一座棚子邊，讓車子引擎繼續開著，自己下車拉開棚子的門，讓吉普車能通過。

棚子裡的水泥地往下傾斜，兩邊排滿了貨櫃，有些蓋了帆布。柯薩潘停下來打開幾盞燈，一排排平行的工業筒燈一盞盞地點亮，往黑暗裡延伸，像飛機跑道上的燈光一樣。回到吉普車後，柯薩潘將兩人載到建物的尾端。

他們停在一大片金屬櫃子前，每個櫃子都有一個人高。荷莉仔細看時，才發現它們其實是古舊的電腦設備。所有電腦都從原本安裝的地方被拔下來，後邊還拖著赤裸的電線。有些櫃子彎曲受損了，但它們卻喚起荷莉的回憶，她突然想起很久以前，自己去過父親的工作場所。

荷莉眨眨眼，那記憶便消失了。

她挫敗地說：「不是這個。不管我父親找到什麼，他一定會放在比這裡更安全的地方。還有別的地方嗎？」

柯薩潘咬著唇沒說話。荷莉想起他先前的猶豫。「確實有個地方，對嗎？一個很安全，我父親能進出的地方。」

他坦承：「有個老C3區，我們以前是不能提的，可是我想現在應該沒關係了。」

「C3？是指揮控制通訊中心（Command, Control, Communication center）嗎？」

柯薩潘的胖臉差點炸出笑容。「看來你並沒有忘記你老爸告訴你的一切。」

「是啊。可是那地方在哪兒？應該不在這一帶吧？」冷戰期間，C3都設在地下深處的防彈碉堡裡。

柯薩潘搖搖頭。「不在這裡，這邊離海洋太近了，而且他們希望能離軍火遠遠的。」

✣ ✣ ✣

柯薩潘載她離開基地，往北沿海岸公路行去。沿途都是吃著冰淇淋，帶著水瓶，來度假的義大利人。想到這些穿比基尼的遊客，在離八千噸烈性炸彈僅一公里半的地方悠閒漫步，便覺得詭異。

荷莉頂著風高喊，車子上了高速公路。「記得我爸爸帶我到這附近的一個廣播站。只有兩棟房子，還有一些很大的碟型天線。他說那是馬可尼[30]首次發送無線電傳訊的地方。」

柯薩潘點點頭。「在科塔諾（Coltano），主要的對流層散射發射碟都設在那裡，現在已經破敗不堪了。」

二十分鐘後，他下了皮耶特拉桑塔（Pietrasanta）的出口，幾乎立即繞進山區。一輛貨車隆隆地從反方向經過，後面高堆著白石。柯薩潘把車讓到一邊騰出空間。「是大理石。顯然是質地很好的石頭，以前米開朗基羅想找特殊的石子，便上這兒來。」

最後他們開上一條沒有標示的路，直接往山壁的方向駛去。這裡以前顯然是採石場，只有一座隱匿在道路後方的軍用守衛塔，透露此處近期的使用目的。

他評論：「我不知道他們幹嘛要封存這個地方，何不像梭雷特和西星那樣，直接退役就算了。每幾個月就會有人跑來檢視，確定不會有獾跑進來，不過這裡並不怎麼維修，因為石頭會讓溼度降低，也許因為這樣，他們才不關閉這裡吧，或者他們只是忘了這地方。」

他們前方有個跟達比基地相似的棚子，貼山而建。柯薩潘拿出鑰匙，把門推回門軌後，荷莉才看出棚子只是用來遮掩碉堡真正的入口——一扇跟卡車一樣高的防彈圓鐵門——用的。

門雖是滑動式的，還是得兩人合力才能拉開。打開門後柯薩潘說：「我們開車進去，否則到哪兒都得花一段時間。」

他回到吉普車上，等荷莉上車，荷莉卻愣在原地，猶豫地望著隧道深黑的洞口。

「怎麼啦？」

我好怕，荷莉好想說，我辦不到，她發現自己在顫抖。以前就是在這樣的地底軍事設施中，穿過一道像這樣的鐵門，她被一名男子剝去衣物，然後百般折磨她的肉體與心靈。

柯薩潘咕噥著說：「你不是美軍軍官嗎？博蘭？你肩上的階徽難不成是假的？下頭除了幾隻蜘蛛外，沒啥好怕的。」他跳下車走到一個保險絲盒邊，前方的燈陸續點亮。「也許這能有點幫助。」

「抱歉，上士，我只是需要適應一下。」她爬回吉普車上。

他們越往山裡開，燈光就越密集，每隔幾百公尺，便穿過另一組防爆門，山底下氣溫極低。

柯薩潘說：「這裡頭當然都是自給自足的。有自己的水力發電廠、污水系統、運轉系統。現在我們頂上的石層有八百公尺厚了，就算俄羅斯用核武把達比基地毀了，這裡還是可以照常運作。」他朝一個文字有點剝落的標示點點頭，那是一條叫「羅斯福路」的分支通道。「睡覺的地方就在那邊，他們稱之為鼴鼠洞，兩百張雙層床，可睡六百人。」

「那眷屬呢？有沒有他們的房間？」

柯薩潘搖搖頭。「房間只給必要人士。」

荷莉想到了父親，他辦得到嗎？如果他接到命令，在核災時到這裡來？他能若無其事地對他的妻小說

30馬可尼（Marconi）：義大利工程師，專門從事無線電設備研製和改進；一九〇九年諾貝爾物理學獎得主。

再見——對她說再見——以免家人知道出事了；接著躲到這些防爆門後，等到致命的輻射風暴殺死地上所有活物嗎？

荷莉猜想也許父親能辦得到，命令就是命令，他還有什麼別的選擇？陪家人共死，而非與敵人奮戰，豈非怠忽職守至極。

柯薩潘停下車，關掉引擎。「從這裡開始用走的。」

他們穿過一道較小的防爆門，經過一個標示「消除污染／淋浴間」的凹室，前開式的金屬櫃子架上有防輻射衣與面具。天花板現在僅比潛水艇的高一點了，荷莉覺得幽閉恐懼症襲上心頭，整個人心慌意亂。

這只是心理作用，就像他說的，你是美軍軍官，要面對恐懼。

牆上有更多斑剝的牌子，一邊是「食堂」，另一邊是「廁所」。荷莉訝異地發現，甚至還有一小間兩人座的理髮廳，電剪仍好端端地掛在金屬鉤子上。看起來，即使在核災期間，美國陸軍還是無法忍受長頭髮。

「在這裡。」柯薩潘說著打開一道標著「司令部」的門。裡頭的觀景廊可俯瞰一處三層樓高的房間，房間遠端牆上，是一幅巨型的世界地圖，標記出各大城市與美國各個基地。地圖對面有四張長桌，每張桌子都能容坐十二個人，每個座位旁有一架沉重的舊型撥打式電話。有些桌子內嵌裝了像雷達螢幕和舊式電腦螢幕的東西。就連那些椅子，都令她想起美好的童年：扎實堅固，有著白色的扶手，讓人想到那些坐在椅子上的魁梧戰士。

「自動數據網絡的操作人員坐在那裡，但設備則放在這裡，你父親應該來過這兒。」

柯薩潘開啟另一道門，打開燈。房間約六公尺乘九公尺，擠滿了跟儲物棚裡相同的電腦設備，不過棚子裡拖著電線的電腦支離破碎，無人看管，這裡的卻十分乾淨整齊，一副隨時準備應戰的樣子。她有些期待柯薩潘能按下另一個開關，然後所有繼電器、磁帶卡座和映像管螢幕便會默默地打開，讓房中充滿作戰時低沉而有目的性的響聲。

「這些還能用嗎？」荷莉問。

柯薩潘聳聳肩。「應該可以，如果你能搞清楚怎麼打開這鬼東西的話。」

其中一張桌上放了一疊整齊的操作手冊，她拿起最上面一本打開。

自動數據網絡的電路設備分紅／黑兩色使用，未加密的資料線（紅色）與加密電路（黑色）保持分離。基本的資料電路，由蒐集分派單位與技術控制部門的紅色控制面板相連。

她根本不可能弄得懂，而且看起來得由一小隊技術人員來操作。

旁邊有個門口標示著「磁帶搜尋」，門口通往一間小凹室，凹室四面牆架上排列著一卷卷的帶子與磁盤。

柯薩潘跟著她走進來說：「這裡就是儲藏室，就像你的『寄件備份匣』，只是可能儲存量少很多罷了。開關會自動拷貝每一道訊息，萬一弄丟了，操作人員還能在這裡找得到，然後重新寄一遍。」

她望著整齊的一排排箱子，有些標出了久遠前的任務名稱：天使之火行動、山十字行動、海洋自由行動……

她幾乎自語地說：「這是最安全的地方，對吧？免於受到核武攻擊，但更重要的是，不會有任何人來尋找，因為僅有少數人知道這裡。如果我父親必須藏匿某件東西，應該會把它帶到這裡。」

柯薩潘聳聳肩。「也許。」

荷莉繼續沿著架子尋看。「哈羅路行動」、「海洋行動」。

接著她看到了。

「無情地行動」。

父親彷彿就站在她背後，她聽見他朗誦吉卜林詩句的聲音：

城市，王冠與權力
在時間的眼裡，
好比花兒一般，
朝生而暮死：
然而，新生的蓓蕾，
朝著志得意滿的新貴，
從無情的大地裡鑽生而出，
城市再度崛起。

她伸手去拿箱子，裡頭有一卷磁帶和一疊六張的八吋碟片。

無論差點害死她父親的是什麼，現在都已握在她手裡了。

✣ ✣ ✣

他們走回吉普車時，荷莉聽到走廊遠處傳來隱約的噹啷聲，柯薩潘斜睨她一眼。「很可能是獾。」

又是一聲，這回更響亮。「獾能踢開鐵門嗎？我想不行吧。」她加快步伐。「這裡還有別的路出去嗎？」

柯薩潘聳聳肩。「理論上有，因為這些通道貫穿這座山。」

「為什麼說是『理論上』？」

「我懷疑有很長一段時間沒有人使用這些次要的出口了，他們說不定在封閉此地時，也把出口焊起來了。」他輕蔑地朝鬧聲方向揮揮手。「也許有人在監視器上看到我們，過來檢查一下，咱們跟他們談談就是。」

又是噹啷一聲，接著又是一記。荷莉說：「不對！我不能冒險。」

荷莉的焦慮令柯薩潘大皺眉頭。「還有，你要拿走那些碟片前，我們應該先獲得許可，說不定得簽名什麼的。」

荷莉看看他，六十開外的柯薩潘，被啤酒披薩撐得鬆垮垮的。他驕傲地不願表露，但他的身體狀況實在不適合打鬥，於是便挑選容易的方式，按規定行事。

荷莉急切地問：「柯薩潘上士，我父親是怎樣的人？」

他想了想。「嗯……泰德很可靠，是最棒的。」

「他把這些碟片藏起來，是因為他不想讓別人找到。如今他女兒拿到手了，你想，他若是在這裡，會要求我們去跟上頭的人談呢？還是會說：『咱們試著走另一條路出去？』」

柯薩潘嘆口氣。「我太老了，不想蹚這種渾水。」

荷莉說著朝吉普車走去。「那咱就別蹚渾水。我有強烈預感，不蹚渾水最好的辦法，就是趁那些人找到我們之前，趕快離開這裡。」

✣ ✣ ✣

他們沿另一條長長的通道開著吉普車，久悶的空氣散發著霉味，蜘蛛絲刷在荷莉臉上。

最後他們來到另一道防爆門前。門似乎沒鎖，卻緊到兩人都打不開。

「我們用吉普車撞。」荷莉說。

柯薩潘搖搖頭。「不能冒險刮壞擋泥板。」

荷莉聽到後方通道深處傳來車輛的吼聲。「萬一害你挨罵，我很抱歉，上士。」說著荷莉爬進駕駛座。

「都怪我，好嗎？」

她讓吉普車抵住門邊，然後猛踩油門，後輪一轉，排氣管排出一團團油兮兮的煙氣。

「你若要來硬的，就做得漂亮點。換到四輪傳動，然後打低檔。」柯薩潘在鬧聲中喊道。

荷莉依言又試了一遍，防爆門生鏽的絞鍊咿咿呀呀地推開了。

「女駕駛，還是小女生駕駛，我差一年就可以領退休金了，偏遇到這種事。」他叨念著坐到荷莉旁邊。

「如果他們沒他媽的把我的退休俸拿走的話，算我祖上積德。」

✣ ✣ ✣

回到基地，荷莉換回自己的車子，離開咕噥不休的柯薩潘和他那一堆堆的碎紙。荷莉走前給了他一個熊抱，害老人家尷尬不已。

是她多心了，還是讓她離開大門的守衛在刷她的卡時，比平時多花了一些時間？守衛的螢幕上是不是出現訊息，令他回頭看了一會兒，然後才回頭面無表情地對她行舉手禮？

荷莉走海岸公路回家，不時瞄著照後鏡。她先上A12公路到拉斯佩齊亞（La Spezia），然後走A15到內陸。她不斷變換車速，以辨識任何監視者。她不僅一次地以為自己看到有人跟蹤，但後面的車子卻隨即開走或超車了。

這表示她太大驚小怪，或監視者非常的專業。真正的專業其實並不需要跟蹤她，荷莉知道自己絕對看不到來自西哥奈拉或阿維亞諾基地，在三千公尺高空交錯飛行的無人飛機；更別說是上方高出幾公里外、繞著地球飛的 Atlas V 和 Delta IV 衛星了。

荷莉在接近威尼斯時，到休息站停車拿出手機，沒想到丹尼爾立即接了電話。

「我能過來看你嗎？我得請你看一樣東西。」

「好。」

丹尼爾沒說再見便掛斷電話，這一回絕不可能只是她多心了，荷莉聽到丹尼爾小小的回聲，從地球彼端彈了回來：那是連線斷掉後的衛星雜音。

51

丹尼爾聽她訴說，偶爾蹙眉。等荷莉說罷後，他抬起手。「把你的手機給我。」

荷莉遞出手機，丹尼爾將電池取出來。

「還有你的通行卡。」

他用錫箔紙將兩樣東西包起來，然後走到冰箱，丟進冷凍庫裡。「跟我來。」

到了樓上，丹尼爾拔掉電視插頭，走到電腦旁拿他的路由器。

「你在幹什麼？」

「把我的 wi-fi 關掉，你回公寓也一樣關掉，然後給自己買幾支一次性手機。聖塔路西亞車站附近有些店可以買到預付卡，店家不會查問。你的手機有沒有離過身？」

荷莉回想說：「好像沒有。」

「嗯，不錯。不過他們其實不再需要實體手機了，國家安全局有種叫 DROPOUT JEEP 的間諜軟體，可以遙控侵入你的 iPhone 上的每個軟體，他們可以打開相機、麥克風，甚至透過 GPS 追蹤你的位置。」

「我看我的一次性手機最好別用 iPhone。」

「或 Android 系統，或黑莓機，反正叫智慧型手機的，很可能都是蠢選擇。」

「那些碟片裡到底有什麼東西，能讓他們覺得那麼重要？」

「我不知道，如果我有八吋的磁碟機，我也許能讀得到，可惜我已經幾十年沒見過那種東西了。」

「你有辦法弄到一個嗎？」

他用他的電腦搜尋。「咱們到 eBay 上試試。還有一些二手貨，這種舊機件竟然要價這麼高。」丹尼爾回報。

「那麼磁帶呢？」

「也許更難找。不過我猜磁帶和碟片裡的資料一樣。他為了安全起見，在每種媒介裡各存一份拷貝。不過別忘了，所有磁性材料久了都會壞，碟片也許會乾裂，內容或許加了密，所以我無法保證能讀得出來。」

荷莉突然意識到，丹尼爾跟她上次見到時似乎不太一樣：他講話更流暢、眼神也較不閃躲了。「跟尤瑞厄神父的治療做得如何？」她問。

丹尼爾聳聳肩。「我說服他幫我做電擊治療。」

荷莉瞪著他。「那不是很……粗暴嗎？」

丹尼爾淡定地說：「只有電影才那樣演。現在都配合麻醉劑使用了，而且電流用得很保守。」

「就算那樣，聽起來也不像尤瑞厄神父平時會用的手法。」

「也是。」丹尼爾沒有解釋自己如何勸服精神病學家幫他做電擊。

「我該走了。」荷莉走到窗邊，掃視底下的運河，看到門口有個乞丐，他戴著帽兜遮住了臉，看起來像是毒蟲。

荷莉記得在她公寓附近的立體停車場也看過這個小鬼。「是同一個人。」荷莉緩緩說道。

「誰？」

她指給丹尼爾看。「我不會忘記他的，我差點對他的臉噴辣椒水。」

丹尼爾瞄著她。「你要的話可以留在這裡，事實上，我滿喜歡你留下來的。」

荷莉遲疑著，她確實不想獨處。由於稍早進碉堡時面對了自己的恐懼，荷莉對丹尼爾的提議，較這數個月來更能接受。不過荷莉從經驗中得知，面對丹尼爾時，不能總是依賴推測或假設。「我先弄清楚一點，如果我留下來……你會要我跟你睡嗎？」

他想了想。「我想如果你跟我睡，對你有好處。」

荷莉哈哈笑說：「你很會說話，你知道嗎？」

丹尼爾一臉困惑。「為什麼？我說錯了嗎？」

「沒有，我覺得你也許說對了。」

✣　✣　✣

在六公里外的梅斯特雷區，凱蒂為了把橄欖油拌入碎鱈魚裡，弄得手臂痠疼不已。她已經備好切成薄片的墨魚，用洋蔥、白酒、大蒜及墨汁燉煮。菜已經在爐子上噗噗有聲地燉四十分鐘了，幾乎跟她攪拌baccalá的時間一樣久。

凱蒂心想，她為李方帝精心烹煮這兩道最能代表她童年的威尼斯菜，究竟代表什麼意思？這鱈魚雖非來自威尼斯的潟湖，而是捕自挪威北極圈的羅弗敦群島，然後在清涼的夏風中吊掛晾乾的，但威尼斯人長久以來既從事貿易，也捕魚為生，因此沒有什麼比baccalá mantecato更傳統的威尼斯菜了。她已經把鱈魚放在牛奶裡煮軟了，現在她必須把橄欖油一滴滴地打進去，就像做美奶滋那樣。通常這部分她會用電動攪拌器做，可是像她外婆那種道地的傳統主義者，總是堅持用木湯匙打最佳。

她決定跟李方帝說，這是用攪拌器打的，免得他每次都期望她用湯匙做。而且，如果他相信她用攪拌器可以做得這麼好吃，就永遠不會囉嗦地要她用更費時的方法去做了。

想到為了煮菜的事，用如此巧妙的方式騙他，凱蒂便忍不住笑了。凱蒂知道，他們在一起的生活——她還無法習慣用「婚姻」兩個字——會是一場意志之爭，也將是一場心靈的結合。她玩味著與他吵架的情景，也期待被他寵愛的日子，世間有多少男子，可以讓她說出這樣的話來？

她看著時鐘，心想：已過子夜了，李方帝稍早打電話來，說他會工作到很晚。他說：「事情進行得很順利。我找到一些非常有力的線索了，此事上達權力核心，有幾位超重量級人物有強烈動機去攔阻堤聶黎的大計。」

「是羅馬方面嗎？」她輕聲問，自從她在水塘裡找到那具體無完膚，被鰻魚啃噬得剩下一半的屍體後，她便一直問自己一個調查員最根本的問題：cui bono？堤聶黎的死，對誰最有利？答案當然就在可隆巴午餐時，維瓦多．摩瑞堤給她的提點裡。如果堤聶黎成功地將威尼托的財富從義大利的保險箱移走，義大利便會破產。她懷疑任何政府部長或官員會直接下令滅口，但堤聶黎的暗殺事件，具備了所有義大利影子政府的特色——一群由政客、情治單位、實業家及白領罪犯等結合起來，且時時變動的聯盟。對這些人而言，影響力與貪腐是一個銅板的兩面。他們只用一顆子彈，義大利就獲救了。也許這就是最諷刺的地方；整個貪腐集團免於被打算整肅他們的人毀滅，但堤聶黎與他們原是一丘之貉。

「不盡然是。我沒辦法在電話上說，等見面時我再全部告訴你。」他允諾道。

「我十二點十分上菜，一分鐘都不會遲。」

他大笑說：「那麼我最好別遲到，是吧？」

通常baccalá是放在烤玉米糕，甚至是麵包上吃的，但今晚她做的是伊斯特里亞式的，只加幾根麵條、少許切碎的鯷魚和一把麵包屑。這是她外婆每年聖誕夜，大節之前，大夥該齋戒時會做的菜。

凱蒂打開一瓶冰的Tocai白酒，最後又嚐了一下baccalá，滿意地心想：味道非常完美。她的手機震動了，凱蒂瞄向螢幕，看到他傳的簡訊。

兩分鐘就到。

凱蒂哼著歌，在鍋裡倒水煮麵，然後走到窗邊。李方帝的車子剛好開到街上，她看著他下車，心頭揪了一下。李方帝彎身跟保鑣說幾句話，然後拍拍車頂，要他把車開走。

凱蒂心想，他看起來精神煥然，毫無疲累，想必今天很順利。可是念頭才起，凱蒂便看到街上火光一閃。一開始她還分不清閃光來自何處，是燈火？攝影機？她還在猜疑，卻已聽到聲音了。一記悶拳，像噴出地洞的泉水般擊中她的臉頰，擠壓她的太陽穴，緊接著的是一團豔橘色的汽油火焰，如某種野蠻凶猛的水母般，從車頂往上炸開。她迷迷糊糊感覺到金屬在空中尖嘯旋飛，四周的窗子如水瀑般崩瀉。她剛才張望的窗玻璃整個碎了，一片柏油呼嘯著從她頭邊飛過，嵌入後邊牆面。街上的車輛亂七八糟地擠成一團。一時間，她以為出了車禍，撞車什麼的，可是當濃厚的黑煙散去後，她發現那些車輛只是被爆炸的勁道從停車處轟出來罷了。李方帝剛才所站之處、剛才車子所在的地方、保鑣、所有的一切……我的愛，我的一生，現在只剩下一個彈坑了。殘片落如雨下，在其他車頂和建物上重重摔彈；而那之後，在她聽不到聲音的死寂裡，只見一些美麗的煙灰飛舞，一如枝頭被強風吹落的櫻花，徐徐飄降。

52

事過之後，一切皆陷於混亂。街上擠滿了從睡夢中趕來相助的人，至少有十幾個人受害，大部分是一樓的住戶，在睡夢中被飛濺的玻璃割傷。車子的防盜器尖聲作響，接著是警笛聲：憲警的，國警的，以及消防車和救護車。

她不記得自己奔下樓了，她茫然地在街頭來回走動，試圖尋找他的屍體或殘剩的任何東西。她一心一意地執行這項緊急任務，彷彿整個生命都懸繫在那上頭。我必須抱抱他。凱蒂找到一只被炸掉的 Corvaro 男鞋，鞋底稍有磨損。接著幾分鐘後，她看到他的腿，歪曲地躺在一輛車的底下，腳上沒有穿鞋。她彎下身將他拖出來，以為拉住的會是沉重的屍體。但那腿輕易地被拖出來了，上面什麼都未連著，凱蒂驚駭地坐下來。

救護車人員走過來，輕輕試著把腿從她身上拿開，她卻依然抱著腿，像哄寶寶似地摟著。

「不要！」她說，或試著這麼說。「先去幫受傷的人。」她嘴裡沒發出聲音，也許是她被震到的耳朵還聾著，而不是她的聲音有問題，因為她看到救護人員的嘴形在說，他就是在照護傷者：在照顧她。

她任由他幫忙拭淨她耳下傷口的血，她甚至不知有那道傷口，並先暫時為她敷藥。凱蒂閉上眼睛，一股錐心的意識襲捲全身。

他死了，他死了，他死了。

悲慟像鐵錘似地痛擊她，將殘餘的腎上腺素一掃而空。十分鐘後，他們回來送她去醫院時，她仍抱著他的腿，來來回回地晃著身體，彷彿哄它入眠。去急診室的路上，她依舊這樣緊抱著，直到後來終於在急診室中昏厥過去。

✣　✣　✣

夜裡兩名憲警來做筆錄，一位上校和一名女中尉。凱蒂不認識他們，但他們顯然知道她是誰；也知道法拉維歐．李方帝與她是戀人。

你當時在等他嗎？他們溫柔但堅定地問。他以前去過你的公寓嗎？多常去，去多久。他們要日期與時間，但悲痛與震驚令她無法想起任何事。

之後她睡著了，醒時她感謝護士給她幫助入眠的藥。男護士搖搖頭說：「我沒有，你是自然睡著的。」她的四肢與腦袋癱若糨糊。

到了中午，他們告訴她可以走了，但不是回她的公寓，因為公寓還封鎖著。當然：爆炸小組會在裡頭搜尋碎片。希望有人把煮麵的水關了，否則現在鍋子應該早已煮乾了。

想到她永遠無法與他共享的那頓飯，想到往後數百數千頓未煮與未能分享的餐飯，凱蒂頭對著天花板，發出悲號。

護士任由她哭著，等她哭完後，才柔聲問她有沒有人陪她。

沒有。

他們告訴她，有個人在等你，是位憲警軍官，之前其他人在這裡時，他不想進來。

是阿爾多．皮歐拉。她抱住他寬實的胸膛再次失聲痛哭，一會兒後，她喪盡了力氣，再次崩潰。

「願意的話，你可以跟我走。」他輕聲說。

凱蒂搖搖頭。「不用了。」她隱約覺得不妥。「謝謝你，但我需要獨處。」

53

荷莉開車載丹尼爾到克莉絲蒂娜修院，櫃台的修女指示他們到日間病房。丹尼爾換上手術袍，手背上插了針管後，尤瑞厄神父才神情陰鬱地出現。

「你知道，我對這項療程抱持高度懷疑，不過我已與倫理委員會諮商過了。他們認為，病人若威脅要自傷，那麼只要患者了解其中的風險，便可合理的提供治療。」

荷莉不解地看了丹尼爾一眼，他沒對她提過任何自傷的事，可是丹尼爾僅是平靜地點點頭。

尤瑞厄神父開始解釋會有的風險。「抽搐也許會造成肌肉痠痛，下巴或肩膀脫臼，可能會有長達一週的迷向或混亂狀態。更重要的是，你很可能會有某種程度的失憶，維持幾小時或幾天，極端一點的例子，可能長達數個月。」神父頓了一下。「而且也許會有更嚴重的副作用。首先，癲癇可能變成永久性的，也就是我們所稱的重積性癲癇；萬一發生這種情形，死亡風險約百分之二十。其次，可能會以其他更難預料的方式，影響你的腦部。少數接受電療的患者，後來有認知問題……」

荷莉緊張地問：「等一下。你說的『認知問題』是指腦部受損嗎？」

丹尼爾淡定地表示：「他只是想嚇唬我們，別擔心，我查過這些風險了。」他伸手拿過尤瑞厄神父的同意書。

「你很確定你想這麼做？」荷莉問。

「無論我在被綁架時待的那個房間裡出過什麼事，我都需要做個了結。」他看著荷莉，努力擠出微笑。

「有一部分的我仍關在那裡，荷莉，我想要自由。」

✣ ✣ ✣

之後院方將他推走了。雖然丹尼爾告訴荷莉，電擊已不像電影裡演的那樣了，她還是忍不住想像丹尼爾像坐電椅似地，齒間咬著橡皮，當電流衝擊他的腦部時，身體不斷抽搐。

為了讓自己別再多想，荷莉走到外頭打開手機。有兩則阿爾多·皮歐拉傳來的簡訊。荷莉眉頭一鎖：自從他帶領人馬，從隆加雷的洞穴裡將她救出來後，她已經好幾個月沒跟凱蒂的前男友講過話了。

請打給我，事態緊急。

荷莉撥了皮歐拉的號碼。「皮歐拉嗎？怎麼回事？」

「你沒聽說嗎？」

「聽說什麼？凱蒂還好嗎？」恐懼揪住了荷莉。

「她沒事。她的頭部被擊中了，但只是皮肉傷。可是李方帝死了，他在凱蒂公寓外被炸死了，凱蒂目睹了一切。」

「噢，我的天啊……她現在人在哪裡？」

「我不知道，她需要人陪。」

「我會去找她。」荷莉保證說。她掛斷電話，走回室內，問護士說：「他在恢復室了嗎？」

護士搖頭道：「還沒有。」

荷莉好掙扎，丹尼爾醒時，會期待看到她，可是丹尼爾有護士和醫生照顧，凱蒂卻獨自徬徨失措地在威尼斯街頭飄遊。

「等他醒時，你能幫我給他傳個話嗎？」

✣ ✣ ✣

凱蒂回到聖匝加利亞教堂的辦公桌，看到同事們對她投來驚駭的眼神，但她不理會。

帕尼庫奇中尉走過來。「上尉……你確定你該在這裡嗎？」

她罵道：「我還能去哪裡？我要完整的最新報告，所有的一切。」她看著自己的電郵，訝異地發現只有幾封：離她最後一次檢查時，僅隔一夜，如此短暫的時間，感覺有如隔世。凱蒂心想，我上次檢查信件時，他還活著。

霎時間，那似乎變得可能，變得很有可能了。他已經死了。

「我操！」她怒吼道：「我操！我操他媽的這一切！」

她那顆被震傻的腦子，有一部分還力圖要她持續過正常的日子，可是如今她已無正常日子可言，再也沒有什麼是一樣的了。

「你說得對。」她挫敗地對帕尼庫奇說：「我不應該在這裡。」

荷莉找到坐在岸邊長椅上，呆望著潟湖的凱蒂。一百公尺外，一艘巨大的郵輪正緩緩滑向特隆契多島的碼頭，高踞在領港船上方的郵輪甲板上的，是相機閃爍不停的閃光燈。凱蒂茫然地看著。

「我本來要嫁給他的。」荷莉坐下時，凱蒂輕聲說。

「我知道。」荷莉伸手握住她的手，兩人在一個言語無法到達的他方無聲靜坐良久。

54

接下來的那段期間，荷莉把自己的時間分割給兩位朋友，盡可能地照顧他們。丹尼爾做完電療後變得昏沉封閉，而掙扎著接受愛人死亡事實的凱蒂，則在狂怒與一蹶不振間擺盪。

令人失望的是，丹尼爾並未記起更多綁架期間的事。事實上，他似乎忘了當初自己為何要做電療，或電療前，兩人之間有過的任何對話。

就算他記得那晚曾與她共眠，或之後兩人漫長的私語，現在表面上也都看不出來了。

✣　✣　✣

警方對李方帝的死展開調查，但很快便中止了。李方帝的妻子從倫敦飛回來，她與孩子一直住在那裡。她在報紙訪問中談及搬回義大利定居，凱蒂一點都不想見她。

凱蒂與另一名檢察官班尼托．馬賽羅一起被召去開會。馬賽羅開頭便對凱蒂的事表示遺憾，接著要求她簽署一份寫好的口供，那是她在爆炸後幾小時，對調查員所做的陳述。

凱蒂接過來讀。口供與附帶的報告，明顯指出李方帝檢察官頻繁而定期地造訪她的公寓，已超過安全規範。其中一名保鑣在爆炸前幾天，才對另一名保鑣抗議，他們應該把這種情形跟上級呈報。他就是跟李方帝一起被炸死的那位。

根據報告上說，炸彈放在她家街上的一個塑膠回收桶裡，他們在那兒找到微量的C4炸藥。那排垃圾桶形成一處路邊臨停的地方：車子接送人時，自然會停到那裡。

他們在怪我，凱蒂心想。

她心頭猛然一震，發現他們是對的。李方帝不僅為她違反了安全規定；他們的簡訊與對話，也滿是各種行程安排，還談到明確的地點。

你現在能回威尼斯嗎？

我想可以，本地國警可以追蹤剩下的線索。

還有更糟的是：

我十二點十分上菜，一分鐘都不會遲。

那麼我最好別遲到，是吧？

最後當他的車子轉進她家街道時：再兩分鐘就到了。

我幫他們殺了他，凱蒂心想，我跟放炸彈的人一樣，也是暗殺的一環。

馬賽羅說：「真是太不幸了，他明知有殘酷的黑幫要暗殺他，竟還如此粗心大意。」他瞟著凱蒂的身材。「但也許不難理解，受到這麼多的束縛，人難免會厭煩或寂寞吧，他讓自己處於一種不明智，甚至是不計後果的處境裡。」

凱蒂聽出他意有別指後，心中的罪惡感頓時轉為憤怒。「等一等，『黑幫』？你的意思是，他是被黑手黨殺害的？」

馬賽羅一臉訝異。「當然，他們追殺他很多年了，他最初也是因為如此才帶保鑣的。」他狐疑地看著凱蒂。「除非你有其他希望調查小組能考慮的證據？」

此事上達權力核心，凱蒂，有幾位超重量級人物有強烈動機去攔阻提轟黎的大計。

還有在那之前，她從西西里打電話給李方帝時：

我還是認爲你的朋友説得對，不認爲那眞的是某種爲期五十年的大規模陰謀，不過看起來，確實有不少人以爲他們可以集結起來，拒絕跟我們談話。

凱蒂搖搖頭。「沒有。」

「按照既有程序，我會把李方帝檢察官的死亡調查，轉交給反黑手黨調查理事會（Direzione Investigativa Antimafia）。」他接著說：「現在就由一位有適度安全維護的檢察官來接手。」

「那麼李方帝死前正在調查的事情呢？」

「也會轉交給另一位檢察官，不過怎麼看，這案子已經沒搞頭了。如果眞有恐怖策畫，似乎也已經避掉了。我知道你在西西里表現得相當傑出，得到嫌犯已由海路離開義大利的結論，嫌犯顯然是希望藉此躲避機場的嚴格邊境管制。相關的國際高層已有所警覺，但那已不再是義大利的問題了。」

凱蒂心想，事情就是這樣運作的，如果你殺掉足夠的人，那些活著的人便會明白你的意思。

一切都收官，妥善地送入檔案裡，與所有其他細訴義大利黑案史的懸案，一起束諸高閣了。

凱蒂朗聲說：「他從來不會因為害怕而不敢調查。」

馬賽羅點點頭。「當然，他是位勇敢堅毅的檢察官，所有與他共事過的人都會非常懷念他。」

「我的意思是，他不像你。」凱蒂和顏悅色地表示：「你很害怕，對吧？在光鮮亮麗的西裝底下，你只是個坐立難安，冷汗直盜的膽小鬼。」她站起來。「你知道李方帝去世前不久跟我說什麼嗎，檢察官？他說：『我們只剩下法律了。』可是在你這等鼠輩長出卵蛋之前，我們甚至連法律都不算有。」

55

一干人坐在巴柏府的音樂室裡。凱蒂、丹尼爾和荷莉，他們每人各自為了不同原因，都頹喪得要命。荷莉想起之前好幾次在茫然無措時，凱蒂總是積極樂觀，指揮若定地將他們從悲觀失望中拉出來，並指派他們任務。可是現在，她似乎也垮了。

現在得靠我了，荷莉心想。

她轉頭對丹尼爾說：「丹尼爾，我能不能借一下白板？」

他對著牆上一排寫滿數學公式的白板說：「請便。」

她邊擦拭白板邊說：「我要把我們知道的事寫下來。我們其中可能會有一人看出另外兩個人忽略的事項。我們以紅色代表嘉年華，藍色是我父親，綠色是恐怖陰謀，好嗎？」

或許是她的想像吧，但荷莉覺得她聽到凱蒂唇間吐出輕嘆。

「我先來。」她快速地寫著。「我相信家父是被共濟會的壞份子封口的，這些人之前曾是北約劍黨網絡的成員。伊安．吉瑞說，他曾要求我父親深入調查，但據柯薩潘上士的說法，我父親最後拷貝了美國往返華府的機密電報。我還不知道原因，而且我無法取讀，除非我們在eBay上買的磁碟機能送到。凱蒂？」

凱蒂勉強拿起綠筆站起來。「我先是開始調查一位銀行家被謀殺的案子，他背叛共濟會兄弟要扶植威尼托獨立的計畫。他們共濟會的大導師就是堤聶黎伯爵。伯爵贊助一名聖戰士駭客的恐怖攻擊，不過恐攻好像以已經防堵下來了。」

丹尼爾抬起眼。「等一等，你剛才說是聖戰士駭客？」

凱蒂點點頭。「沒錯。我不懂為什麼他在巴勒摩的一家技術學院註冊，因為他的程度早已遠超過其他學生。總之，他似乎已經離開義大利了……」

丹尼爾插話。「在嘉年華裡植入病毒的人就是他，一定是他。事實上，駭客的攻擊並未受到防堵，他打算再過二十四小時後，利用駭入嘉年華用戶而組成的傀儡網路，在物聯網上發動聯合攻擊，就像是同時間，一起引爆幾十萬場的弗雷瑞斯隧道慘案。」

凱蒂試圖釐清一切。「等一等，我知道有人懷疑弗雷瑞斯慘案可能是駭客造成的，可這個傀儡網絡又是怎麼回事？」

丹尼爾解釋嘉年華感染的蠕蟲病毒，以及第二天零時將要引爆的事。

「你能夠防堵嗎？」丹尼爾說罷後凱蒂問。

「嘉年華是我特別設計過，不可能遭受防堵干預的網站，唯一的辦法就是我自行創造另一種病毒，刪除嘉年華。」

「你是指暫時關閉嘉年華嗎？」

丹尼爾搖頭。「那樣並不足以干擾駭客寄送到每位用戶電腦的指令，我必須寫一份能刪除一切的編碼。我的伺服器、我們用戶的身分、他們自己的電腦……整套東西。」他無可奈何地笑了笑，說：「會刻意毀掉四百萬人硬碟的網站，一定不會受歡迎，這是一條不歸路。」

凱蒂問：「可是你會做嗎？你會去阻止駭客的攻擊嗎？」

丹尼爾說：「會。那是我的網站，我的責任，何況我一直想設法脫身，讓自己不必再管理嘉年華，何不乾脆轟動下台。」

荷莉很訝異丹尼爾說話時的淡然，她知道丹尼爾對自己的網站感情複雜，但她猜，無論丹尼爾怎麼說，毀去自己一手打造的世界，終究不是易事。

「然後李方帝便死了。」凱蒂說著轉身回到白板邊。「我沒有絕對的證據能證實他的死與堤聶黎的調查有關，可是我們最後一次談話時，他說他查出了一些重要的事。我想他一定是查到堤聶黎的死與某人或某個團體有關了，也許是羅馬吧，因為阻止威尼托獨立，對他們有利。」

「猜到是誰嗎？」荷莉問。

凱蒂搖搖頭。「但我想，他們因此才會在那晚殺掉李方帝，無論他查出什麼，他們反正不希望他告訴我。」凱蒂想到另一件事。「不過在那之前，我在西西里時，李方帝曾提過你的事，他說也許你不像表面上看起來那樣瘋狂。」

「他那樣講是什麼意思？」

凱蒂聳聳肩。「誰曉得？」

「難道他找到兩件案子的關連性了？」

「我現在有辦法問他嗎？」凱蒂罵道。一陣死寂。「對不起。」她喃喃說。

荷莉柔聲說：「不，該抱歉的人是我。你這段時間受苦了。」

「我們大家都很辛苦。」凱蒂糾正她。「你和你父親，丹尼爾和嘉年華……這一切太糟了。所以咱們現在該怎麼辦？」

「我想咱們得回到最初的時候。就丹尼爾而言，指的是他被綁架時。對我，則是我爸為何對那些自動數據網絡的備份那麼感興趣。至於你呢，也許是揪出到底誰有通天的權力，不僅能殺掉堤聶黎，連李方帝都難逃他的魔掌；還有，李方帝死前究竟發現了什麼。」荷莉說。

56

丹尼爾告訴尤瑞厄神父：「我需要做更多電療，更強的電流與更久的時間，要不擇手段地釋出我的記憶。」

尤瑞厄神父交疊著手看他，沉穩地表示：「不行。」

「如果你不……」

「我不在乎你怎麼威脅。丹尼爾，你想做電療，我們試過了，我們不會再做了。」他頓了一下，說：

「不過那並不表示我放棄治療。」

「什麼意思？」

「我最近開始對其他病人使用一種新的治療技巧，雖然還未經過證實，但我認為對你可能尤其有效。」

「為什麼尤其是我？」

尤瑞厄神父說：「因為會涉及你自己的網站。告訴我：你可以複製當年綁匪禁錮你的那個房間嗎？」

✣　✣　✣

他用四百一十七條直線做出磚頭打造出一面牆，另一面牆上則有兩百零四道直線。他把房間做成八乘十一步的大小，後來才想起必須回去重新調整，因為七歲時的他，步距要小很多。

丹尼爾創造嘉年華已是多年前的事了。可對他而言，編碼語言就像母語一樣熟稔，但用像素一個個打造房間細節，依舊花去他好幾個小時的時間。

丹尼爾完工拿後給尤瑞厄神父看。

「很好。現在我要你幫每名主要綁匪造一個化身。」

那更容易，他幫克羅迪歐、鮑羅和瑪莉亞做了化身，並為每人戴上面具，他就不必花時間修繪他們的面容了。但丹尼爾讓他們穿上記憶中各自所穿的衣服：鮑羅的牛仔褲、克羅迪歐的貝雷帽、瑪莉亞的皮夾克。

「然後我要你造一個自己的化身，穿著被綁架時的衣物。」尤瑞厄神父說。

丹尼爾把自己造得很小，然後把自己擺到房間內。

丹尼爾太習慣透過螢幕來過日子了。但即使是他，當看到真實的世界在他操控化身時，似乎融散開來，也會有些驚異。他彷彿又變回當初那個被綁架的孩子了。「你說你以前做過這個嗎？」他問。

尤瑞厄神父說：「做過一點。事實上，那是在我一開始幫你治療之後的事，我在想，有沒有可能將虛擬世界應用在精神治療上。不久我發現自己不是唯一探索這個領域的人。例如，有精神病學家用化身來治療性虐待受害者，協助他們在無威脅的環境中，重演他們的反應。我只是把流程倒過來，讓性侵者還原現場，同時問他們能有什麼不一樣的做法。由於他們身處一個更容易控制的世界，便不會感受到與真實世界一樣的壓力了。」

丹尼爾皺起眉頭。「你認為那有可能是我打造嘉年華的原因？因為我需要一個更能控制的世界？」

「我確實那樣想過。進一步想想，嘉年華是一種絕讚的抽離方式，有的人藉酒精或藥物來麻痺傷痛，而你則是重塑一個自己想要的世界。」

丹尼爾準備好後，尤瑞厄神父引導他進入輕度的迷睡，幾分鐘後，丹尼爾感覺自己回到前幾次治療時的專注與肢體無力的狀態了。

尤瑞厄神父的聲音從遠處飄來。「這是你被綁架的最後一週，你在這裡已經待三十三天了。現在發生什麼事？」

丹尼爾指著幾個化身說：「他們在爭吵，他們老是吵架，而且他們很怕，他們全都很害怕。」

「那你害怕什麼，丹尼爾？」

「怕他們會殺我。」

「他們為什麼要殺你？」

「因為媽咪和爸比還沒付贖金。」

「他們為什麼還不付？」

「因為他們不愛我。因為我很奇怪。」丹尼爾喃喃說。

「誰說的？」

「鮑羅。」

「你怕鮑羅嗎？」

丹尼爾點點頭，眼睛睜得老大。

「我要你現在變成鮑羅，丹尼爾，幫我控制住他的化身，讓他說出他對你說的話。」

丹尼爾融入綁匪的化身時，尤瑞厄神父看到他變得更強壯自信了。當他再次帶丹尼爾回到自己的童年化身時，他的手已不再發抖了。

神父要丹尼爾輪流扮演每位綁匪，接著再往後推進一日。

「今天是第幾天，丹尼爾？」

「第三十四天。」

「你覺得怎麼樣？」

「我好怕，但也很興奮。」

「為什麼興奮？」

「因為這是最棒的數字。三十四是費波那西數列的數字，是半質數與七邊形的數字。如果你做一個四乘四的魔術方塊，數字加起來永遠是三十四。」

尤瑞厄抬起眉。「這我倒不曉得。」

「是瑪莉亞給我看的。她的真名不叫瑪莉亞，可是我不能知道她真的名字叫什麼，她就像戴了面具一樣。」丹尼爾頓一下。「那很酷，對不對？讓別人永遠不知道自己真實的身分。」

「是啊。」尤瑞厄神父記下丹尼爾的評語，等將來再討論。「聽起來你好像挺喜歡瑪莉亞。」

「她也喜歡數字。她會教我，而且教得比學校的老師好。」

「你會不會覺得困惑？綁架你的人竟然是個好老師？」

「我不知道，三十五也是個很棒的數字，那是你以六為基數，用手指算出的最高數字。」

尤瑞厄神父帶領他一次推進一天，探測他的焦慮程度。來到第三十六天時，丹尼爾沉默了。

「你為什麼不說話，丹尼爾？」

「我在想三十六個軍官的問題，這是一個叫歐拉（Euler）的人出的難題，他想知道，如何在方格裡安排六組六位的軍官，但官階或團組又不能重複。我把問題畫到我牆上了。」

「聽起來很難。」

「歐拉認為那是不可能的，但他想證實爲什麼不可能。很有意思，對不對？不僅是說辦不到，更要解釋數字為什麼不能那樣安排。」

「你在解題時，那些綁匪在做什麼？」

「他們今天早上在吵架。然後克羅迪歐氣沖沖地出去了，鮑羅跑去睡覺。瑪莉亞好像也出去了一下，但是沒有很久。然後她拿了一瓶藥走進我房間。」

「什麼樣的藥？」

「她說可以讓我睡著的藥，但我不想睡，我想解題。她說我得喝藥，她才會高興，於是我就吃了，但我並沒有真的很想睡。接著她又回來了，手裡拿著刀子，事情發生得太快了，我沒……沒有……」

丹尼爾尖聲大叫，是孩童尖高銳利的叫聲，他一手撲向左耳，片刻後，另一手又蓋住右耳，一對眼睛鎖死在前方某片看不見的領域裡。

「是她！」丹尼爾大叫：「是她！」

「丹尼爾，沒事了，我會帶你到一個安全的地方……」

但孩子持續不斷地尖叫。

✣ ✣ ✣

尤瑞厄神父花了足足半個小時，耗盡所有技巧，才讓丹尼爾平靜下來。

「你記得剛才發生的一切嗎？」等丹尼爾清醒後，神父問。

丹尼爾愣愣地點點頭。「原來是她，我認識的瑪莉亞……也就是卡蘿·黛塔洛，我所信任的，那個跟我一樣了解數字的人。難怪我會一直不願意想起來。」

57

荷莉在網上瘋狂搜尋任何能解釋拷貝自動數據網絡的資料對她父親的影響時，凱蒂則翻出憲警技術人員馬禮拷下來的卡山德硬碟。凱蒂再次閱讀裡頭各個檔案，尋找可能的線索。

兩個小時後，她已經頭痛欲裂，兩眼昏花了。她爆發說：「根本沒屁用！咱們出去喝咖啡。」

荷莉喃喃說：「再給我兩分鐘，我正在弄一個非常技術性的東西，跟對流層散射繼電器有關。」

凱蒂在等候時，找出卡山德的上網紀錄，自從她在維基找到政變陰謀的文章後，就沒再多看了。她在白色政變的網頁上，注意到上次被她略過的一段話。

煽動政變的艾加多．梭諾在他的回憶錄中提到，他在一九七四年七月到羅馬拜訪的CIA分部主任，將自己的計畫告知對方。「我告訴他，我以爭取西方自由的盟友身分通知他，並問美國政府的態度為何。我已經知道他的答案了：美國會支持任何主動將共產黨趕出義大利政府的活動。」

梭諾一直認為，若非遭到同謀背叛，他應該能政變成功：「可能有太多人知道我們的計畫了。」

凱蒂點入卡山德看過的另一個網頁，這回是一場一九七〇年的柏格斯政變。

美國大使館的武官與柏格斯政變的籌畫者緊密相關，美國總統尼克森緊盯這場政變的籌備，由兩名CIA官員親自向他報告。二〇〇四年，義大利《共和報》透過《資訊自由法》確認了這些事實。但《資訊自由法》也揭示，僅有少數CIA單位支持政變，主要立場還是不容許地中海區的地緣政治平衡產生重大改變。柏格斯在接到據稱由美國大使館打來的電話後，該項計畫終告流產。

荷莉從房間另一頭喊道：「我查完了。現在去喝咖啡了嗎？」

「現在不行，我可能找到有意思的東西了。」

負責後續調查的奇瓦尼・佩拉里諾（Giovanni Pellegrino）參議員說：「某位義大利人士聲稱他們有海外的支持，可是相關人士一獲悉實情後，便立即封殺薄伽西和他的黨羽了。」

凱蒂尋思道：「這很重要嗎？義大利經過幾次政變失敗後，有人指出，都是CIA從中作梗。」

「呃，他們當然要這樣說啦，如果他們不怪罪CIA，難不成還怪到外星人和飛碟頭上。」

凱蒂瞄她一眼。「你自己都說你認為CIA滲透到劍黨裡了。」她提醒荷莉，然後指著螢幕。「何況這些人又不是瘋子，他們是參議員、擅長調查的記者，甚至有情治單位的頭頭。」

荷莉走過來從她肩後看著電腦螢幕上的資料。「假設這是真的，我們相信民主，那又如何？」

「Cui bono。」凱蒂緩緩地說。

「意思是？」

「意思是，誰能得利。我一直以為是羅馬的義大利政府不樂見威尼托大區脫離義大利，可是這個地區還有另一位地緣政治玩家，不是嗎？那就是美國。貴國政府跟羅馬一樣，不希望義大利分裂。」

「原因呢？」

「威尼托有多少美軍的設備？多少美國核武的地下倉庫？多少監聽站？多少雷達站、飛機跑道和無人飛機？萬一威尼托獨立了，那些設備怎麼辦？如果把決定權交給地方選民，一年內就啥都沒了。更容易的方式，也許是滅掉堤聶黎，終結他的計畫。」

荷莉默不作聲，凱蒂在谷歌地圖裡鍵入一個名字。

她指說：「阿維亞諾空軍基地，在威尼斯北邊七十公里處，直升機可在十五分鐘內趕至葛瑞茲島，若攻擊小組在潟湖下機，是不會有人看見的。維琴察的埃德里基地距離也差不多，戴汀基地（Camp Del Din）也是，如果ＣＩＡ想阻止提聶黎，附近完全不缺幫他們執行任務的特種部隊。」

荷莉說：「但那不是我們的運作方式，反正在義大利不是。」但荷莉知道凱蒂的話不無可能，美國在全世界進行無數次的無人飛機攻擊後，現在誰敢否認美國不會為了達到任何目的而展開暗殺？在奧瑪案[31]和其他人案子後，誰敢說美國會遵循盟邦的法律與制度？這不也就是她自己一直對凱蒂說的——自她父親的年代以降，美國一直在暗中影響義大利的事務嗎？

凱蒂說：「我覺得提聶黎跟他之前的梭諾和博格斯一樣，都是權勢過大的前劍黨黨員。劍黨曝光後，黨員跟許多其他人利用共濟會做掩護，但提聶黎不僅是單純的製造恐懼混亂，還決定——不管是因為貪婪、政治理念或兩者皆具——把自己拱成救世主。不過我覺得提聶黎比先前的策謀者聰明，他沒傻傻地要ＣＩＡ摸頭，可惜因為卡山德的關係，ＣＩＡ終究察覺了，結果就像他們對付先前的政變陰謀者一樣，美國人也決定阻攔他了。」

「你有什麼證明？」荷莉終於問。

「我還沒有證據，不過我相當確定一件事。你說的一直是對的，你父親的事，丹尼爾的遭遇，提聶黎、卡山德和法拉維歐的下場，還有丹尼爾若不毀去嘉年華，我們大家會如何——這些全都有關連。」

哀悼李方帝有的是時間，凱蒂一定也會，但她得先確保他不會白死。

「我得去跟某個人談談，一位能告訴我更多實情的人。」凱蒂站起來說。

58

丹尼爾耐心地坐在小房間裡，他從尤瑞厄神父的治療室直接過來，他想見的人還讓他等著。

丹尼爾本能地數著對面牆上的磚頭數，應該有兩千一百一十五個，若假設磚塊之間的灰泥平均為十公分厚的話。

他憶起數學家哈代（G.H.Hardy）去探望他的數學家朋友拉馬努金（Srinivasa Ramanujan）的知名軼事。哈代談道，他來時搭的計程車號是1729。「這是個非常無趣的數字。」

拉馬努金回答：「不會吧。這數字太有意思了。這是一個能用兩種方法，來表示兩個整數的立方和的最小數字。」

這是數學家之間的閒談。

丹尼爾正在思索2115有什麼有趣的特質時，卡蘿．黛塔洛被帶進來了。

丹尼爾沒有起身，她一時間也沒坐下來。

「我不知道該喊你卡蘿或瑪莉亞。」他終於說。

「喜歡的話，你可以喊我1853602。」她在丹尼爾對面的椅子坐下，他發現她把椅子在小房間許可的

31奧瑪案：CIA在米蘭街頭強擄一名化名為奧瑪（Abu Omar）的埃及男子，引渡至埃及黑牢。

範圍中，盡可能挪遠。

「有自己的號碼，感覺還不錯嗎？」

她瞪他一眼，但發現丹尼爾並不是在嘲諷自己。她指指牆壁說：「新鮮感會慢慢不見的。我想你已經數過了？」

「大約2115個。」

「是2187，蓋房子的人灰泥用得很少，而且門也不是標準大小。」她糾正丹尼爾。

「那倒有意思。」他指的是數字，不是理由。「三的七次方。」

她好奇地問：「你記得你曾對我說過一句話嗎？你說『每個數字都無限大。』我想你是指每個數字都很有趣，但你的說法很不尋常。」

丹尼爾搖搖頭。「我對綁架期間發生的事，大多處於失憶狀態，我現在才剛始記起一些。」

「例如什麼？」她小心翼翼地問。

「我剛剛想起你對我做了什麼。想起是你割去了我雙耳和鼻子，然後寄給我父母。」他平靜地說。

對方靜默良久。「這裡還有個數字，」她終於表示。「24，我為了當時的自己，在這個牢獄中所度過的年歲。」

「我只想知道，你為何要那麼做。我想我能明白你為何想栽贓給鮑羅，把你對一個孩子所做的事……義大利監獄系統對那種人不會太溫和。」

「你認為我是怪物。」

「你不是嗎？」

她嘆口氣。「也許吧，但那並不是我公告周知是鮑羅下手的原因。」

「那你是為了什麼？」

「我接獲命令，若被人問起，就得那麼說。」

「命令？誰下的命令？」

「我的……應該可以算是老闆吧，我從來不知道他的真名。」

「形容一下他的模樣。」丹尼爾輕聲說。

「高大，藍眼，寬肩，有老美的瘦長四肢。他的義大利文很棒，不過他似乎不特別意識到自己有濃重的威尼斯腔。」

丹尼爾點點頭。「他的名字叫伊安．吉瑞。」

她聳聳肩。「你說是就是。」

「他是如何說服你把一個擔驚受怕而信任你的孩子毀容的？」

她看著丹尼爾說：「他勸我，那是唯一能救你性命的辦法。我知道聽起來一定很誇張，但他告訴我，義大利當局已亂了方寸，根本找不到我們，但同時又堅持不讓父母付贖金。他擔心克羅迪歐或鮑羅一旦亂了手腳，會殺你滅證；或義大利政府一找到我們，便會草草突襲，把我們全數殲滅。他說唯一能救你的辦法，就是做點能打破僵局，讓你父母有理由堅持支付贖金的事。」

「他同時叫我父母別付錢，如果他們能堅持，一切便會沒事。那是吉瑞的作風沒錯，舌燦蓮花地編故事，讓每個人都聽到他們想聽的。」丹尼爾苦澀地說。

「那時我好在乎你，丹尼爾，而且我可以預見，或自認能預見，他話中的真實性。鮑羅和克羅迪歐吵來吵去，這部分都得怪我……」

「我猜是吉瑞鼓勵你跟他們兩人睡的，是吧？」

「他確實讓我覺得跟他們兩人各別接近，好取得一些影響力是非常重要的。我想我當時也是慌了，才會不擇手段地想讓你活著離開那裡。」

丹尼爾看著她，半晌不吭聲。

「我沒有一天不回想自己幹下的事。我在睡夢中仍能聽見你的尖叫。但我告訴自己，造就你的，不是你的耳朵或鼻子，而是你的心智。你是如此聰明伶俐……我想拯救你的才智。」

「結果我的心智也受影響了。」他冷冷地說。

「我知道，多年來我都在讀你的消息。丹尼爾，看每篇能拿到的報導或參考資料……」她頓了一下說：「『抱歉』二字不足以彌補什麼，沒有什麼能夠彌補，但我還是要說，我很抱歉。」

丹尼爾反問：「你最初怎會變成吉瑞的人？」

「有天他在街上朝我走來，說他知道我是誰，對我有個提議。當時共產黨及社會主義份子間的歷史協商還只是謠傳，吉瑞說那是真的。我們當然反對了。協商意味著革命鬥爭的結束；我們的人要與那些我們最痛恨的人分享政治權力。他說他的人也反對協商，義大利若由穩定保守的聯合政府統治，對雙方都沒有好處，因此我們暫時有了共通的目標。」

「就這一次，我認為他沒有說謊。」丹尼爾表示：「義大利的混亂確實符合華盛頓與莫斯科的利益。」

她點點頭。「他安排我們取得炸藥、槍枝、潛在目標的情報……但我也開始注意到，一些不是我們幹下的事，也歸咎到我們頭上了，有時是因為我們全都使用同一批炸藥。」

「他一手支持右翼恐怖份子，一手支持左翼恐怖份子，並兩邊滲透。目的不在將他們繩之以法，而是為了調配恐怖行動。如果人們開始發現真相，他就利用劍黨這個北約的附庸做幌子，其實跟ＣＩＡ一點關係都沒有。」

她聳聳肩。「也許吧。」

「不過我還有件事沒弄明白，你為什麼會被關進來？如果你是如此重要的人手……你難道不能商量一下，為自己爭取自由嗎？」

黛塔洛無奈大笑。「當時也許重要，可是歷史協商瓦解後，我就沒有利用價值了。何況我以前有太多同事變成污點證人，美國最不希望的就是見到我加入證人保護計畫，消失不見，然後開始走漏消息。在這裡，我還能時時被提醒，他們仍在監視我。」

「如果他們那麼危險，你現在為何要與我說話？」丹尼爾問。

她定定看著丹尼爾的眼睛。「因為我答應自己，你若來到這裡，便應該讓你得知真相。」

59

尤瑞厄神父引領他的患者離開諮詢室，然後開始寫筆記。到下個約診之前，他還有二十分鐘的時間，是今天難得的空檔。

這位患者是比利時的天主教神父，終於開始有些進展了，一個月來，他一直談著罪惡、悔罪與寬恕。

他是自戀型的解離患者，深信是聖靈要他對一名九歲女孩施虐。「上帝將她帶來給我」，他會這麼說，或

「上帝派她來撫慰我」。經過數週的治療後，他的說法變成了「上帝派她來誘惑我」，或「上帝希望我了解罪惡的本質」。每次遇到尖銳的或對自己不利的問題時，他就開始禱告。尤瑞厄神父一直以化身式療法來醫治他，跟丹尼爾的方法相似。尤瑞厄讓這位神父患者演出被他性侵的女孩的情形。他要求神父再度角色扮演，同時播放女孩以其觀點描述當時受害情景的錄音，神父最後終於開始哭了，那是他第一次不是因自憐而掉淚。

治療尾聲，神父未像往常一樣地祈禱，這在治療有所突破後，並不算罕見。尤瑞厄神父有許多病人在認清自己本性中邪惡的一面後，便失去信仰了，因此他不會太擔心。對尤瑞厄而言，拯救一個人的靈魂，勝過拯救他的信仰。

尤瑞厄寫完筆記後，望著窗外醫院的地面，然後嘆口氣，拿起電話。

對方接聽後他說：「我們不久前有過一次討論，討論你的受監護人。」

「沒錯，我記得很清楚。」

「你當時問我，有沒有任何你能幫忙助他康復的辦法……然後你慷慨地捐贈一大筆錢，贊助我們的工作。」

「我覺得那非常值得。對了，後來我還幫你找了一些其他贊助者。」

「我知道，非常感謝你。」

「丹尼爾還好嗎？」

尤瑞厄神父猶豫著說：「我想他有進步，也就是說，他記起被綁時的一些細節了。尤其是毀他面容的那位綁匪。」

對方略事沉默。「會是……虛談症嗎，醫學術語是這麼說的吧？虛構出來的回憶？」
「我不認為是。不是的，反正他去監獄看那個女人，跟她確認了。我想身為他的監護人，你會想知道，丹尼爾發現之後也許會覺得煩擾或憤怒。」
「謝謝你。」
「你最好別跟他說我們談過話，尤其他是病人……」
「當然不會，你去忙吧，我的朋友，工作上若有任何需要，任何事情都行，請務必讓我知道。」
「謝謝你。」
咔地一聲，談話結束。

60

凱蒂不斷按著太平間的門鈴，直到法醫哈帕迪前來開門。他身著綠色的塑膠圍裙，又拖了那麼久才來應門，表示時間雖晚，他仍在工作。
凱蒂說：「抱歉打擾你，但事關重要。」
哈帕迪表情淡定。「你最好進來再說。」
他帶凱蒂進他辦公室，凱蒂看到玻璃牆後，哈帕迪的助理取出屍體裡的肝臟和脾臟，拿到秤上稱重。
「有些事，打從一開始我就沒被告知。」她轉頭把焦點拉回法醫身上。「我覺得你跟此案的關連比表面看起來多。你是第一位趕來處理卡山德屍體現場的共濟會員，所以打電話給瑟托的人一定是你。」

他冷靜表示：「是的，我跟瑟托將軍說過。我一見到屍體，便知道與共濟會有關，也看出必然是堤聶黎的地下組織幹的。我們全知道他的盤算，沒有憲警的支持，他絕對無法宣布國家進入緊急狀態。這幾個月來，他一直在試探大家的反應，看哪些共濟會員可能支持他的計畫，並提供賄賂或新政府的職缺。」

「然後瑟托便立即打電話給我了。」

「他決定把案子交給一個不明狀況的人去調查。一個非共濟會員，但這位軍官又不至於查出太多。」

「多謝了。」

他聳聳肩。「瑟托將軍說，你在憲警裡人緣差，得罪過不少人，大家才會擺明了不跟你說話。他說你絕對無法查清真相，但我跟他說他錯了，我見識過你的辦案能力，我認為試圖阻撓你辦案，只會更強化你的決心。」

「所以瑟托安插他的姪女來監視我，並告知其他調查本案的共濟會員並警告他們。我猜其中包括咱們的資安組組長古瑟貝・馬禮。」

哈帕迪點點頭。「馬禮在卡山德的電腦裡找到那份名單，把所有現役憲警軍官的名字都刪掉後才寄給你。我們希望你有足夠的線索去阻止堤聶黎，但又不至把我們自己人拖下水。」

「可是，是你介紹我跟凱洛奇神父聯繫的，而凱洛奇神父提點我，堤聶黎有政治性的計畫。」

哈帕迪低聲說：「我們這些忠於天主教與共濟會的人，一向對堤聶黎的計畫感到不安。威尼斯獨立或許對威尼托大區有利，但會對義大利其他部分造成什麼影響？尤其是對梵蒂岡？義大利若是分裂，梵蒂岡很可能會破產。但堤聶黎根本不在乎，他只想為自己攬權。」

凱蒂說：「我猜那也是卡山德的動機，他桌上有張與教宗本篤十六世的合照……他當然想自保，可是最終必須選邊站時，卡山德選擇了羅馬，而非堤聶黎。但是誰把這一切告訴美國人的？是誰決定我無法獨力阻止堤聶黎的計畫？」

哈帕迪的眼神未透露半點線索。「你為什麼認為有人會那樣做？」

「堤聶黎死時，我還沒想到他為何會在李方帝跟我討論是否該發逮捕令去抓他的那個晚上被殺。等我想到時，我以為應該是情報局內部走漏消息，尤其葛孟多上校告訴我，說他們一直在監聽我們的電話。可是堤聶黎在李方帝打電話告知我他正在開逮捕令時，早已經死了，所以不可能是情報局洩露的消息，那樣就只剩美國方面了。他們一定監聽了我的公寓，可是為什麼？是誰告訴美國我們兩人走得很近？」

哈帕迪勉強說：「我想凱洛奇神父在那個地區有些關係久遠的人脈。不過老美遲早都會發現，因為他們對本國的情況無所不知。一向如此，每次你用筆電、在谷歌上搜尋、打電話……美國人都能取得資料。」

「若是那樣的話，他們為何不做得更徹底一點？為何他們能阻止堤聶黎和他的地下組織，卻阻擋不了駭客？」

哈帕迪聳聳肩。「這我可幫不了你了，也許那名駭客太聰明，他們拿他沒辦法。」

凱蒂說：「不對。那名駭客或許是技術天才，卻不是搞政治謀略的，這裡頭還有蹊蹺，有個我還不明白的環節。」

61

荷莉收到丹尼爾的簡訊，內容很簡單：是卡蘿。吉瑞告訴你的一切都是謊言。

她不願相信。即使對伊安・吉瑞不利的證據越來越多，荷莉卻發現自己徒勞地希望一切都是誤會。她所信賴的那名男子，在她生命裡有許多層面都替代了她自己的父親，結果他手上竟沾滿血腥，傾所有威尼斯的水都無法洗淨。

她父親……丹尼爾……而他們還只是跟她最親近的兩個人，還有多少其他的博蘭少尉？其他的丹尼爾・巴柏？多少柏卡多和其他無辜的受害者？表面上被某種理念的恐怖份子、槍手或炸彈客殺害，或死於所謂的交通事故、自殺，或無緣無故地人間蒸發？

她猜有好幾百人。可能幾千人吧。在美國全球權力遊戲的大計畫中，這只是一個微不足道的小數目，但每個數字都是一條命，在一場他們幾乎不了解的戰役中被奪走的人命。

荷莉的整體認同，對自我的認知，全立基於一個謊言之上：美國在義大利設點是出於善意。博蘭少尉，你可以同時是美國情報分析員，也可以是來自比薩的荷莉小姐。

她自認了解的事實消失了，取而代之的，是凱蒂的確鑿之見。

這一切全是套好的。

荷莉拿起她的車鑰匙。

62

卡蘿・黛塔洛在床上沉坐半晌，尋思不已，然後她走到牢房門邊用力敲擊，直到守衛走過來。

「你想幹嘛？」

「我要求單獨監禁，以求自保。」

守衛輕蔑地睨她一眼。「我會把話傳上去。」

「我現在就需要單獨監禁。」

守衛關上門蓋，懶得搭理。

晚餐時，卡蘿在她的盤子底下發現一張對摺的紙片，裡面有片刮鬍刀和留言：你可以選擇好死或死得很難看，晚上十點爲限。

黛塔洛回到門邊又開始敲門，守衛過來時，她把紙條拿給她看。「你還認為我在瞎編嗎？我要求現在就見典獄長。」

守衛幾乎沒看字條。「典獄長回家了，你可以預約明早見他。」

她走回去再度坐到床上，幾分鐘後，她發現其中一名室友蘇菲亞站起來，對另一名女子法蒂瑪比著手勢。

法蒂瑪是兩人之中個頭較壯的，她壓住卡蘿．黛塔洛，讓蘇菲亞揮動隨她的餐盤一起送過來的刀片。

63

荷莉開車到基地，咚咚震響的樂聲，從喬杜根酒吧的方向穿越停機坪而來。喬杜根是基地裡最大的酒吧，八成是返回基地的部隊在大肆慶祝海外派遣結束。

「祝您晚上愉快，女士。」門口的憲兵說，顯然以為她也要去酒吧。

荷莉沿著主街走，然後左轉。軍械庫在夜裡這個時段一片漆黑，她用通行卡進去，然後穿過後方的射擊場。身為軍官，她可以無論白天或夜晚，在任何時間過來練習槍法。

荷莉走到儲物櫃，輸入密碼，拿出一把有M68近距離作戰光學瞄具的M4卡賓槍——這是美國陸軍標配的抵肩式武器，有伸縮式槍托和短槍管，協助近距離交戰。其口徑火力強大，能穿透防彈背心。

荷莉小心翼翼地把槍放到地上，然後再次伸手到櫃子裡取彈匣與彈藥。這些東西後面，櫃子的最底處，有把裝著破皮套的手槍，那是七〇年代的Sig Sauer P229。那種稱為Parabellum的子彈是19釐米口徑的類型，Parabellum來自拉丁格言：Si vis pacem, para bellum. 若要尋求和平，且準備戰爭。

荷莉．博蘭準備作戰了。

她從口袋拿出一只洗衣袋，攤開來把M4卡賓槍裝進去，然後把父親的手槍綁在迷彩服下，讓人看不出來。

荷莉回到辦公桌，簽名使用靶場，她在「到場原因」下寫著「打靶練習」。

然後荷莉扭頭朝另一個方向的出口走去。

64

丹尼爾．巴柏坐在電腦前登入嘉年華。他覺得怪怪的，但不覺得討厭。自從與尤瑞厄神父治療，跟卡蘿．黛塔洛談過話後，籠罩心中的迷霧便似乎散去了。

他在自創的威尼斯街頭漫遊，望著兩側的建築，讚嘆那繁麗的設計，但當初那個如此癡狂，一個像素

一個像素地打造它們的人，並不是他。不知怎地，重建這個世界的動力，也隨著他因接受電療導致失憶而消散了。

不過丹尼爾還是覺得非常難過，如此精采絕倫的奇異世界，現在卻必須毀滅。

*我們建造的事物沒有什麼是永恆的，一切必然會傾毀，嘉年華如何能夠例外？*丹尼爾提醒自己。

他只花了幾分鐘，便寫出刪除網站的編碼。就連拓及嘉年華客戶電腦，一併將它們刪除的功能，長度也不過像一條註解。每位用戶為了能匿名與網友及朋友互動，並讀取或張貼他人的八卦，都同意嘉年華能永久取用他們的資料。

丹尼爾心想，不知自己完成這項舉動後，別人會如何解讀。人們一定會說，他一定從頭到尾都是這麼計畫的，嘉年華一直是網路史上最精心製作的駭客行動。

諷刺的是，被後代子孫當成壞人的會是他，而不是那個不知名的網路恐怖份子。

他看看電腦上的時鐘，離蠕蟲啟動的子夜還剩兩小時。現在既然已寫好刪除程式了，不妨利用剩下的時間，試著找出其他的解決辦法。也許他在編造嘉年華的密碼時，有些小小的破綻或弱點能供他利用，駭入自己的網站裡。

65

凱蒂火速瀏覽一個個的連結。大部分找到的都是垃圾，一堆陰謀論者的妄語，不過除了胡言亂語，她還看到了學術文章、調查報導，甚至前劍黨黨員的說法，他們全都證實了同一件事：過去七十五年，自冷戰開始，CIA一直在干預義大利的內政。一開始當然是政治上的干預，旨在不讓共產黨染指義大利，可是幾十年過去了，惡化程度早已遠遠超過。

凱蒂找到一份梅勒提將軍（Gianadelio Maletti）的宣誓聲明，他是一九七一至一九七五年，義大利軍事反諜報局局長。將軍在聲明中表示，CIA預見右翼恐怖攻擊，並至少一次地提供爆炸裝置給威尼斯的劍黨。

她發現有位美國大主教，擔任梵蒂岡銀行董事長十八年之久，他利用自己的梵蒂岡護照，成功避開了與CIA支付恐怖份子相關的引渡行動。

凱蒂找到一些文章，證實CIA與黑手黨合作破壞各個工會的證據；CIA與美國企業合作，控制義大利市場；CIA透過貪婪的記者在義大利媒體上放話，甚至直接買下那些媒體。

她找到一段羅馬的共濟會地下組織，P2前會員所說的話：「成為共濟會員，是唯一能擺脫英美控制的方式。」

她發現源自於義大利的假情報，導致大家誤會薩達姆．海珊擁有大規模毀滅性武器，美國並繼而以此為借口，發動第二次伊拉克戰爭。

凱蒂回憶以前經手的案子。她透過其中一件案子，發現美國軍事承包商一直偷偷涉入波士尼亞及克羅埃西亞的內戰；另一件案子裡，一名美國軍官利用義大利做為中途站，從阿富汗非法引渡犯人。

最近，她發現有人聲稱，美國國安局特別將義大利設為網路監視的基地，在義大利設置較歐洲其他國家更多的祕密監聽站。美國可以從義大利監管歐洲、北非及中東的互聯網流量。

凱蒂讀到，美國對斯諾登洩密案的回應，是成立虛擬情報蒐集聯盟。美國不再偷偷摸摸地監視友好國家，反而明目張膽地邀請各國加入涵蓋整個西方世界的大規模「金盾工程」（Golden Shield）。迄今為止，僅有英國加入。

凱蒂終於明白，堤聶黎發動的網路攻擊會造成何種後果，以及美國為何不急於阻攔了。就像冷戰最黑暗的時期一樣，義大利的恐攻，將會成為全世界的教訓：少了我們美國的保護，瞧瞧會發生什麼事。能夠進一步強化美國政治操作的暴力，會得到美國的默許推動，而非壓抑。

所以堤聶黎才必須適時死去；所以李方帝才會被滅口；所以駭客會預先得到警告。這是單純，冷血的政治現實。

她打電話給丹尼爾。

凱蒂說：「那些來自嘉年華內部的攻擊，我想有可能是美國想要你頂罪。他們不只要怪罪聖戰士，也要嘉年華這類網站及自由網路本身來負罪。就他們的觀點來說，這是雙贏的局面：或者你親自關閉嘉年華，或者讓嘉年華信譽盡毀。無論是哪一樣，他們都能得到他們想要的。」

丹尼爾靜默良久。他終於說道：「我正在解決這件事，就交給我吧。」

他掛掉電話。

66

荷莉回到自己的公寓，收拾其他所需物品，特別是從水槽底下拿出一個小型硬紙盒。

接著荷莉打電話回家，等母親接聽時，她走到外邊的小陽台。今夜氣溫頗暖，但陽台上總有微風，荷莉俯瞰著漫向維琴察南邊山區的屋頂。

「嘿，老媽，最近在幹嘛？」

母親的語氣轉為好奇。「嗨，荷莉。你那邊幾點了？不是應該很晚了嗎？」

「沒有太晚。你還好嗎？」

兩人聊了一會兒，然後荷莉說：「可以讓老爸聽電話嗎？」

「沒問題，我把電話放到他耳邊，讓他聽見你的聲音，好嗎？」

「嘿，老爸。」她一如以往，在繼續說下去前，先等父親回答。「呃，我查出是誰對你下手的了，還知道那些自動數據網絡的紀錄，但我還沒有辦法解讀。我不知道你打算拿那些東西做什麼，不過你已經寫過一份報告，被壓下來了，對吧？所以我想無論內容是什麼，一定是不容忽視的東西。」

是她多想了嗎，還是老爸平穩的呼吸變得稍微急促了些？他能聽出是誰在跟他說話嗎？

「你拿到所有他們最高機密的電報了，對不對？」她說著，有些破音了。「CIA籌畫的每項見不得人的行動、每筆賄賂、每次匯報與更新，全都透過自動數據網絡傳回華盛頓。你本來打算全部公諸於世的，爸爸，我認為你打算揭穿這整樁烏漆抹黑的事。」

她豎耳聆聽地等著。沒有。父親的呼吸像睡著的孩子般，正常而平靜。

她低聲說：「我打算完成這件事，老爸。我一定辦到底。」

Per il miglior papà del mondo. 為了世上最好的爸爸。

67

他試盡所有看得到的辦法，使用現代的編碼工具，如差分密碼分析、XSL、三明治夾攻、mod-n……可是如他所料：沒有一項有效。他在創造嘉年華時，把程式寫得無懈可擊。

要破解像嘉年華這種不對稱的加密方式，唯一的辦法就是用所謂的「複整數因式分解」的方式，把巨大的數目打散成許多較小而能夠運算的除數。不過從來沒有人設計出能大規模做這種運算的方法。唯一接近成功的，是一位叫彼德．秀爾[32]的數學家，他的程式複雜到可能需要一種新型超級電腦或量子計算機才能運算。

到頭來又繞回P=NP這個老問題上了。你可以看著解答，很快判定答案是否正確，但你沒有辦法倒回去，創造出解決的方法。

儘管如此，丹尼爾還是去試了。他寫下算式，混合各種定理，把秀爾的運算加以變化，但都無功而返。問題還是在於數字本身的特質。

他想起一句話，一件卡蘿．黛塔洛提醒他的話。你以前說：「每個數字都無限大……」

從某個角度而言，那是事實：每個數字不僅代表一個有限的量，還帶有其他特質。有質數、高斯數、

32彼德．秀爾（Peter Shor, 1959~）：美國知名計算機科學家。

超越數、費波那西數、佩爾數……名單長之又長。還有，就像拉馬努金對哈代說的，即使那些看似不特別有趣的少許數字，本身也十分吸引人。

假設你不寫1，2，3，4，那麼該寫……什麼？

1是唯一既是自己的平方，又是自己的立方的數字。

2是唯一偶數的質數。

3是唯一既是費馬質數又是梅森質數的數字。

4是最小的平方數。

……用數字所包含的特質，去解析數字本身，就像將一顆原子分解為中子，或把細胞拆解成DNA。

他想到DNA的螺旋模式，接著丹尼爾瞄向牆壁。

許多年前，他父親把收藏的現代畫作掛在巴柏府牆上，雖然巴柏基金會把大部分畫作收起來了，但府中尚留有少數幾幅。丹尼爾喜歡拿便利貼，寫上自己最愛的數學公式，貼到畫作上頭。對他來說，這些公式跟底下的藝術品一樣優美，而且更具表達力。

他的電腦附近有一尊義大利現代主義大師，莫迪里安尼（Modigliani）的女子肖像畫。對丹尼爾來說，畫作唯一的優點，就是藝術家非常明瞭，人臉的勻稱度乃取決於由黃金分割或phi[33]。因此丹尼爾在女人的臉上貼了張便條，描述phi所表達的比例。

接著他在無意間看出來了，那道理如此簡單，甚至明顯，害他差點大笑出聲。數字當然也有自己的DNA，就跟細胞一樣，它們當然也遵循了刻畫宇宙的規律，從最小的種子到最大的銀河系，那同樣優美而重複不斷的模式。

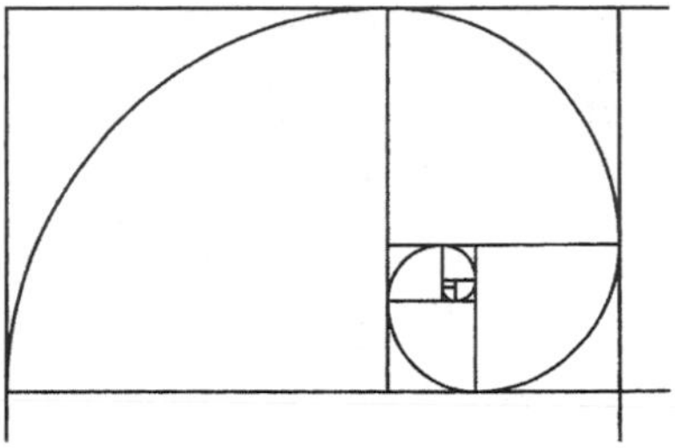

P=NP 並不是定理，而是形狀，那就是phi。

它將十分美麗。

丹尼爾讓自己享受這勝利的片刻，他已經解出難倒世間最偉大數學家的謎題了，或者，他老實對自己坦承，他不是解出答案，而是剛好瞥見了解答。就像愛因斯坦的相對論，或牛頓的萬有引力常數，瞬間的

33黃金分割：一般以希臘字母Φ表示，其數值為1.618。

靈光照亮了一切，他腦中源源不絕地湧入靈思。

可惜他現在沒有時間多想了，丹尼爾開始工作，把剛才的發現轉化成運算法則，準備揭開嘉年華數百萬用戶的面具。

68

荷莉駕車穿越陰黑的威尼托鄉間，朝伊安．吉瑞居住的別墅駛去。那曾是巴柏家族遠離威尼斯的惡臭與潮溼，去避暑的地方。可是丹尼爾的父親把他的藝術收藏轉交給慈善基金會時，這棟別墅也隨之一併移交了。

荷莉心想，不知這也是計畫好的，還是湊巧罷了。她懷疑吉瑞的人生會有多少巧合的安排。

荷莉把車留在鑄鐵大門邊，然後把洗衣袋甩到肩上，踏上草坪，走向屋子。她第一次對這裡的缺乏安全防護顧忌起來，這邊是本來就有防護，但隱藏起來了？或者吉瑞是那種喜歡警鈴和絆索的間諜大師？

吉瑞選擇在威尼斯出沒，實在太合適了。這裡有濃霧和倒影，有漂移的水面，虛虛實實、閃閃發光的建築外觀。這是一個曖昧而令人難以置信的城市，它的存在如幻似夢，違反所有的理性或邏輯。

自創真實的人，不僅只有丹尼爾．巴柏。伊安．吉瑞也幹了同樣的事。

荷莉來到離屋子二十公尺處，拿出卡賓槍，塞入彈匣，將第一輪子彈上膛，並將手槍與槍套緊繫腰上。

她試了試前門，門沒鎖。

吉瑞坐在大門廳後方，一張看似總督或伯爵坐過的古董木製王座上，張著眼皮內雙的眼眸望著她。他一手撫著下巴，左手則閒閒地橫放在大腿上。兩側牆壁的彩繪嵌板上，錯視畫法的仙女及頑皮的牧神們正邪淫地偷瞄著荷莉。

荷莉舉起卡賓槍。「把你另一隻手亮出來。」

吉瑞抬起左手，嘲弄地揮一揮。沒有武器。

「所以你在等我。」

「噢，荷莉。」他聲音一啞，聽起來竟有種詭異的如釋重負。「我等待這一刻已經很多很多年了。」

69

丹尼爾對凱蒂說：「我想我完成了。不過有個問題。」

他寫好運算程式後輸入嘉年華裡，然後驚駭地看到駭客選擇的目標在他的螢幕上湧現。發電廠、醫院、水力發電廠、航管系統……米蘭最高樓的電梯會墜落地面，摔死裡頭每位乘客；地鐵系統變電站的冷卻風扇會燒出火來；義大利股票交易的一個缺失將引發自動賣股；還有羅馬的電車系統。丹尼爾驚訝地發現，這名駭客竟能輕而易舉地聯結，並在同時間發動許多破壞行動。

丹尼爾的編碼像拔野草似地，逐一從被感染的電腦裡挑出操控者的指令，連根拔除。

他也連帶看清嘉年華的用戶都是些什麼人。揭去匿名的假面後，丹尼爾看到了色情販子與客戶；毒販與毒蟲；八卦、酸民和網路霸凌。但他也看到沙烏地阿拉伯的一群男同性戀利用嘉年華來分享資訊，這些資訊若公開分享，將會給他們帶來三年的牢獄之災與五百下鞭刑；他看到埃及的地下民主活動；伊拉克一個身處險境的基督教社區。也看到告密者利用網站來抨擊世界各地的貪瀆與權力濫用；名人利用嘉年華來逃避成名的壓力；害羞的人利用網站來發聲，背負各種祕密的人在嘉年華裡告解。

「所以你已經擊敗它了嗎？」凱蒂問。

「還不完全，我一直在尋找病毒來源的主控電腦，我想我已找到了，但卻進不去。」

「什麼意思？」

「意思是，那也許是駭客自己的電腦，因為某種理由，這個目標太重要了，所以他得親自操刀。那表示問題很複雜，需要時時刻刻操控，而不是簡單地關掉幾個開關就可以了事。」

「知道會是什麼嗎？」

「一開始我以為可能是飛機。如果他在飛機上，又找到駭進機上電子設備的方法，他便可以控制住機長，讓機長無法解決問題。不過自從九一一後，飛機已另有對策防止那種情形發生了。」

「那麼船隻呢？」她緩緩問道。

「你為什麼那樣說？」

「駭客去技術學院這件事一直很困擾我，因為他明明比班上所有學生加起來都更懂電腦。駭客失蹤後，我們便假設他是在郵輪上找了份工作，溜出西西里了。可是如果登上那艘船才是他最初去西西里的目的呢？」她頓一下，說：「如果他找到辦法劫船了呢？」

70

凱蒂打給阿爾多．皮歐拉時，已過凌晨三點。她請皮歐拉叫醒瑟托將軍和馬賽羅檢察官，要他們到聖匝加利亞教堂。

「你還需要別的嗎？」

「要十二名憲警，一大間重案調查室和一位懂船和炸藥的專家。不過最緊急的是，要兩位聰明伶俐的年輕軍官，協助我識別駭客可能會在哪一艘船上。」

「你想找誰？」

「帕尼庫奇和芭娜絲柯。」她毫不猶豫地說，聽到她提到第二個名字時，對方沉默了。

凱蒂解釋道：「我並不喜歡她，但她很聰明。而且她做事很徹底，不會慌亂。」

「好吧，我去跟瑟托將軍和馬賽羅談一談。」

✣　✣　✣

爆破專家塔索少校與她同時抵達聖匝加利亞教堂。

凱蒂問他：「我的假設可行嗎？一個人能劫持整艘郵輪嗎？」

塔索小心翼翼地回答：「得看這個人的技術有多精到。不過他若找到避開船隻安全系統的辦法，當然是有可能的。」

「然後呢？他可以威脅把船弄沉？開到陸地上？把船炸掉？」

「還是得視幾項因素而定，例如船使用何種燃料，有些最時髦的郵輪用的是汽油，汽油比重油更環保，但缺點是容易爆炸許多。」

「爆炸力有多強？」

他平靜地說：「回想九一一。記得七十噸左右的飛機燃料在高樓大廈裡炸開的模樣嗎？然後再想想，一艘滿載的郵輪，可能運載著同樣易燃的兩千多噸汽油，如果爆炸開來，就不會只是著火或沉船這麼簡單的事了，船隻本身——船體、船側、船殼板——就像土製釘子炸彈裡的釘子，會加強爆炸力，而非抑制它。」

「等一下。」她邊計算邊說：「你的意思是，客船的爆炸威力會是雙子星大廈爆炸力道的三十倍？」

塔索點點頭。「倘若有些乘客奇蹟地沒被炸死，但那樣的爆炸會造成溫壓真空，等同於油氣炸彈，任何在爆炸範圍內的人肺部都會被炸裂，至於範圍有多大，真的很難說，但幾百公尺一定跑不掉，即使是在開放海域上。」

「真該死。」凱蒂想到日日所見，在威尼斯進進出出的那些龐然大物。倡議者擔心它們會破壞環境，可是為何沒有人想到安全風險的問題？

凱蒂突然感到渾身一冷。她緩緩問道：「萬一爆炸不是發生在海上，而是在更稠密的空間裡，會發生什麼事？」她朝五十公尺外的碼頭區揮揮手。「例如像聖馬可港這樣的地方？」

塔索聳聳肩。「這麼說吧，我懷疑爆炸後，我們會有任何人還能站在這裡。」

她遵循的是簡單的邏輯，即便如此，凱蒂還是無法相信結果會那樣。葛孟多跟她說過，堤聶黎的計畫包括讓自己成為威尼斯的救世主，而且堤聶黎在她第一次去葛瑞茲島時，便親自對她提過郵輪對他的鰻魚場造成多大的破壞。對威尼斯人而言，你很難找到比這更富動機，或更能象徵渴求改變的議題了。

帕尼庫奇和芭娜絲柯到了，凱蒂用幾句話解釋當前的狀況。「我需要你們找出目前在亞得里亞海上，是否有任何使用汽油的郵輪。去查提及『綠色』或『環保』的郵輪網站，然後看看他們的時程表以及郵輪駛向何方，尤其是否有任何郵輪的下一個停靠站是威尼斯。」

她回頭對塔索少校說：「少校，你剛才提到九一一，我想此人可能不僅想劫持郵輪，或只想把船炸掉，我認為……」她遲疑著，勉強說出自己的想法。「我認為他可能打算利用郵輪攻擊威尼斯。」

71

「你不坐嗎？荷莉？」

「我寧可站著。」她繼續拿槍對準他。

「你會告訴我，我到底做了什麼吧？」

她不可置信地說：「不會吧？你不記得了嗎？或者你只是在猜我到底知道哪些、不知道哪些？」

他平靜地看著她。「我不會對你說謊，荷莉，在為我的國家服役時，我確實做過一些艱難的決定，但那是我的職責。」

「你為了搏版面，抹黑赤色旅，下令毀掉一個小孩的容貌。你暗殺了一名前總理，阻止他與共產黨合作分權。你像行銷主管做廣告似地招攬暴力同夥。最近你甚至下令殺害堤聶黎伯爵，並當著凱蒂的面，將她快要查明真相的男友炸成碎片。」

他坦認說：「是的，是的，那些命令都是我下的，有時我雖不多言，但確實是我的意願，也都執行了。」

「而且你安排給我父親開抗凝血劑，希望將他除去。」

他抬起手說：「沒有，並沒有。諷刺的也正是這點，荷莉，我從來沒下過那種命令。我收下他的報告，並告訴他會呈交上去，就這樣而已，我們不會殺害美國同胞。」

荷莉明白他的意圖了。吉瑞承認所有她確認的事，但否認會促使她扣下扳機的那件事。話術，全都是話術。吉瑞像音樂家運用音符，或魔術師把玩撲克牌似地玩弄文字，而他絕對不會做的一件事，就是告訴她真相。

吉瑞似乎看透她的心思，說道：「沒有所謂的歷史，荷莉，只有相互競爭的觀點。何不讓我把我的觀點告訴你？你若覺得不喜歡，再開槍射我。」

更多的話術。她實在很害怕，害怕他的舌燦蓮花。他能用話語困擾或迷惑她，但她必須給受指控的人發言權，這點已深烙在她的本性裡了。

她用槍比劃一下。「說。」

他說：「你也知道，七〇年代我們的主要工作是阻止共產黨進入義大利政府的權力核心，即使只是聯合政府裡的新手夥伴也不成，若是其他國家的選民看到歐洲共產主義在義大利獲得成功，誰知道會有什麼後果？義大利半島、俄羅斯的附庸國……這股歪風說不定蔓延至西班牙與法國。因此我們採取兩頭並進的策略：讓人民反對共產黨，並確定義大利不會成功。」

「你的意思是，利用劍黨為工具，在兩邊造成流血事件。但最初想到那樣做的，並不是劍黨黨員，對吧？而是你這位操弄傀儡、讓兩方相互對抗的人。」

吉瑞淡淡表示：「那樣說就有一點過頭了。真相是，沒有人能完全控制當時的情況，不過，是的，有一陣子，我和我的同事確實逮住了老虎的尾巴，並十分擅於操弄，放老虎去咬敵人且不會反噬我們。」他聳聳肩。「我想是挺成功的，畢竟我們贏了冷戰。」

「可是你並沒有就此收手，當時喊停是合情合理的，可是那時你已無法自拔了。」

「也許比較不歇斯底里的說法是，我們有一個效率奇高又昂貴的資源——一個位於歐洲核心的國家，除了名稱之外，這個國家根本就是美國的附庸國。當然了，我們一向小心翼翼維護，讓義大利表面上看來仍是一個運作正常的民主國家，實際上，背後卻有一整個大眾看不見的平行政府系統。我們有我們的執政委員會、附屬委員會和執行機構、中央銀行、警察、公務員和官僚。全世界都以為它們是慈善組織、黑手黨家族、共濟會及私人金融機構，但其實它們全都是我們控制的延伸。還有別忘了，我們在義大利四處布置了軍事設施，冷戰的結束，並不代表美國治下和平的開始，我們在地中海仍需要基地，萬一發生狀況時，能將我們的軍事能力投射到亞洲、非洲……還有歐洲其餘地方。身為世界警察，得要隨時能夠派地面部隊過去，無論那地方位於何處。」

她冷冷地說：「你並不是世界警察。警察知法執法，做的是逮捕，不是暗殺。你是世界的義警，但只為自己的利益而做。」

「也許吧，可是對美國有利的事，通常也對這些歐洲小國有益。堤聶黎便是一例。」

「我猜阻撓他也是你幹的吧？」

吉瑞點點頭。「我們以前又不是沒幹過這種事，劍黨黨員偶爾有人會太過志得意滿，自以為是救世主，可以彌平原先他幫助我們創造出來的混亂。就堤聶黎而言，他有豐沛的資源，能設立一整個地下組織來支持他的計畫，但美國最不樂見的就是義大利分裂，那將阻礙美國部隊的暢行無阻。」

荷莉愣了一會兒，才明白他是在開玩笑。

「不過我們很快發現，干擾堤聶黎的野心，讓我們更有利於操作。」他接著說：「除了美國之外，義大利其實只有一個玩家，但他們最近一直不太乖。這名教宗對反恐戰爭有諸多批評，因此，梵蒂岡銀行與卡山德暗中處理他們的有毒資產，這無異是一大把柄。我們在對的時機，悄悄把消息傳進對的人耳裡，教宗的政策就會轉回我們的方向了。事情就是這麼辦的。」

「那麼凱蒂和丹尼爾一直設法阻攔的那場攻擊呢？事情也是那樣辦的嗎？」

吉瑞聳聳肩。「你也知道，歐洲一直極力反抗我們的網路監視計畫，他們需要被小小地提醒一下，若缺乏美國的保護，世界現在會有多麼危險。這次恐攻後，歐洲所有政府都會跪求讓他們簽署加入虛擬情報蒐集聯盟了。那其實是個很棒的系統，有人注意到，在斯諾登揭發我們的間諜活動後，歐洲恐怖份子的活動減少了。一開始我們以為是那些壞人學會躲避我們的監視了，接著我們卻發現：知道自己受到監視，會讓人變得比較安分。這是十八世紀，一位叫傑瑞米．邊沁[34]的哲學家發現的道理。他以這項原則，設計一間自律調整的監獄，獄中每名犯人都相信自己受到守衛的祕密監視。他稱之為圓形監獄[35]。荷莉，虛擬情報蒐集聯盟就是我們的圓形監獄，過不了多久，每個歐洲人就會自願走進來了。」

「要付出什麼樣的代價才會這樣？」她驚駭地問。

「噢，呃。」他想了想，說：「我想威尼斯會變成火海一片，不過有那麼糟嗎？這地方反正都發臭了。別擔心，我們會協助重建威尼斯，但這次會高出水面兩公尺，有適當的污水系統、逃生口、便道……這會是十個世紀以來，威尼斯第一次真的能像樣了。」

「你會把它變成迪士尼樂園，海上的拉斯維加斯。」她說。

「人家迪士尼是營運精良的產業，義大利人可能做得更糟。」他嘆口氣。「沒錯，在慌亂與大火之中，是會有人死亡，我估計幾千人跑不掉。若看看當今周遭的世界，敘利亞、黎巴嫩、幾乎所有的非洲國家，你就會明白，那個數字幾乎無足輕重，但這次的大火將成為全球新聞頭條，使事件看來格外重要。我不是在辯解，荷莉，就我看，不讓義大利人知道更多這次攻擊的細節，是錯誤的決定。這也是諸多令我想退休的原因之一。真正的退休，而不僅是卸下我的官方職銜。」

「你就是凱撒，對不對？你就是那個在義大利對美國發號施令的人。」

他點點頭。「這是個非常尊榮的稱號，我前任的鮑伯．葛藍是第一位凱撒，我是第二位。義大利在七十年中有六十二個官方政府，但只有兩位真正的統治者，你將成為第三個。」

她不可置信地說：「我！你憑什麼以為我會想沾這檔事？」

他反駁說：「那你為什麼會認為我想要？荷莉，我跟你說過，我派你來這裡，是因為你父親。可是我越看你，越覺得你是這裡需要的人才。有些人認為你可能在義大利長大，受到污染，但我在你身上看到美國人的忠勇愛國，你是個思路清晰，置國家於首位的人，但又足夠喜愛這個荒唐可笑的義大利，願意拯救她。我說得對嗎？」

荷莉沒回答。

「重點是，所有這些艱難的決定，現在都將由你來決定了。我們是不是下手太重了？我們是否該讓法

34 傑瑞米．邊沁（Jeremy Bentham, 1748~1832）：英國哲學家、法學家及社會改革家。

35 圓形監獄（Panopticon）：將圓形建築分隔成囚室，其一端採光良好，另一端面向建築物中間用於監視的高塔。高塔中的人可以看到每一間囚室，而犯人因為逆光無法看清監視人員，因而疑心自己時刻受到監視。

拉維歐・李方帝這樣的人發掘我們的祕密，如果代價是讓全世界對美國及我們的政策反感？哪一項更重要？是少數義大利麻煩製造者的性命，還是全球美國部隊的安全？」吉瑞傾身說：「你想阻惡行善是嗎，荷莉？我給你權力，你愛怎麼做都行。你來當我的良知、我的顧問，或隨你愛怎麼稱呼。等我教你方法之後，便會退出江湖，由你接手。」

「就那樣。」她喃喃說。

吉瑞聳聳肩。「或者你可以開槍打我，也許我不會在乎了，如果你要那樣選擇，我絕不攔你。」

「我想弄清楚，還有別的選擇嗎？」

「當然有，你若決定不殺我，但又不想接下我提供的職位，你可以一笑抿恩仇地離開。我甚至能安排你到別處行善。你喜歡做什麼，荷莉？到獅子山做人道主義工作？到達弗維護和平？在伊拉克阻止滅種屠殺？如果你真的容不下美國強權醜惡的現實面，那麼還有容許我們到全世界行善的這一面。如果那樣較接近你的品味，你只管開口就是。」

「還有第四種選擇。」荷莉說。

吉瑞揚起眉毛。「什麼選擇？」

她拿下肩上的洗衣袋，死盯住吉瑞，一邊伸手到袋子裡拿她從廚房裡帶來的東西。

一盒老鼠藥及一把利刀。

「第四個選擇就是，我逼你把紙盒裡的東西吞了，裡頭是施用在我父親身上的抗凝血劑。然後我把你的耳朵、鼻子割了，就像你當年叫卡蘿・黛塔洛對付丹尼爾那樣。劇痛也許會造成我父親的那種中風，但不管會不會，抗凝劑應該會讓你血流不止而亡。」

她仔細盯著吉瑞，但那對淡藍眼眸幾乎毫無所動。

他輕聲說：「是的，是的，那會是另一種選擇，對吧？所以，荷莉，到底會是哪項選擇呢？」

72

憲警直升機急急地在海面上低飛。頃刻間，義大利海岸已成為他們背後一連串閃閃發亮的小斑點了。芭娜絲柯和帕尼庫奇只花了幾分鐘，便找出最有可能的那艘船。「寧靜號」不僅是一艘乘載三千七百五十名旅客，及一千三百名船員的汽油動力巨輪，而且航線的下一站就是威尼斯。船上有傲人的最新科技設備，從透過郵輪自己衛星所提供的免費 wi-fi、面部識別軟體、定位追蹤，還有取代傳統安全系統的特殊 RFID 感應式手環，一應俱全。

不過馬賽羅檢察官一直不太相信，尤其當凱蒂要求關閉威尼斯，不許任何船隻接近，並立即規劃全面撤離時。

他驚駭地重述：「關閉威尼斯？上尉，你知道每天有多少郵輪造訪我們的城市？還有那些郵輪帶來多少旅客嗎？」

她不耐煩地說：「每天兩萬名旅客，約占所有觀光客的四分之一。但現在我們的優先順序，必須擺在另外四分之三的人身上，更別提威尼斯本身的市民與建築了。」

「維護安全跟讓人民過正常生活之間，必須有個合理的平衡，我們不能讓別人覺得我們老被每個奇思異想擾得慌亂無措。」馬賽羅稍稍挺直坐姿，顯然頗享受這種難得的不可一世。「我拒絕你的請求。」

瑟托說：「等一等，你說的那艘船目前正在國際海域上，只要船長同意，我們並不需要義大利的搜索狀便能上船了，所以拒絕或接受她的請求，決定權並不在你。」他看著凱蒂說：「我駁回檢察官的看法，授權你帶兩名軍官去搜查那艘船。你們若找到任何線索，任何東西都行，我們再進一步討論要怎麼做。」

「謝謝您，長官。」凱蒂趁瑟托尚未改變主意前，早早溜出門了。

✣　✣　✣

此時此刻，寧靜號正沿著克羅埃西亞海岸航行，到了黎明前，那些有幸住在右舷外側船艙的人，便能直接看到洛西尼島（Losinj）的美麗海灣。連住在內側的人，也能透過他們的「虛擬舷窗」——頭頂上的圓形電視螢幕——看到掠過的海灣。

約莫到了中午，寧靜號便會轉向西北，越過亞得里亞海了。運氣好的話，船隻在行經聖馬可港，沿大運河航向特隆契多島的停泊站時，夕陽神奇的光輝將灑滿威尼斯城，到時旅客們或者下船吃飯，或加入郵輪安排的步行導覽。

但實際上，大部分乘客會選擇在船上的高級餐廳奎西尼或其他餐廳用餐。郵輪在穿過麗都島的活動水閘門進入潟湖時，所有三千七百五十名乘客便會拿著相機擠在欄杆邊，俯瞰聖馬可廣場、總督宮和長方形的大教堂。

「在那裡。」直升機駕駛指著，並回頭喊道，凱蒂往下看見三、四座小島，島上燈火在夜色中約略可見。其中一座似乎特別顯亮，接著凱蒂才意會到，那根本不是島嶼，而是一艘船。

她看過超大型油輪，為油輪的空盪寬長驚嘆不已，油輪船員的住處與艦橋，只是一望無盡的甲板上一個小小的建物罷了。寧靜號則完全不像那回事——雖然幾乎與超大型油輪等長，但甲板上足足七層樓高的建物中，布滿了船艙、中庭、網球場、攀牆、滑水道……艦橋本身像個護目鏡似的，一塊長條玻璃，占據船身的一小部分，橫跨船隻寬度，兩側甚至還稍稍突出來一些。

那不是一棟漂流的高樓大廈，凱蒂心想，直升機小心翼翼地飛到著陸區上方，跟上船隻的速度，那根本是一座海上城市。

她檢查自己的手槍，然後看到芭娜絲柯和帕尼庫奇也在做同樣的事。

✣　✣　✣

兩名主管等著迎接他們，然後連忙帶他們到艦橋。艦橋比從空中看起來大，兩倍高度的走廊有四十公尺寬。慣乘小船的凱蒂，幾乎不認得這裡的航海設備，只看出正中央有個像巨型噴射機駕駛艙的東西，上面有兩個座位，四周是一排排的螢幕與電腦控制台。旁邊舵手掌控的駕駛盤並不比汽艇的大，沒想到如此龐然巨物，竟由這麼小的東西操控。

「我是羅贊諾船長，這位是我的副駕駛達瑞・瓦拉斯科。」船長從其中一個駕座上起身說：「有什麼我能幫忙的嗎？」

「我們在找一名恐攻嫌犯，我們相信他可能藏身在你們的ＩＴ小組裡。」凱蒂答道。

「我現在就召集他們過來。」船長對副船長點點頭，後者立即朝電話走過去。「我的船有任何立即的危險嗎？」

凱蒂老實地說：「我不知道，你自從離開西西里後，可有注意到任何異常現象？尤其是你的電腦系統？」

船長搖搖頭。「完全沒有，這趟航程非常順利。」

「為防萬一，我建議你關閉任何與網路連結的設備。」

船長眉頭一皺。「事情沒有那麼簡單，我們的乘客生物辨識系統都使用相同的網路，不過我會派人檢查一下。」

他們等待IT組員被帶上來時，凱蒂看著芭娜絲柯，想起這位少尉會暈船。「你覺得如何？」她低聲問。

芭娜絲柯一臉詫異。「噢，我很好，我想我已經習慣了。」進步挺神速的，凱蒂心想。

不久八名男子被帶進艦橋裡，一行人還揉著惺忪的睡眼。

「所有組員都在了嗎？」船長問。

其中一人瞄向一排人。「除了馬斯塔金，全都到齊了，他在值夜班。」

「他現在在哪裡？」

男子走向裝在門邊的電腦螢幕，輸入一些字，郵輪的平面圖便出現了。第三層甲板有個閃動的小藍點，凱蒂四下打量，發現每位船員都戴了一個有色的手環，那應該就是她在芭娜絲柯電腦上讀過的追蹤器了。

「他在賭場裡。」男人報告說。

「瓦拉斯科副船長，能不能麻煩你去找他？」

凱蒂說：「我也去。讓其他人待在這裡，好嗎？我的手下可以開始檢查他們的身分。」

凱蒂陪副船長進入玻璃電梯，降到一處三層樓高，有許多商店的中庭。

「跟我來。」瓦拉斯科帶路越過中庭，穿過一扇防火門。標示上寫著這裡是皇家賭場，是歐洲海域最大型的船上賭場，每側都有燈光閃動，機器發出嗶嗶聲，雖然時值半夜，賭場裡仍擠滿人潮。

瓦拉斯科打開另一扇防火門，兩人進入另一間沒有窗戶，充滿嗶嗶聲的地方，但這回發出聲響的機器是電玩，裡頭的客戶主要都是青少年。

副船長拉出一塊板子，再次參照平面圖，閃動的小點此時僅隔幾公尺了。「在這裡。」他帶頭朝一塊跳舞墊走過去。

在舞墊上不停轉動的少女幾乎沒去看他們，逕自專心凝神地盯著螢幕。

凱蒂說：「幫我弄張馬斯塔金的照片來，麻煩你盡快。還有，我得再去找船長談一下。」

✣ ✣ ✣

「我們必須搜查全船。」凱蒂說。

「很好，不過我們不能打擾乘客，他們正在睡覺。」

「把他們全叫醒，然後搜查每個艙房。此人非常危險。」凱蒂霸氣地說。

船長皺起眉頭。「請恕我這麼問，上尉，但究竟是什麼情報，讓你會做出那樣的結論？他不過就一個人，我們的引擎室固若金湯，他到目前什麼都沒達成，也看不出他有犯罪的跡象，有沒有可能他只是利用他的技術，遮掩他在上班時間跑去睡覺的事實？」

凱蒂指指艦橋裡的科技設備。「重點就在那裡，他是駭客，而這是一艘由各種電腦控制的船。他有可能計畫任何事。」

船長似乎覺得有些好笑。「可是乘客的無線網絡跟控制本船的系統並沒有連線，所有這些機器都直接與公司自己的衛星相連。」

「那麼貴公司就有破綻了，船長。如果駭客駭入衛星，便能控制你的船了，請相信我，駭客一定會那麼做的。」

船長說：「可是他並沒有控制我的船，是我在控制的。來，我操作給你看。」他轉身對掌舵的男子說：「舵手，把船調轉三度。」

「是，長官。」

船長轉頭看著凱蒂，兩人等著，凱蒂看到他自信的眼神一閃，取而代之的是疑惑，接著是警戒。他轉身劈頭問船員：「出什麼問題了？」

「我不知道，長官。」舵手快速按著幾個鈕。「一切都運作正常，可是船身就是沒有回應。」

凱蒂感覺腳底下的震動稍稍增快，引擎逐漸加速。

「呃，可是油門有反應。」船長解釋說。

「長官，我並沒有調高油門。」

一片死寂。「把速度降到七節。」船長說。

「是，長官。」舵手接著報告：「引擎也沒反應，長官。」

凱蒂重申：「搜船。每間艙房都得搜，駭客正拿著筆電藏在船上某處控制一切。」

73

他們將寧靜海號的船員組織成搜查小組，一行人走下第一層甲板時，燈熄了。

緊急照明立即啟動——嵌在地板與天花板的昏暗LED燈，在遇到船難時，可引導乘客。可是郵輪突然間看起來不像海上的四星級飯店，倒像是個擠滿人群，搖搖欲墜的脆弱大容器了。

即使從艦橋裡，凱蒂都能聽到驚惶的呼喊聲。她趁沒人注意時對船長說：「也許你得開始考慮讓大家離船了。我們應該盡可能把人撤走。」

船長搖搖頭。「可惜做不到，救生艇得在船身固定時才能下水，船速只要超過五節，救生艇就會被尾浪拖到水底下。」他瞄著一方螢幕。「我們現在的航速是十四節，而且還一直在加速。」

凱蒂漸漸意識到事態的嚴重性了。「我們多久會抵達威尼斯？」

「照這個速度，約四個半小時。」

「我們能知道船究竟要開往哪裡嗎？」

「我的導航員說，GPS的定位瞄準了聖馬可鐘樓。」他沉聲表示。

著名的鐘樓就在聖馬可廣場中央，幾乎夾在總督宮和教堂中間，離面海的馬路一百多公尺。

船長說：「看來他打算讓船全速衝進廣場，到時會如何，我們無法確切知道。但油槽裡加滿了油，船很可能會爆炸。」

「你能不能把燃料淨空，倒入海中？」

他搖著頭。「郵輪沒有淨空燃油的機制。」

這簡直是顆漂流炸彈，凱蒂心想。這船是艘巨大的海上導彈，瞄準了威尼斯的正中心。想到明天報上頭版的照片，鐘樓將倒塌，立在海邊的威尼斯守護者聖馬可與聖多祿花崗岩柱將化為飛灰，供孩童們玩耍和觀光客擺姿勢照相的石獅子將不復存在。而她世代祖先在此閒聊、散步、跟廊柱下酒販買冷飲的廣場，將成為毀滅現場，被海水重新淹沒，瞬間歸零。

事情還不止這樣。總督宮有知名的木造屋頂，是威尼斯軍械庫的造船師所造。他們把打造舉世豔羨的威尼斯船隊的技巧，用在建造這個類似船體的屋頂上。大教堂的五個金色圓頂——十三世紀的設計，為了讓遠在海上的人能看到威尼斯的權勢表徵——也是木造的。火災對威尼斯的政府向來是一大威脅，即便在今日，餐廳要裝設披薩烤爐，都還得申請特別執照。火勢有可能在傾刻間躍過窄小的水道，燒去擁擠的公寓建築和豪華的宮殿。萬一寧靜海號在聖馬可廣場爆炸，破壞力會拓及多廣？也許漫及聖馬可地區其餘部分；說不定遠至卡納雷吉歐區和城堡區……凱蒂強抑心中的怒火。

她打電話給皮歐拉報告最新狀況。皮歐拉問：「你還能下得了船嗎？」

「我想是不行了，飛行員說，直升機在這種速度下沒法升空，反正我不能丟下乘客不管。」

皮歐拉低聲說：「你若找到他，而且能選擇的話，就開槍射死他。答應我，凱蒂，千萬別猶豫。」

凱蒂遲疑著說：「我會的。開始準備撤離居民了嗎？以防萬一我們沒能成功？」

他嘆口氣。「我們整晚都在討論此事，高層沒有人願意出面做決定，你也知道自由橋的狀況，即使我們有辦法傳遞全面撤離的消息，又怎麼可能讓三十萬名觀光客在幾小時內，越過一道小小的橋？一定會造成恐慌。」

「即便如此，還是得試試。」

「我會繼續努力。可是凱蒂，我們還是希望不至於走到那一步，駭客一定在船上某個地方，還有時間可以找到他。」

✣ ✣ ✣

夜色逐漸轉明，丹尼爾完成了最後一批的用戶電腦掃毒，還有少數幾部他未能及時掃到，因此義大利各城市的交通號誌失靈了，早晨塞車時間比平時更動彈不得。數百輛與網路連線的車子——那些使用福特 SYNC 科技、BMW 的 ConnectedDrive、奧迪的 Connect，及賓士的 COMAND——撞了車，致使交通益發混亂。有些人的車庫則拒絕開門。數處政府大樓裡的灑水器沒來由地啟動，義大利三大銀行的伺服器突然開始把所有客戶的資料傳到網路上。

不過就目前看來，並沒有一項因駭客攻擊而造成死亡，到了早晨十點鐘，丹尼爾已清理到只剩下駭客自己的電腦了。

十點半，全義大利的即時新聞都在報導這種異狀，有些人已懷疑可能是網路攻擊了。

丹尼爾想了一會兒，然後在嘉年華的登入頁上貼出一則訊息。

親愛的嘉年華用戶：

過去幾週，嘉年華一直在做妥協。一名駭客成功地在網站用戶中散播病毒，他的目的是造成千上百，甚至上萬的物聯網設備同時失靈，並製造恐懼。

防止這些攻擊的唯一辦法，就是由我移除嘉年華的加密系統，除去本網站的病毒。加密不久後便會復原，但各位必須了解，這段期間，你在嘉年華的一言一行，都不會有平時級別的隱匿性。

職是之故，今天的網站管理員選舉將延後二十四小時。

丹尼爾．巴柏

他按下「公開」，然後靠坐著。他相信一定會有人大聲抗議；也會有人指責他誤導用戶，以為加密功能連他自己都無法破解。別人則會藉機譴責他一開始就不該容許用戶匿名。

不過此時他還有更迫切的事情要思考，和一項重大決定要做。

74

到了中午，搜索小組已翻遍一千六百五十間艙房，查過水公園、殖民俱樂部、虛擬高爾夫球場、三間餐廳與迪斯可舞廳了。他們搜過峇里島水療和拉辛日光浴室、夏威夷棕櫚球場及拉堤咖啡店。他們搜查每層客艙甲板，然後才移師到樓下鬧聲隆隆的廚房、船員宿舍和引擎室。

卻都絲毫不見駭客的蹤影。

凱蒂親自搜查他的臥鋪，尋找線索。他們找到一本破爛的可蘭經，兩支手機和三本照片一模一樣的護照。最舊的是利比亞護照，名字是特瑞克．法克朗，二十歲。凱蒂認不得這張臉或名字，但她並不訝異：因為他們在西西里的書寫板上找到的指紋，資料庫裡根本找不到符合的資料。

想到寫字板，凱蒂連忙找尋電腦。「找不到筆電，他一定就是在用筆電。」她轉頭問船長：「如果他想上電腦網路，哪裡是最好的地方？」

船長聳聳肩，無助地看著電腦技術人員。

凱蒂心想，我們沒有一個人眞正了解這玩意兒怎麼運作，我們自以爲控制了網路，因爲我們在使用它，可實際上我們壓根不懂

技術人員說：「也許是伺服器室，但那邊已經找過了。」

「還是帶我過去看看。」

伺服器室位於往船底方向的樓層，封閉悶熱的空間裡擺滿設備，一綑綑的粗厚電纜拉過屋頂的管子，底下是許多默默閃燈的電腦。

「有沒有辦法關閉他使用的部分？」她問。

技術人員說：「我們試過了，但看起來沒有差別。一定要我猜的話，我想他已繞過我們的網路，自己寫程式來控制這艘船了。」

凱蒂不懂電腦，但她懂船。「他還是得用GPS鎖定航行目標。如果他想駭入所有其他電子設備，駭入最上游的衛星通訊，得去哪裡做這件事？」

「船頂有個天線區，只能從雷達塔的側邊爬上去。」回答的是船長。

✣　✣　✣

凱蒂帶著帕尼庫奇和芭娜絲柯匆匆爬上甲板間的員工專用梯，最後終於來到雷達塔底下，但那邊只有

一道攀爬用的金屬梯子。

凱蒂逐一踏著橫檔往上爬，陽光從塗漆的金屬上彈入她眼裡。凱蒂往下望，看到底下的海面至少離了七十公尺。

梯子的橫檔在穿過看似小觀景台的地板後，便沒有了，這裡是郵輪的最高點。凱蒂小心翼翼地把頭探過洞口，四下尋望。

一名膚色黧黑的青年盤腿坐在雷達天線旁，兩膝之間架著一部筆電。他穿著狀似無袖加襯短衣的衣服，接著凱蒂看到從衣縫間冒出來的電線，才明白那是件自殺背心。

青年與凱蒂四目相接，他的手伸向口袋。

「別動！」凱蒂喊道，伸手掏槍。

青年沒有停手，當他拿出引爆器時，凱蒂朝他面部射擊。她沒有時間考慮，沒有時間做決定。開槍時，凱蒂便知道，自從皮歐拉警告她千萬別遲疑後，她就打算這麼做了。男孩的頭部爆開，鮮血濺在塔側，男孩的身體先是一震，筆電從他腿上跌落，然後軟軟倒向一側，他的黑髮塗拖著噴出的血水。槍枝的後座力也將凱蒂往後震了，站在梯子上的她朝側邊甩開，左手緊抓住梯子保命，同時拚命掙扎重新站穩。

接著她躍到台子上，男孩仍活著，身體還在抽搐，然後便突然斷氣了。凱蒂檢查他的呼吸道，然後本能地將嘴緊貼到男孩裂開的下巴上，為他灌氣，就像她剛才想都不想地扣下扳機一樣。

帕尼庫奇和芭娜絲柯爬上來默默蹲到她身旁，凱蒂直至看見鮮血在他們靴子邊堆積，才知道已回天乏術了。

「去拿筆電。」她說著站起來。

凱蒂看看郵輪的航向，地平線上是條閃閃發亮的帶子：鍍金的圓頂、尖頂與炮塔，在太陽的光輝下金光燦爛，郵輪的船首像飛箭般地射向那裡。

威尼斯。

✣ ✣ ✣

他們把筆電帶回艦橋讓專家檢查。

電腦技術人員終於說道：「每道指令都有密碼保護。我們連指令是幹什麼的都不知道。」

凱蒂說：「那就把筆電關掉，至少那樣能確定它不會再控制郵輪了。」

技術人員把筆電翻過來，取下電池，就在此時，船隻深處傳來一記低吟，他們腳底下的引擎揚起尖聲。

凱蒂感覺自己的身體往後一傾，巨大的船身往前急衝。

技術人員低聲說：「是制動裝置。他一定事先做好配置，只要電腦斷線，引擎就會全速衝刺。」

「現在還有多久到威尼斯？」

一名船員看著螢幕。「用這種速度的話，三十分鐘內就到了。」

凱蒂抓起手機撥號。對方接聽時她說：「丹尼爾，我需要幫忙。」

凱蒂用幾句話概述狀況，最後表示：「所以我必須知道，你能不能駭入船公司的衛星，重設GPS的座標。」

丹尼爾想了一下。「可以也不可以，我大概能關掉衛星的連結，可是船隻本身還是會鎖定舊的座標，除非你們能找出別的辦法讓船改向，否則船會遵循舊的方位，直至撞船或耗盡燃料為止。你那邊完全無法掌舵嗎？有沒有辦法跳過電子設備？」

她看看那群正在商議的主管。「他們正在設法，不過，丹尼爾，我想我們不該仰賴他們，這郵輪實在太大，太複雜了。」

「船就是船，一定有辦法讓它轉向的。」

凱蒂心中閃過一個想法。

✣　✣　✣

她告訴船長：「你一定會覺得很瘋狂。不過我開了一輩子的船，知道大船跟小船基本上是一樣的。」

船長審慎地點點頭。

凱蒂表示：「如果我們拿駭客的自殺背心，到船首的水線下方炸個洞呢？船便會進水，將船身拖得偏向。」她指著地圖說：「雖然我們會開始下沉，但我們同時能把船調離港口，離開麗都沙洲，只要我們沒有越過沙洲，進入潟湖，威尼斯至少就安全了。最好的狀況下，也許沙洲會讓船慢慢擱淺下來，燃料槽不至於爆炸。」

「你怎麼知道那件背心只會炸出一個小洞，而不是大洞？」

「我不知道，但我不認為他會浪費時間，做一件沒有必要的自殺大背心，我猜炸藥量應該剛好可以炸死他、他的筆電和去抓他的人。」

「但願你是對的，上尉。因為我實在想不出更好的辦法了。」船長輕聲說。

✣ ✣ ✣

大夥討論對付船隻的計畫，辯論炸藥應擺到哪裡，但凱蒂知道，無論對或錯，思索的時間差不多結束了，現在威尼斯的天際線已清晰在目，就在長長的麗都沙洲後面了。凱蒂能辨識出各別建物的頂端：斯塔基希爾頓飯店屋頂的陽台酒吧、聖馬可教堂閃閃發亮的圓頂、奇蹟聖母堂的白色炮塔。

凱蒂突然想起那個一月的漆黑夜晚：潮汐拍擊著安康聖母堂的台階、雪花飄落、一具屍體從潟湖飄來。她跟阿爾多．皮歐拉合作的第一個案子，久遠前的事彷若近在此時。

「我在這裡引爆。」凱蒂打斷大家的討論，指著船首往下一半的距離說。

「那邊是員工住宿區，我可以帶你過去。」副船長立即表示。

「叫乘客穿好救生衣集合。」船長指示一名手下，然後對凱蒂及副船長說道：「祝好運。」

另一名船員已配好引信，當凱蒂小心翼翼地帶著背心走下彷佛無止境的舷梯時，覺得問題不在轟出的洞過大，而是怕太小。幾小袋的炸藥，真的能在寧靜海號這種厚實的船體上炸出足夠大的洞來嗎？

她很高興有副船長瓦拉斯科陪著她，因為到了水線以下，在一模一樣的走廊中很容易迷失方向。巨大的引擎震動在底下似乎也變得更劇烈了：凱蒂不止一次地從金屬牆壁旁跳開，謹慎地不讓背心碰到船壁。

最後副船長打開一扇門。「這裡頭。」

兩人二話不說，把背心放到一床臥鋪上，將爆炸方向對準外面，然後解開引爆線，撤回走廊。凱蒂蹲下來點引信時，副船長站在一旁，準備幫她撤離。

當爆裂及轟炸聲在她後面響起時，凱蒂已在狂奔了。太快了，她心想，爆得太快了。一時間她彷佛回到自己的公寓，僵立著看窗外的法拉維歐・李方帝被炸死。她本能地退縮而踉蹌起來，但副船長攫住她的臂膀，半拖半拉地帶她沿走廊奔跑。船員們一邊沿船身撤退，一邊將背後的防水壁封死；當海水洶湧灌入，奪回先前被人類暫時占據的空間時，凱蒂聽見後頭傳來第二記較為沉緩的爆炸聲。

✣　✣　✣

乘客們此時已靜靜穿上救生衣排在甲板上了，凱蒂和瓦拉斯科在艦橋裡，看到其他船員正焦急地俯望船首。

「有任何動靜嗎？」凱蒂問，其中一人搖搖頭。

丹尼爾回撥給她。「我已經騙過衛星的自動測量紀錄傳導和追蹤了。」

「啥意思？」她不耐煩地問。

「它會暫時停止運作。你們那邊如何？」

「我不確定。」凱蒂說這話時，已能感覺腳底下的甲板微微移轉，朝左舷傾過去了。她屏住呼吸。

他們離海岸只有幾百公尺，船首像根龐然的撞錘，撞向麗都沙洲的開口。當甲板轉向左邊時，船身也跟著轉繞，像玩滑板的人，把全身重量側向一邊，角度雖然不大，但船首現在確實偏離沙洲開口，朝向麗都島了。凱蒂可以看到班恩斯旅館華麗的外觀，和沙灘上一排排藍白相間的小屋。她看到了做日光浴的人，排排站在警方拉起的封鎖線後，阻止他們走上沙灘；也能看到等待著擁抱寧靜海號的柔軟黃色沙灘，感覺沙子已搔抓著船腹。寧靜海號放慢速度，突然一傾，甩向右舷，這次幅度來得更大。凱蒂隨著一群船員衝向艦橋一端，兩端高距差了三公尺；接著她腳下一個踉蹌，踩了個華爾滋的步子，整個人翻進帕尼庫奇的懷裡，然後兩人一起摔在斜如小孩溜滑梯的地面上。船身猛然一陣巨搖，龐大的郵輪便擱淺在岸上，歪醉成一種瘋狂的角度，再也無法前行了，船下有空盪盪的躺椅，寧靜海號彷彿想把乘客們倒在躺椅上，然後就此歇息。

75

丹尼爾．巴柏在里爾托橋附近一間酒吧的安靜角落裡等待，酒保跟大部分客人都戴著面具，不過有些人則露出面容。對許多參加所謂「摘除面具」活動的人而言，不隱匿身分是一種光榮的徽章。丹尼爾因此在網站上設立了一項新的功能：用戶可以選擇匿名或不匿名。

——嗨，丹尼爾。

坐到他旁邊的化身就沒有戴面具，但丹尼爾本來就知道他是誰。

哈囉，麥克斯，恭喜你。

——是啊，最後一切都還算順利，不是嗎？在摘除面具風波之後，將嘉年華的安全託付給管理員，而且不是隨便一位管理員，是幫丹尼爾．巴柏找出並消除病毒的那一位，似乎是唯一合理的選擇。恢復選舉後，麥克斯便獲得一面倒的勝利了。

其實，我就是想跟你談這個問題，我想重新考慮自己退出網站的事……

——哦？為什麼？對方沉默良久。

你的成功是部分原因，丹尼爾答道。

——我不明白。

我在思索駭客到底做了什麼，結果有幾件事還是很令我困惑，例如他如何能自己做到這種程度。因此我趁嘉年華還沒恢復加密時，仔細看了他的網史，我發現有個人在幫他……另一個在留言板上自稱吉布朗的駭客。吉布朗建議他攻擊物聯網，而建議他利用嘉年華的人，也是吉布朗。

——那傢伙挺聰明的嘛，麥克斯回說。

是啊……不過奇怪的是，流出弗雷瑞斯隧道攻擊影片的人，還是吉布朗。若不是你要我留意那件事，特瑞克．法克朗極可能就此逃過了。你覺得這個聰明的吉布朗爲什麼要那樣做？

——也許他忍不住想炫耀吧。

也許。不過我開始懷疑，其中是不是還有別的隱情。於是我也仔細檢視了嘉年華的管理員。

——然後呢？你查出什麼了？

一切都解釋得通了，丹尼爾難過地寫道，如果此時能有更好的方式來表達他的感受，而不是透過這種愚蠢的情緒，該有多好。他應該把這項功能加進去；因為現在嘉年華的化身能摘掉面具了，他們應該能夠大笑、哭泣，表示憤怒或失望。你爲什麼如此急於當選，嘉年華的老用户與新用户爲何會彼此對抗，爲什麼如此擔心安全的問題，而解決安全唯一的辦法，就是加強審查。

——我不懂你在說什麼。

你究竟是誰，麥克斯？或者我該稱你吉布朗？你是美國網站司令部（USCYBERCOM）的一員嗎？是密碼部門？特殊存取操作？或其他深藏在美國國安局裡的團體，機密到我們連聽都沒聽過？說不定你也不是單獨的個人，也許我所說的「麥克斯」，實際上是一組人，在美國的米德堡（Fort

Meade）或帕羅奧圖（Palo Alto）某個不知名的大樓裡，輪班工作的一組人。

——這太瘋狂了。

他們何時招攬你的，麥克斯？又是如何招攬？你是爲了錢？女人？或只想藉機成爲重要人士：一個能幫助美軍控制嘉年華的人？

——變成怪物的人是你，巴柏，不是我。你拒絕看清事情的演變，網路不再只是某種讓孩子們彼此惡作劇，不會有人知道他們身分的酷遊戲了。網路現在已變成眞實世界了，在這個眞實的世界裡，有不擇手段破壞一切重要事物的壞人。

的確是有，麥克斯，你知道嗎？你就是其中的一個。

麥克斯的化身突然消失了。

再見，我的朋友。丹尼爾對著空盪無物的空氣輸入，但願你認爲值得。

✣ ✣ ✣

他從螢幕前退開，回頭看著荷莉。荷莉正坐在另一部電腦前，把自動數據網絡紀錄碟片裡的內容，從磁碟機裡下載到隨身碟裡。丹尼爾搞定舊碟片裡的資料後，資料裡的機密便完全現形了。

荷莉雖已大致知道會有什麼內容；但光是她父親蒐集到的控告犯罪文件數量，便令她震驚不已。吉瑞即使發保密電報回華盛頓，也還是花言巧語——至於是為了保護自己或上司，便不得而知了。他應該是隻身行事，看情況而自行斟酌處理，不過你很難相信，CIA高層完全不知道他們最資深的義大利探員手上沾了多少鮮血。無論吉瑞是否花言巧語，只要比對電報發送日期和實際的事件，便不難查出義大利戰後哪些慘案是由他煽動的了。這裡幾近兩千個檔案，而每個檔案都罪大惡極。

丹尼爾還沒問荷莉，她離開吉瑞時，吉瑞是什麼狀況，而她也還沒告訴他。不過從荷莉專注匆忙的動作看來，丹尼爾猜想，荷莉應該認為自己沒有太多時間了。

她終於說：「全部就這樣了，現在該怎麼辦？」

丹尼爾教她如何進入嘉年華，把檔案放到儲物櫃裡，讓任何人都能讀得到，但卻沒有人能夠把檔案刪除掉。他對正在拷貝檔案的荷莉說：「你確定要這麼做嗎？要知道，這是沒辦法更改的，一旦檔案放上去了……」

「我知道自己在做什麼。」然而荷莉看起來好蒼白，耳下有條血管搏動著，她接著又淡淡地說：「我也知道他們會怎麼對付我，我已經做好準備了。」

丹尼爾點點頭。「按『輸入』，就完成了。」

她毫無遲疑地按下鍵，丹尼爾望著自己的幸福遁空遠飛，再也回不來了。

「我能用你的手機嗎？」荷莉問，丹尼爾把手機交給她。

對方接話後，荷莉說：「凱蒂，你得派犯罪現場小組到伊安．吉瑞的別墅，然後回巴柏府接我。」她聽著，接著又說：「我沒事，不過也要派鑑識組去別墅，因為吉瑞死了。」

兩人坐著等憲警來。「你知道他死前說什麼嗎？」荷莉若有所思地說。

丹尼爾搖搖頭。

「他說：『我愛你，荷莉。自從我們在烤肉會上玩那個遊戲，你踏在我腳上，我帶著你在花園裡到處走後，我便把你當成自己的孩子疼愛了。若不是我那麼疼愛你，也許便會阻止他們殺你父親了，可是他擁有那麼多，而我卻什麼都沒有。』」

「最後還是滿口謊言地想爭取你的同情。」

「也許吧，但我寧可認為他還存留一絲人性。」

不過荷莉發現，她連對丹尼爾都無法說出伊安．吉瑞最後真正的遺言：吉瑞閉上眼睛，等待死亡時，聲音低到近乎呢喃。

「Ego te absolve a peccatis tuis.」

他是在跟她說，還是在對自己講？或者那只是一名天主教徒在面對死亡時的本能反應？

我赦免你的罪。

無論理由為何，她竟覺得內心異常平靜，彷彿內心的交戰終於化解了。更特別的是，也許她希望吉瑞也有同樣的感受。

她看著丹尼爾。「你知道當他聽說威尼斯會受到攻擊時，曾試圖要你離開威尼斯嗎？他寫信給你，說巴柏府要崩坍了，你得搬出去，顯然你從未回信。」

丹尼爾咕噥道：「我不會做太多解讀，也許他只是不希望我礙事罷了。」

荷莉沉默片刻，尋思著。「你打算怎麼處理你的演算法？私下留著，還是公布出去？」

他指指窗子。「已經出去了。真的出去了，我把演算法撕碎，扔進運河裡了。」

「為什麼？」

丹尼爾緩緩地說：「公布的話，世界就再也沒有祕密了。一個一切都帶著神祕或複雜或富創意的世界，會被一個軟體所替代掉，我根本不想住在那樣的世界裡。」

「往好的方面想，那表示在迪士尼樂園不必排那麼長的隊了。」荷莉說道。

丹尼爾對她微微一笑，然後說：「你是怎麼進行的？」

「吉瑞嗎？我拿我爸的手槍射他，那樣做似乎是最恰當的。一顆子彈了結整個鉛年代。吉瑞絕不會因他的所作所為受審，他的金主一定不會肯的。」

丹尼爾聽不出荷莉有半分悔意；只有鐵一般的決心。他點點頭說：「你那樣做是對的。」

窗下傳來聲音，荷莉起身走到窗邊。「凱蒂來了，還有皮歐拉上校。檔案全都上傳了嗎？」

✣　✣　✣

凱蒂打開音樂室的門，看到兩位好友坐在那裡，一起彎身看著電腦。她定定不動地望著他們，一會兒後才走進房間。她說：「荷莉，噢，荷莉……」

皮歐拉在她後方，輕聲說道：「讓我來吧。」

凱蒂搖搖頭，吸口氣後說：「應該由我來。博蘭少尉，我以下列罪名逮捕你：謀殺、間諜罪、未得授權而盜取機密資料……」淚水流下她的面頰，哽住她的喉頭。凱蒂發現，這是李方帝死後，她第一次流淚，她為她的好友而哭，為她的愛人流淚。她哭了，因為威尼斯獲救，也因為威尼斯無藥可醫；因為吉瑞雖死，義大利並不會變得比他在世時更好。她為那名被她殺死的年輕人而哭，為丹尼爾即將失去真正了解他的人而哭。她哭了，因為她知道對告密者深惡痛絕的美國人，必會不遺餘力地施以報復。但是她哭泣的主因，是李方帝在他們最後一次對話中所說的話；他所說的那一丁點脆弱的事實，並不足以攔阻她現在所執行的不公義行動。

我們只剩下法律了。

她淚流滿面，謹慎如祈禱般地宣讀正式的逮捕聲明；為好友的安全祈求，為荷莉·博蘭的靈魂祈禱。

歷史註記

《追獵叛徒》與《血色嘉年華》三部曲其他作品一樣，都是虛構的小說，卻借用了許多歷史事件。例如，許多劍黨行動的事實，現在已都確立了。一九九〇年，朱利奧・安德洛帝總理確實對義大利國會揭發北約在過去四十年，一直訓練、資助並運作一個民間祕密準軍事組織，該組織源自極右派人士，他們打算組成武裝反抗力量，以防共產黨入侵。除此之外，在證據開始浮現前不久，某些劍黨成員利用他們的訓練與北約供應的炸藥，實施暴行與暗殺活動，他們相信這種「緊張策略」的做法，能迫使輿情要求政府實施更嚴厲的安全作為。後來有一小批劍黨人士，因這些犯罪而遭義大利法庭判刑。

許多評論家相信，這些攻擊就算不是CIA實質下令，也得到其戰術上的認可。僅舉一例：前義大利軍事反諜報局局長梅勒提（Gianadelio Maletti），便曾發誓作證「美國的作為，遠超過滲透，他們監控激進團體鼓動暴行」——被CIA斥為「無稽之談」。

另外相當確定的是，北約，尤其是英國與美國的安全單位，不擇手段地阻止天主教民主黨領袖阿爾多・莫羅與共產黨進行「歷史協商」，甚至考慮萬一聯合成功，不惜發動一場「不流血政變」。莫羅的孀妻回憶說，莫羅到華盛頓拜訪時，被季辛吉警告，若不放棄歷史協商計畫，個人後果將不堪設想。

跟共產黨的協商最後無疾而終，因莫羅遭極左的赤色旅綁架，繼之被謀殺。接繼的義大利國會詢問美國，CIA是否可能滲透了赤色旅，美方回答，CIA「既無法確認，也無法否認與您詢問相關之事項。」

讀者若想進一步了解當時期混沌的政治情況，請閱讀 Daniele Ganser 所著之 "MATO's Secret Armies: Operation Gladio and Terrorism in Western Europe”。

此外，還有 Steve Hendricks 在“A Kidnapping in Milan: The CIA on Trial”中，詳述ＣＩＡ在米蘭街頭逮捕穆斯林教士阿布．奧瑪，和一位屹立不搖的義大利檢察官，如何將犯罪的探員繩之以法的故事。

凱蒂．塔波在《追獵叛徒》中提到的Ｐ２，布道坊（Propaganda Due），是一九五〇至一九八〇年間，設於羅馬的一個「黑色」或非法共濟會，人稱義大利「政府中的政府」。該社團的大導師 Licio Elli 逃往國外拒捕，後來缺席定罪，被判陰謀叛國。另一成員是號稱「上帝銀行家」的卡爾維（Roberto Calvi），一九八二年被人發現吊死在倫敦的黑修士橋下（Blackfriars Bridge）。在那之後，尚有其他幾起利用義大利共濟會做為掩飾，從事犯罪與政治陰謀的例子。

涉及美國政府虛擬監視的程式，如 BULLRUN、PRISM、MUSCULAR 等，我盡量寫到正確。然而，VIGILANCE，虛擬情報蒐集聯盟，則純屬杜撰，因為我想將所有各別的能力結合在一起。我對物聯網弱點的描述，相信在寫作當時都是正確的，雖然我沒有證據能證實這項缺失會延伸至郵輪上的系統。

伊安．吉瑞是位合成人物，其中有 Hung Fendwich 的影子——表面上在七、八〇年代，是 Selenia 航空國防公司的工程師，實際上是美國最資深的義大利分析師；以及美國海軍上校 David Carrett，後來被米蘭法庭以恐怖犯罪起訴。

威尼托獨立運動受到大部分當地人民的支持：二〇一四年有兩百萬人投票，幾乎占百分之九十的人贊成脫離義大利。威尼斯地方政務會於是投票鼓勵做結合公投，但羅馬政府並未做出正式回應。

有許多禁止大型郵輪進入威尼斯的提議，有些投票立法，卻在上訴時被駁回。本書寫作期間，該議題仍懸而未決，大型郵輪也持續經過離聖馬可僅不到幾百公尺的地方。

感謝

特別感謝Philip Baillieu為我解釋複雜的信用違約交換，謝謝Matt Styles針對中風症狀所提的建議，也謝謝Anna Coscia糾正我的義大利文。本書若還有錯誤，責任全歸於我。

我要謝謝我的編輯和出版商Laura Palmer，從第一集的第一頁，到第三集的最後一頁，都保持高度的熱忱。也謝謝Lucy Ridout不厭其煩地審對校稿。

我要特別感謝所有在威尼斯、維琴察和維洛納的人，從憲警的上校到無數和平倡議人士，他們對我的歡迎與研究協助，他們對政治的熱情慷慨，在在提醒我，我為何會如此深愛義大利。

最後要感謝我的家人，過去四年，他們一直跟這些瘋狂的陰謀論一起過活。

LOCUS

LOCUS

LOCUS

LOCUS